迷宮地圖遊戲解答：

路線1 ／ A.《維拉科查神諭》

關鍵字：1. 神諭
2. 太陽神
3. 昌卡人
4. 庫斯科城

路線6 ／ F.《碧廬冤孽》

關鍵字：24. 女家教
25. 鬼魂
26. 塔樓
27. 窗口
28. 退學信

路線2 ／ B.《叢林中的艱苦歲月》

關鍵字：5. 蒲公英咖啡
6. 雄鹿
7. 雅各
8. 小豬

路線7 ／ G.《純真年代》

關鍵字：29. 紐約
30. 離婚
31. 金字塔
32. 家族
33. 告別
34. 自由

路線3 ／ C.《莫爾格街凶殺案》

關鍵字：9. 金幣
10. 該死
11. 煙囪
12. 避雷針
13. 水手
14. 紅毛猩猩

路線8 ／ H.《清秀佳人》（綠山牆的安妮）

關鍵字：35. 安妮
36. 馬修
37. 綠山牆
38. 紅色頭髮

路線4 ／ D.《小婦人》

關鍵字：15. 喬
16. 勞里
17. 徵文獎金
18. 瀏海燒焦

路線9 ／ I.《野性的呼喚》

關鍵字：39. 阿拉斯加
40. 拳頭
41. 雪橇
42. 狼
43. 嗥叫

路線5 ／ E.《湯姆歷險記》

關鍵字：19. 哈克
20. 傑姆
21. 密西西比河
22. 騙子
23. 蒸汽機船

路線10 ／ J.《小城畸人》

關鍵字：44. 醫生
45. 記者
46. 鐵路油漆工
47. 橙色油漆衣服
48. 釘死

美洲篇

從**世界名著經典**
出發，提升你的
人文閱讀素養

陳嘉英
著

五南圖書出版公司 印行

推薦序

　　身為第一屆108課綱的高中國文老師，一路摸索前行至第三年，漸漸感受到素養教學下的優點與不足。在自主學習、多元選修和校訂必修的訓練下，學生的思考、表達與合作能力大為提升；但在節數縮減、強調跨領域的知性導向下，屬於文學的細膩與感受性明顯被輕忽。我對此深感憂慮，不是基於語文本位的私心，而是考量學生同理、共鳴的情感教育需求。幸好高三下學期的國文課皆為選修，擺脫了考科的侷限，老師可以自訂教材、進行文學專題的教授。此刻，看見嘉英老師這一系列的經典名著選讀，真是喜出望外，如逢甘霖。

　　綜觀五學期的高中國文教學，有大量的長文閱測、跨科融合，卻很少有機會讓學生好好讀一篇小說。尤其教科書在字數、篇幅與大考的限制下，加上翻譯的版本良莠不齊，很難選讀國外作品為文本，不啻縮減了青少年學子接觸經典文學的機會。面對下學期的國文選修課程，如何補齊學生高中語文教育缺漏的板塊，一直是我念茲在茲的重要課題。嘉英老師選擇世界文學大家的作品，以信達雅的文筆加以改寫，同時如教科書般列上作者介紹與名著導讀，讓老師在操作時有明確的脈絡可依循，也讓學生可以在清楚的知識背景下進行自學。而文轉圖的四格漫畫，擷取重要情節加以特寫，對學生而言，不僅能引發興趣，亦具有全文提要的效果。

　　除此之外，在文本之後補充作者或主題相關的名言佳句、延伸思考之餘，也能作為語文資料庫，活化文學的應用性。不同於其他坊間出版的文學經典名著，身為一個資深語文教育工作者，嘉英老師深諳文本分析與引導理解之道，能配合學生的程度，就小說的主題與內容加深加廣。「頂嵌燈」的設計著重在思辨探索，令我特別感佩。這個單元充分展現作者深厚的文史素養。嘉英老師以深入淺出的筆觸穿越時空，綰合了社會背景、文化因素、歷史發展與文學批評，將文中人物、情節與對話賦予立體的輪廓，歷歷呈現在讀者面前，並突破平面的說解，以質問式的思辨分析，引領學子從經典作品中看見恆久的人性矛盾與價值衝突，視角遼闊而多元。

在課堂間善用提問導引思考的嘉英老師，在編寫經典小說時，同樣使用了結構化的問題設計：從問題的核心、思考的重點，到採取的行動與最終結果，透過精煉後的邏輯敘述，讓讀者化繁為簡，迅速掌握全文脈絡。不管是解讀福克納《獻給愛米麗小姐的一朵玫瑰花》中，聚焦於「傳統」與「觀看」的思辨；還是詮釋愛倫坡《莫爾格街凶殺案》時，著力於「真相」的探討；抑或是史坦貝克《憤怒的葡萄》裡，就生產者與土地的價值進行反思……，皆提供了純文學之外的分析，讓經典得以作用於文化、社會與生活，從文字走入生命。這也是在學測之後，我希望能在國文課上帶給學生的訓練與體會——從閱讀看人生，認識自己、他者與這個世界。

　　既為經典，必有迴響。書中收錄的文本，有的成為類型小說的濫觴，也有諾貝爾文學獎得主的作品；或有承襲前人再加以轉化，亦有被改編成影視劇集，甚至影響後起的創作者。嘉英老師將每篇小說的承上啓下與擴散，書寫於「震盪效應」一欄，旁徵博引，連結豐富，其用功與博學由此可見一斑。我覺得這部分的內容，對於想要繼續深究此一主題的讀者，或是想要比較不同形式改編的人，都具有參考價值。而身為國文老師的我，也必定會提醒學生務必留意此段內容，橫跨了古今中外的文史哲領域，可據此開展閱讀的版圖，將點狀閱讀連成線、形成面，進而建立主題式的閱讀空間，情思徜徉，豈不樂乎？

　　我有幸與嘉英老師於政大一起精進學習，並在共同編撰教科書的過程中蒙其提點，受益良多。閱讀她所編寫的這套文學經典，既驚喜於內容切合高中選修課程的加深加廣，為學生感到慶幸；也反思自己需要再接再厲，見賢思齊。文學能帶領我們看見眼睛看不見的人事物，經典更是經過時間的考驗後悃悃流傳，作家透過作品有話要說。感謝嘉英老師用心轉繹，賦予意義。誠摯推薦這一系列的作品，篇幅雖短小，卻擁有宏大的格局與視野，可教可學，不可不讀！

北一女中國文科教師

徐秋玲

自序 拆解經典小說的 DNA，認識世界，洞悉人生

　　詩人艾略特說：「一部文學作品就是一座紀念碑。」文學是最忠實的歷史，在社會的劇變下記錄了人們的情感思想，與由此迸發出來的創新藝術，映照出當時的哲學思潮和作家對時代觀察的見解。透過**莫爾格街凶殺案、老人與海、野性的呼喚**，這些偉大的世界名著，我們彷彿乘坐著以典範作家文字擺渡的小舟，在悠悠歷史長河時代的全景中，感受他們掀起波濤、撼動人心的力量，與旗幟鮮明的創新風格。

　　文學也是一把神祕鑰匙。經典是握在作家手裡的鎖，精密設計的號碼如詭異的藏寶圖，引領讀者在尋找對應鑰匙的路程中，走入一張張邂逅的臉孔底下鐫刻的人生與心情。無論是兒時熟悉的**小婦人、頑童歷險記**，或是青春期投射在**綠山墻的安妮**之苦澀與甜美，還是為了誇耀視野而啃食的**大街、在路上**，都曾讓那以為漂走了的堅持找到慰藉與依靠。

　　維拉科查神諭、叢林中的艱苦歲月、碧廬冤孽、小城畸人、飄、麥田的守望者、憤怒的葡萄這些故事，則是照見人性幽微的一道道閃電。以實驗性寫作手法，書寫日常生活中徬徨的心情，捕捉人物猶豫的雙眼所提出的疑問，將命運和個人意志的問題嵌入其中，展示在絕望中堅持真理和正義的勇敢。文學更讓在**純真年代、大亨小傳**所傾力崇拜愛戀的人，經歷無畏無懼的追求、人事磨折間失去理想，在徬徨苦悶中情隨事遷、垂老無常。那是**加斯巴爾·伊龍**魔幻異化的世界所無法逃過的劫難；**獻給愛米麗小姐的一朵玫瑰花**孤獨掙扎眷戀至死的慨歎；**沒有人寫信給上校**在等待裡懷抱希望，在虛無縹渺間相信承諾所倒映的悲劇，卻有助我們從不同眼光看待人生，思索情愛慾望與生命的意義。

　　「世界名著」一直是不落架的經典文學。亞洲小說具有強烈的歷史性與文化性，因此所選錄的作品依時間排序。期待這本書能引領讀者透過作家對世界的觀看，察覺文字所含蘊的價值觀與信念，得以透

過博雅的視角，思考人類的處境，以及生命的共相。這不僅是基於新課綱「人文素養」，以跨領域的大量閱讀，培養具備「閱讀理解」、「分析評鑑」能力的期待；更為因應未來學習「全球化」議題探討的趨勢，揭示一個深刻的視域。

在設計上，既改寫名著文本，附上「思辨探索」闡釋分析之解讀、有助於寫作的「引經據典」，另以「震盪效應 相關閱讀」，加強歷史背景之延伸、概念化之情節線、文化之探究、主題視野之拓廣、思想觀點之強化。無論是自學或是用以課堂討論，都可依「問題解讀」中所提出的焦點激盪思考，以深入探索文化，俯瞰思潮的多義性。體例上，除以歐洲、亞洲、美洲等分冊介紹，為了方便讀者查閱，另以情節繪圖概念化觀點，和書本前後拉頁地圖，構成一個緊密的閱讀網。

好電影在散場之後，故事裡的人物、場景仍徘徊於記憶與情感之間；闔上書本之後，那漾動的餘溫，也總在神形之外的回眸中擁抱心靈。小說一方面以待解的謎、奇異的密碼拼湊出充滿趣味性的情節，另一方面又鋪墊意識與潛意識的實與虛、真與幻，讓人載沉載浮於自我與他我之間、時代與命運之中，我們於是得以從不同眼光看待人生，讓自我生命也成為一部經典，無窮的可能由此而生。

感謝同在研究、教學路上共行的徐秋玲老師，透過在歲月潤澤陶養成就的視角，為這本書繫上華麗的蝴蝶結，那不僅是徜徉在閱讀富足的禮讚，也是對以名著融入教學震盪共鳴的歡喜。期待每個打開這本書的人都能在這些歷久不衰的經典中觸碰智慧之光與熱，然後在生命裡接納創造真善之美。

經典，其實可以這樣觀看：一本書的多種讀法

如果你是學生，不妨從目錄中挑選讓眼睛為之一亮的名篇入手。無論那是聽過、讀過，或是僅出於好奇的一念一瞬，握住這悸動的輕弦，隨著頁數，以所處的心情、環境為背景，開始這行到水窮處、坐看雲起時的隨興隨想。等越過這千山萬水的風情之後，再從下列方向深入，形成專題式的學習歷程。

如果你是家長，建議與孩子共讀這些名著，聽聽他複述故事的情節，詢問他心中最深刻的畫面或人物，然後談談你重溫重讀的感覺，讓這本書成為點亮彼此心火的光與熱。深信以對話繼續意在言外的會心時刻，能讓陪伴的溫度如魔法，融化現實的疏離；深入幽微而貼近彼此的話題，讓這狂喜的體悟，成為幸福的倒影。

如果你是悅讀者，必然如老饕懂得文字裡的箇中三昧。那羚羊掛角不著形跡，無需言詮不可湊泊的趣味，僅在全心走入故事、走入角色的當下。看似平靜的臨窗展書，其實已經過幾重山水，幾度春秋；彷彿靜定的眉宇凝視，卻已然愛過，泣過幾番人世。這樣的你，或許會在偶然的片刻，與站在書那端的我，相視而笑。

如果你是老師，系統化的引導和設計，不僅能創造生動而豐富的教學過程，提高學習質量，所累積的學習歷程匯成檔案，更能享受教與學雙贏的成就感，讓學生在甄選申請大學有厚實的證明。您可讓學生以每週兩篇，畫出結構圖、寫下想法作為基礎閱讀；也可運用從書中「問題解讀」帶入對小說情節的觀想、追索人物抉擇背後的價值觀，進行小組討論或延伸閱讀。

以下是主題式的切入點，作為閱讀與課程設計的參考：

一、從經典探究歷史的縱深

1620年乘載102位乘客、35位船員和狗、家禽的五月花號，從英格蘭移民到美洲建立新的國度。這些清教徒認為歐洲基督教已經腐敗，他們要追隨《聖經》精髓，以「人民可以由自己的意思來決定自

治管理的方式、不再由人民以上的強權來決定管理」為信念，到北美創造一種完全不同的集體人格，開啓自我管理的社會結構、民主的信念。

這份《五月花號公約》從思想和精神層面，預示這批清教徒試圖建立的是一個不同於歐洲及其他地方的嶄新家園。他們訂下美國的根基和方向：遵循《聖經》和基督教文明、憲政民主的法治和選舉、崇尚冒險精神，發財致富意識的個人樂觀主義和資本主義，奠定了美國未來數百年政治、文化、思想的基調。

來自全世界懷抱發跡夢想的移民投入這塊新大陸，歷經殖民、獨立、拓展、墾荒、內戰的衝突與談判。他們這塊土地上掀起風起雲湧的管理模式，自聯邦政府、法律州治到共和國的政治體系，更是融合歐洲文化與新興而起的工業，幾經矛盾掙扎紛紜錯雜的變化，形塑出經濟掀騰、崇尚個人自由的美式價值觀。透過**小城畸人**、**大街**上的封閉徬徨，可以觸碰到美國年輕人在小鎮保守的風氣壓抑下，所懷疑省思的生命意義；在鐵路開發資本當道，燃燒希望的骨牌間，極力衝破框架制度間表現出狂笑高歌的放縱，流落清淚的孤寂難安。藉由**麥田的守望者**、**在路上**的迷失困惑，得見新的一代從懷抱凌雲壯志自覺是宇宙中心，到默然旁觀宇宙，被世界遺忘的冷靜頹廢。

至於**大亨小傳**奢華的淫樂空虛、**老人與海**勃發的奮鬥氣勢，則可見美國在兩次世界大戰後走出經濟大崩盤的恐慌陰霾，所憑藉的信仰與價值，所追尋的情感與意義。翻開**飄**、**憤怒的葡萄**，看見締造世界強國榮光背後的斑斑血淚，以及悲劇底下迸裂的人性火花。

橫跨百年的美國小說家**辛克萊・路易斯、費茲傑羅、福克納、海明威、斯坦貝克、大衛・塞林格、傑克・凱魯亞克**，以精密的文字和壯闊的幅度，為美國由莊園農奴到自由解放工商城市發展，留下知識分子對美國社會生活中新舊的觀看，解剖與詮釋。

這是美國社會以歐洲體制文化為根，在新大陸開出獨立自由民主的花朵，以不屈不撓的移民精神將荒野上闢成農牧家園、沿著鐵路矗立起繁華燈火，重要的是時間與空間構築的個人意識、家國擔當和理

想執著中，我們看見這些屬於思想家的小說家，如何在矛盾中尋找改變現實的力量，在意識到歷史責任中寫下這強烈的史詩。

二、從經典思辨哲學的觀想

關於存在是命定還是人定？生命追尋存在於具體形式，還是在虛無之中？不妨在**綠山牆的安妮、大亨小傳、老人與海、飄**的深究中，細細咀嚼生命無常的本質、青春萌動的甜美與苦澀、對愛與美的執著，生與死的頓悟間，形塑屬於自己的解讀。

至於人的思考，從獸慾、情慾到物慾，要成為什麼樣的人？現實中的位置在哪裡？我們如何認識自己？別人與社會所期待的我是我嗎？什麼是獨立的自我？人能從自身文化傳統中解放出來嗎？人是生命的主宰嗎？命運決定生命的形式嗎？每個生命都具有來到世上的使命嗎？

這關於存在，關於生命定位，關於自我認同、價值追尋的大哉問，也是**獻給愛米麗小姐的一朵玫瑰花、麥田的守望者、在路上**裡，在痛苦中掙扎，在規範裡奉行不違，在失去自我目標投射殘缺的迷戀裡，想要叩問、實證的疑問。

三、從經典審視性別的多樣

女性一直是被書寫的對象，相對詩詞歌賦裡框架式的溫柔婉約，小說賦予女性庶民而具神采的面貌。打開書頁，我們看見自女性浪漫的青春、懷抱對世間情愛的憧憬走入婚姻，在被社會凝視下禁錮的蒼白、糾結的掙脫。

小婦人中，天真的女孩以想像和良善把貧窮過成富足的甜蜜，是許多人年少的朋友。自**叢林中的艱苦歲月**裡脫下歐洲夢幻的想像，

面對失去一切的困境，把蒲公英莖葉熬成汁，加上啤酒花發酵釀成優質啤酒的強韌生存智慧，撐起移民墾荒的驕傲。**碧廬冤孽**裡困在鬼魅與自我投射機間的女家教；**純真年代**裡金字塔貴族間的婚姻束縛與觀看；走到**大街**上，格格不入的地域差異衝擊著理想，得見女子如何在美國東、西部經濟文化和生活態度間平衡心態的作為。至於**飄**裡的郝思嘉，更展現出由嬌縱自戀、依偎愛情信仰，到回歸土地、重建家園，豎立起自立自強、開創事業的獨立形象。

獻給愛米麗小姐的一朵玫瑰花渴望愛情重生而毀滅的死亡，與**大亨小傳**裡癡情等待追尋的初戀女子，可以讀出青春的壓抑，愛情的孤獨之味。

四、從經典體察人性的糾結

依據人性的定義：人類具有且異於其他動物的本性，人的一生注定要在獸性、人性、神性之間擺盪。人性的複雜導致世界現象千端萬種，利己、利他推動的演化，成為人之所以為人，生命之具有意義價值的基準。

深信生活總是讓我們遍體鱗傷，但到後來，那些受傷的地方一定會變成我們最強壯地方的海明威，高舉「人可不是為失敗而生的」、「一個人可以被毀滅，但不可以被打敗」的旗幟，**老人與海、野性的呼喚、飄**，宣示人的意志是生存的勳章，在擁抱對手，尊敬彼此的鬥志之間，人性的美善與光輝於是乎顯現。

小城畸人、獻給愛米麗小姐的一朵玫瑰花、沒有人寫信給上校，這幾篇小說裡可以看見社會這個舞臺上，每個人既是演員也是觀眾，彼此在舞臺上互動，在生活中呈現一系列的自我展演。偷窺與被觀看評論的眼光，來自社會規範鞏固階級意識的冷峻，和評頭論足自以為是的尊嚴，讓小城活著的人在生活裡腐爛，愛米麗在南方傳統期待下

活成雕像，上校的一生在虛無的承諾裡腐朽。

五、從經典俯瞰社會的現象

憤怒的葡萄是為政策錯誤、移民災難、經濟崩盤、資本家壓榨發出的怒吼。那個懷抱發跡夢想的新大陸竟成了毀滅逃亡的浪潮。約翰‧斯坦貝克呼籲遊走鏠隙之間懷著卑微的慾望、茫然苟活的大眾奮起抗爭，迎向命運。「抱緊我的泥土自會讓我呼吸」，這是美國西部之夢，也是人們心底汩汩流動的反省和行動。同樣**在路上**的是「垮掉的一代」，年輕菁英一次又一次搭上便車在公路旅行，不為重建家園，不為生計，而是反抗常規在黑夜裡交換靈魂，在狂野的出走中觸摸底層社會，試探極簡與放縱，名之為體驗生活，精神自由。

六、從經典親近文化的深度

文化，源於拉丁文，由「靈魂的培養」之意，衍生為民族的生活形式、約定俗成潛意識的價值觀、思想與外在表現。而世界名著，當是一個國家、種族最精密的文化招牌。

藉由**維拉科查神諭、加斯巴爾‧伊龍**的魔幻寫實，進入中南美洲遙遠的印加帝國，窺見文明古國瑰麗奇異的宗教神話、天文地理。那為保衛印加帝國迎戰叛敵的太陽之子，舉起熊熊的炬火，驅走人們心中的恐懼，喚醒沉睡的部落，成功地守城護國、捍衛王室榮譽。然而太陽依舊，「未來從來未見過的人，奪取他們的帝國，廢除所有偶像」，這命定的預言，竟在西班牙入侵得到應驗，成為南美土著魔幻寫實裡不斷呻吟徘徊的哭泣。經濟剝削與顛覆毀滅的斑斑血淚背後，是西方霸權的宰制，是我們高歌稱頌大航海世紀黃金帝國時遺忘的醜陋。

密西西比河、66號公路、西部開發、加州果園、紐澳良、牛仔、爵士樂、紐約、中央公園、舞會、唱片、聖誕節、舊金山、嬉皮、球賽、可樂……。在小說裡處處可見美國自由開放的大眾文化，追求個人價值、崇尚英雄；重視人權思考與公理正義的社會責任。

　　當書，在書架上把自己站成一種存在的姿勢之後，真正的活，卻是在各位拿起這本書閱讀的時候。讀者自有與書的交情，跟書摩擦而生的溫度，以及讓書在生命附著的念力。作為引渡這本書來世的我，對於這份機緣，滿懷珍惜，感謝！

Contents
目錄

南美洲

維拉科查神諭

馬丘比丘印加文明

　　印加文化與馬雅、阿茲特克並稱為「美洲三大古文明」，曾是美洲大陸上幅員最廣的傳統印第安文明。

　　印加（Inca）帝國本名「塔萬廷蘇龍」，因統一安地斯山區建立而得名。Inca意為「四方之地」，境內一百多個部落。印加人原居於祕魯高原喀喀湖，十世紀以後一路征戰，十五世紀初發展為強大帝國，疆域面積幾乎涵蓋南美洲西部，包括今天的祕魯、厄瓜多爾、玻利維亞、哥倫比亞、智利和部份阿根廷。

　　世襲制的印加王被稱為「太陽之子」、「神」的化身。以太陽神信仰與政治制度合一，擁有至高無上的權力，獨攬國家政治、軍事和宗教大權，形成強大的奴隸制度集權國家。土地國有，分為「太陽之地」，為神職人員及祭祀神明之用；「帝王之地」，供養皇帝、貴族、官員及軍隊；「平民之地」，分配給部族和村社家庭。

　　印加帝國有發展最成熟的文化：由天文發展出的曆法；以首都庫斯科為中心，長達幾千公里利於王室與城邦聯絡的交通通訊網路；一日能傳送250公里的郵政系統；西元前八千年開始發展的農業發達的梯田、完善的水利灌溉系統、堅固的巨石建築、冶煉製造、醫學軍事技術等，時人稱之為「新世界的羅馬」。

　　1532年，西班牙殖民主義者侵入印加帝國，雖幾度反抗爭戰，最終還是在1572年滅亡。

閱讀燈　**細看名著**

　　亞瓦爾‧瓦卡克三、四歲時，有天哭出血淚。祭司們惶恐地到太陽神廟占卜，認為這不祥之兆是受到他的父親太陽的詛

咒。所幸亞瓦爾·瓦卡克平安長大並成爲王儲，神勇睿智的他在南征北討中爲帝國開疆闢土。這童年的預兆也就漸漸被人們淡忘了。

亞瓦爾·瓦卡克繼位爲第七代印加國王後，和他的祖先一樣公正、仁慈，社會安和樂利。但那凶兆的陰影導致他總是擔心有災禍臨頭，而不願出兵四方討伐，全力以赴地安邦治國和管教王子。印加王兩次派遣王公貴胄巡視王國，大興土木，爲眾百姓造福，諸如開新渠、造梯田、建糧倉水池、築行宮、架橋修路等。

在他寬簡溫和的領導作風下，十年之間國力日強聲威遠播，四方朝貢不絕；臣民富而好禮，建設輝煌。唯一讓他心煩意亂的是王儲阿塔烏性情乖戾，屢勸不聽。國王失望之下決定放逐王子，若他終不能幡然醒悟就廢除繼承，另選賢者。

十九歲的王子阿塔烏被送到城東十多里遠的奇塔牧場去看護太陽神的牲畜。三年後的某一天，他斜倚在牧場巨石上半睡不睡時，受到維拉科查神的諭示。

＊　　＊　　＊

這天侍衛稟告，阿塔烏王子在宮門外有要事相告。印加王對這位王子早已心灰意冷，但一聽事關王國，遂命王子進宮細述。王子急切而有條不紊地對印加王說：

「啓稟獨一無二的君王，今天中午，有個穿著寬大長袍的人，鬍鬚足有一尺多長，手裡牽著一條脖子上繫著鎖鏈的怪獸，來到我面對我說：『賢侄，我乃太陽之子，是你的第一代先祖維拉科查·因蒂神，要你轉告你的父親——已經歸順印加

帝國的的昌卡人以及尚未歸附的其他地區，企圖率兵推翻王位，切記審時度勢，妥善處理，以應此劫難。你務必痛改前非。建功立業的時候到了，不管多麼艱險，都要義無反顧勇往直前，才無愧你高貴的血統和偉大的帝國的臣民們。」

對兒子深惡痛絕的印加王，怒斥王子胡亂編造荒唐無稽之事，憤而將他趕出。但王公貴族們都知道王子雖性情急躁，但為人忠誠，何況先前已有神祇預兆，所以相信王子所言不虛，極力辯護。無奈印加王成見已深，不肯接受王族語重心長的勸告，惱羞成怒地堅持：立國以來，征服數以百計的部族從未膽敢違背太陽神的旨意和王命而造反。

印加王公們只得封口，但心中無不惴惴不安，有一種大禍即將臨頭的恐懼。

＊　　　＊　　　＊

三個月後，消息證實了阿塔烏親傳的神諭 —— 昌卡族人夥同附近各部族舉兵造反，國王派駐各省的省督和官員均遭殺害，四萬多大軍正兼程麾向庫斯科城。然而國王仍認為那是附庸神諭的道聽途說不予理會，直到禍事臨頭。國王本來打算親自掛帥出征，但顧忌關於他的凶兆，一時間驚慌無措。再加上承平日久，首都不僅沒有堡壘要塞以據守抵禦，也沒有足夠守城的常備軍。國王迫不得已帶著王族退到城南三十里處的狹谷，在那裡安營紮寨觀望，等待援軍。被棄守的庫斯科城人們雖想守衛京城故土，可惜群龍無首，只好收拾行囊一逃了之。

阿塔烏王子得知父王棄城而逃，雖深知自己勢單力薄難以抵禦敵人洶洶來勢，但他只求馬革裹屍，以鮮血來洗刷父王怯

懦，和給太陽神、整個王室血統的恥辱。於是當機立斷一路疾
行趕往城裡，他在穆伊納狹長的河谷見到印加王，聲淚俱下地
說道：「我冒死請命迎敵，寧可肝腦塗地，絕不容他們踏進庫
斯科一步！願意共赴國難的人都跟我走，我們要以自己的行為
證明自己不愧是太陽的子孫，我們共同的父親太陽在天上不會
棄我們不顧的！」

　　痛心地說完這番話後，王子立即返身奔向庫斯科城。頓時
群情振奮，跟隨國王一起逃出的印加王公、從城裡逃出來的百
姓都隨著回城。王子來到庫斯科城北五里多的平原，把所有人
組成一支八千人的軍隊。這些印加族人的先輩從第一代印加王
時起就享受和王室成員一樣的特權和榮譽，所以人人決心與敵
人決一死戰。

　　前哨報告敵人已在距城百多里處，同時傳來有一支兩萬
人的援軍前來勤王，距他們所在之處只有數十里遠。這支火速
整軍自願歸順的部族，一方面為表示對印加王的愛戴之心；另
一方面是與昌卡人宿怨頗深，率軍勤王算得上死得其所。王子
想起向他顯聖的叔叔所許下諾言：只要遭遇危難，就會如同對
待親骨肉那樣保佑他，提供必要的救援。王子立即召集全部人
員，細述叔父的神諭和諾言，印加人聽到這些神奇的事，以及
另有五千名軍士正奉著維拉科查神及太陽神的曉諭兼程前來，
頓時士氣大振，確信可以穩操勝券。

＊　　＊　　＊

　　昌卡人陶醉在一路上摧枯拉朽、勢如破竹的興奮之中，狂
妄至極地認為，既然國王棄城而去，王子不過是螳臂擋車，而

維拉科查神諭

攻進庫斯科城不過是囊中取物、輕而易舉的事，哪會把維拉科查的傳諭當回事。

王子不斷派出使者規勸他們懸崖勒馬，但昌卡人箭在弦上，豈能被打動。於是挑釁的回應：「成者為王敗者寇，明朝看誰原諒誰吧！」維拉科查王子心知這般野蠻人在離城不過咫尺之遙的情況下是絕不會善罷甘休的，他之所以一再派使者勸服，只不過是略表王者之風。

這一夜特別漫長，雙方陣營嚴陣以待，絲毫不敢懈怠。

天剛破曉，雙方便擺開戰鬥陣列，弓在手箭在弦，盔明甲亮，刀劍如林，盾密如牆，吶喊鼓號齊鳴，馬蹄飛揚。維拉科查王子身先士卒揮出長矛投向敵軍將領，軍隊在他一舉中擊後如潮般殺入叛軍陣營，一場殘酷的廝殺就這樣在太陽炯炯有神的目光底下開啓。

昌卡人根本沒把乳臭未乾的印加王子統帥的軍隊看在眼中，所以頑強戰鬥；先輩們戰無不勝的印加人，自恃是太陽神的兒女個個爭先，力圖致對方於死地。就在雙方酣戰許久仍分不出勝負時，早已埋伏在山林裡的五千名印第安戰士有如從天而降突然出現，隨著高呼，「維拉科查！維拉科查！」的呼嘯聲，以排山倒海之勢，勇猛無比之力攔腰衝殺敵軍右翼。帝國軍隊的將士在激戰之中猛然聽到神的名字，信心倍增狂衝猛殺，印加王公們登高大呼，「奉著太陽和維拉科查神的旨意，山石草木都來助戰來了！」

昌卡人在突如其來銳不可擋的腹背夾擊下慌亂了陣腳，剎時間強弱易勢，心神俱喪、肝膽俱裂的昌卡人陣腳大亂，自相踐踏，抱頭鼠竄。王子率部眾乘勝追趕了一程，便傳令收兵，

說：「既然敵人已經戰敗認輸，就不要再行殺戮了。」遂傳令釋放俘虜，寬恕他們的反叛之罪，還親自到昌卡人的安塔瓦伊利亞省，關心戰死的遺屬，發給所需之口糧。

為了更像普通士兵而不像帝王，印加王子維拉科查徒步進入庫斯科。人群歡呼雀躍著迎接他，印加長者們趨身向前歡迎，尊崇他為太陽的兒子。

國王讓出王位，住在王子為他在穆伊納山谷興建的宮室。印加王維拉科查繼位之後的第一件事，就是厚賞克丘亞等部族的勤王之舉；第二件大事是建太陽神廟。他在位時就被狂熱的臣民們尊奉為神，認為太陽派來拯救印加血統的人免遭滅絕，保護帝國京城、太陽宮、貞女宮免遭異族毀滅。

他預見到未來必有從來未見過的人奪取他們的帝國，廢除所有偶像；後代諸王要世代相傳，牢記於心，但不得散播於民間。所以此後兩百多年裡，再也沒有人談起這個預言，直到第十二代印加王瓦伊納・卡帕克臨終前不久才把它公諸於眾。

走廊燈　引經據典

1. 當華美的葉片落盡，生命的脈絡才歷歷可尋。（智利詩人，聶魯達《二十首情詩與絕望的歌》）
2. 你知道什麼時候我們真的感到孤獨嗎？我說：是在人群裡。（智利小說家，羅貝托・波拉尼奧《地球上最後的夜晚》）
3. 這世界上有一個地方，我知道它，但偏偏，我們永遠也無法抵達。（祕魯詩人塞薩爾・巴列霍）
4. 生命中真正重要的不是你遭遇了什麼，而是你記住了哪些事，又

印加國王勤政愛民，憂心王儲無德，逐將王子趕去遠方牧羊。

王子受神諭指出凶兆與責任。昌卡人叛亂，國王棄城而逃。

王子號召百姓勤王、各方援軍趕到，一舉平息叛亂。

王子即位，賞有功者、寬恕叛軍，深受愛戴。

是如何銘記的。（哥倫比亞小說家，加西亞‧馬奎斯《百年孤寂》）

5. 無論走到哪裡，都應該記住，過去都是假的。回憶是一條沒有盡頭的路，一切以往的春天都不復存在，就連那最堅韌而又狂亂的愛情，歸根結底也不過是一種轉瞬即逝的現實。（哥倫比亞小說家，加西亞‧馬奎斯《百年孤寂》）

頂崁燈　**思辨探索**

　　神諭，拉丁語：ōrāre，意思是「宣說」，指祭司宣達神明的預言。古老文明裡的巫師、祭司都是負責傳達神明意旨、預言未來者。在古希臘，最著名的神諭是「德爾斐神諭」，指出小亞細亞最富有的尼迪亞國發起戰爭將滅國、羅馬暴君尼祿殺母，十二歲的亞歷山大馴服馬，征服天下等，準確地預言了命運。

　　古希臘人相信神會從阿波羅神殿傳達意旨，因此無論國家作戰、航海、政策或人們有任何迷惑都會到神殿請示。最著名的是《伊底帕斯王》弒父娶母的神諭、莎士比亞《哈姆雷特》為父報仇的任務，和《馬克白》中帶著試探誘導性的國王誘惑。這些無法逃避的神諭，成為貫穿全局的必然命運，無論人物如何抗拒、選擇，都無法避免悲劇的發生。

　　在這個印加神話故事裡，國王的神諭以隱密的方式呈現，無論他多麼仁善治國，極力避免征戰，企圖遠離凶兆的陰影；無論他多麼深信無人膽敢背棄太陽神，叛變依然發生。這些情節，反映了「人與其命運對立」的悲劇主題，他越是抵抗逃避，就越是接近既定的命運，更淪為一個棄城而逃的懦夫。

　　不同的是王子順著神諭而行，非但性格因此改變，更激起鬥志，

展開證明帝國之威的行動。這似乎說明了命運似乎完全取決於人的意志，它透過人類的內在慾望而被喚醒起來，其結果是神諭因此成為帶動風向、堅定信心強而有力的「工具」或「手段」。太陽之子的精神、神諭的加持在王子高舉守城護國、捍衛王室榮譽的旗幟下，像一把熊熊的炬火，驅走人們心中的恐懼，喚醒沉睡的部落，慨然殲滅叛敵。

　　不過，對印加民族而言，帝國長存的關鍵還是國王的胸襟作為。太陽神曾對派下凡的兒女叮嚀：「你們要像我這樣，對所有的人一樣地好。我給他們光明，使他們能看得見，能做事情；為他們提供食物和溫暖，為他們驅除饑寒；或者滋養著他們的牲畜和莊稼，叫樹木結果，使牛羊成群；或準時給他們陽光雨露。用你們善良的心靈和勤奮的雙手去訓導人們和統治天下吧！」這是印加王室的信仰，也是王子維拉科查對於叛亂者的仁慈。

　　印加帝國的存亡都與太陽神的神諭緊密交織，尊崇太陽神，印加國興；褻瀆太陽神，印加國亡。神諭是護祐，是啓示，也是詛咒。這位第八位印加國王預言：「會有從來未見過的人，奪取他們的帝國，廢除所有偶像」。在西班牙征服者出現在安地斯山時，這預言竟讓印加人宿命地以為他們就是回歸的維拉科查，以致經歷整整三個世紀的發展印加國，傳十二世、十三王後就這麼在頃刻之間滅亡了。

問題解讀	問題思考	問題行動	問題結果
命運是天的意志，還是人的意志？	人定勝天，還是聽天由命？	1. 國王對抗天命，逃避責任。 2. 王子依天命行事，挑起復國大責。	1. 民心離散而讓出皇位。 2. 得民愛戴而建設有功。

　　印加王族深信自己是太陽神的後裔。相傳創世主令太陽和月亮由東往西，交替運行，並約定當太陽升起的第一束光線照射進的的喀喀湖中島上小山洞時，就是新人類生命的開始。創世主繼而把他的兩個孩子送到的的喀喀湖，讓他們從湖出發踏上尋找福地、創立基業的漫長旅程。他們直到庫斯科，才終於成功地將黃金手杖插入泥土，人們歡呼，認為這是太陽神的啟示，便在庫斯科定居下來，建立王朝和城鎮，修建第一座太陽神殿，敬奉印加人的父親 —— 太陽Inti，緬懷他及他的子孫們給這塊土地的恩寵和惠澤。

　　太陽和月亮的子女便是印加的第一任國王和王后，因此印加文明以太陽為最高神。蘊含「黃金庭院」之意的太陽神廟，和月亮神廟、彩虹神廟、星神廟所組成的神廟群，是印加最重要的信仰中心，惜在西班牙人長達三百年的統治下，印加文明幾乎被摧毀殆盡。

　　位於祕魯庫斯科西北方茂密雨林之中的馬丘比丘，建於1450年印加帝國國力頂峰時期，以石頭建造的宮殿、神廟、祭壇、宅第和梯田等建築群，是目前保留最完整的印加遺跡。由於印加帝國沒有文字，因此滅國後留下許多謎團，譬如為何在幾近垂直的山壁築建古城？在沒有馬、驢，以及輪子或鋼鐵工具之下，重達二十噸的花崗岩石是如何被運上海拔2,430英呎高的峭壁？

　　人們曾猜測是外星人的作為，不過當地人的說法是全憑意志，聚集眾人在這被指定的陡峭山上建城。至於巨大的圓形莫瑞梯田，讓後世科學家驚歎梯田每一層溫差0.5度，圓圈各方位因日照形成不同溫度，證實印加人已具藉試驗日照，利用溫差栽培適合作物的實驗精神。

　　更令人驚訝的是建築工法，印加人如何能精準切割石頭為規則形狀，堆疊出幾乎毫無縫隙的緊密契合度？尤其是位於兩條地震帶的建

維拉科查神諭

築，在強震時雖會移動，但很容易歸位。這工程造就五百年不墜的奇蹟，也證明印加人的才智力與能力及美洲最大帝國的實力。

關於地理布局，無論是人造或自然結構都有相對的天文、古曆法，如每年冬至第一天，太陽剛好會從神廟的窗戶正方照射進來。考古學家認為印加人以這些建築群紀錄春夏秋冬，決定耕作、收割的日期。

馬丘比丘建造百年後便被廢棄，一直不為世人所知，即使十六世紀西班牙人入侵滅國也未造訪此地。沉睡了四百多年的它，直到1911年才被耶魯大學教授發現，故稱「失落之城」，聯合國列為自然與人文雙重遺產。儘管不計其數的探險家來此解謎，這像學校一樣是學習的聖地，仍有許多待解的謎團。譬如這樣的設計有何用意？建造比丘馬丘的目的也眾說紛紜，有些考古學家認為是禮儀祭祀之所，另有軍事基地、貴族度假等說法。

印加帝國有自己的語言，卻沒有一套文字系統，以致被西班牙掠奪銷毀了歷史記憶，幸而有「應許之地」之稱的馬丘比丘，「生命之泉」至今仍汩汩不絕，徘徊於山石間的陽光雲霧在每個朝聖者的心裡，烙下精彩的印加傳奇：在每雙讚歎的眼底，倒映出無可抹滅的輝煌。

加拿大

叢林中的艱苦歲月

移民歷史

俯瞰名著（名著導讀）

蘇珊娜・穆迪（1803-1885年），加拿大文學史上最早，也是重要作家之一。

他出生在英格蘭沙福克郡富裕而充滿文藝氣息的家庭，兄姐都擅長寫作，素有「斯特里克蘭文學之家」之稱，後均以移居加拿大的經歷為素材創作，頗有名氣。

蘇珊娜移居倫敦，積極參加反對奴隸制的活動，撰寫相關文章。不久移民加拿大，同年兄姐也隨之前往，夫婦在叢林中拓荒八年，先後經營過兩座農場，這一段艱辛生活被寫入《叢林中的艱苦歲月》這本享有「經典之作」之稱的自傳性小說。

拓荒生活成了蘇珊娜・穆迪文學創作取之不盡的源泉，以此為背景的大量作品，既有拓荒寫實的困窘、大自然突襲的天災、封閉環境中精明務實的人性，也有浪漫的趣事和觀察思考的評論，折射出加拿大人移民開拓的集體經驗，奠定她的文學地位。

細看名著

揮之不去的失意，嚴酷無情的生活，靈魂倍受煎熬。膽怯的小鹿，察覺到惡狼的尖牙嗞嗞作響，已無生還之望的牠，轉身面對敵人，與命運抗爭。

逃不過去，唯一的結局就是死亡。

1835年的夏天，加拿大出現罕見的霪雨。我們種的作物長得很好，滿心以為會有好收成。畢竟開墾和播種這十六英畝的土地，已經花去五十多英鎊，所以指望能得到一筆可觀的收

入。但就在可以收割前一個星期，幾天高溫酷熱後便連續雷陣雨，這樣的情況持續到九月底，我們的作物毀傷殆盡。收割後的小麥長出芽，能搶救下來的幾乎不夠做麵包，其餘全送去釀酒廠做威士忌，這是我們唯一的收穫。豈料店主們對我們的酒嗤之以鼻，不肯出錢購買，也不願以物換物。

丈夫和我在地裡賣命幹活，這是我第一次嘗試田間勞作。積蓄已經花盡了，投資的股票也沒任何獲益，我們雇不起工人，也無工可雇。我跟自己的自尊狠狠地糾結掙扎了一場，才勉強接受眼前的困境，心想，「上帝把我放到一個需要我勞動的環境裡——我的職責不僅是服從這種需要，也應盡最大的努力來幫助丈夫，共同維持我們的家。」

貧窮是嚴厲的老師。所謂人窮志不短，精神上的獨立自主能使人超越貧窮所造成的失去尊嚴，使人敢於蔑視世俗以及世俗中自私愚蠢的行為標準。對精神獨立的人們來說，沒有挑不起的擔，沒有過不去的坎，反而會殫精竭慮極盡所能發揮智力，避免成為別人的負擔。

種種不幸並非因為我們管理不善或鋪張浪費，純粹是無法逃避也無從操縱的環境，等我們發現犯下大錯為時已晚。在唯利是圖的投機商花言巧語的哄騙下，我們被洗劫一空，舉步維艱的我們痛定思痛要忍受最壞的後果，平靜而堅定地迎接困難，相信夫妻同心同德其利斷金，必能彌補回失去的一切。

荒野上並非沒有美麗的玫瑰，貧困的苦臉上也並非沒有笑容，當我凝視農莊裡那片翻得齊齊整整的馬鈴薯地時，就跟在畫室裡欣賞曠世巨作那樣滿心歡喜。因此現在我可以心平氣和，滿懷感激的回顧在1836年到1837年間，那段磨煉和奮鬥

的漫長歲月，恍然了悟籠罩頭上的烏雲和逼得我們走投無路的陰霾，其實是隱含祝福的門檻，畢竟上帝絕不會棄信徒不顧。

＊　　＊　　＊

對家庭窘困狀況束手無策的丈夫，整日鬱鬱寡歡心情沉重。一無所有的我們只能靠自家農場生產的牛奶、麵包和馬鈴薯過活，茶葉和糖是連想都不敢想的奢侈品，於是我們變著花樣喝薄荷和鼠尾草，直到後來，我找到更好的替代品──蒲公英的根。

到加拿大的第一年，我偶然讀到哈里森博士推薦蒲公英作爲一種大眾飲用的文章：「這種植物天生具有催眠的功能……替代阿拉伯咖啡豆，既便宜又有益於健康，其成分和香味足以與最好的穆哈咖啡相媲美。」我當時就被這段話深深打動，一直很想嘗試。不過真正動手實驗是在1835年的秋天，我在挖馬鈴薯時，發現許多長得很茂盛的蒲公英根。我把根切成小碎塊，烘烤成褐色，磨成粉末狀後倒進咖啡壺煮。效果出奇可口，真讓我喜出望外，──比在店裡買的咖啡要好喝得多。對於居住在叢林，茶和咖啡是昂貴異常的奢侈品，俯拾皆是的蒲公英得來不費功夫，因此一連好幾年，有了這滋味絕佳的妙品，我們都不再喝其他的飲料。

根據我的經驗，春天的蒲公英根用來做咖啡的效果不如秋天。收獲馬鈴薯的時節是最適合採集、晾曬蒲公英根，如果花點時間洗淨、切碎、曬乾處理，就可以保存好幾年。

很少有鄰居知道這種毫不起眼，卻可以派上多種用場的素材。其實涼拌蒲公英，口感和萵苣菜相差無幾。在美國許多地

區，尤其在新開發的地方，蔬菜稀少，初春時就用蒲公英代替卷心菜，和豬肉一起煮來吃。在達默爾小鎮上，居民們將蒲公英莖葉熬成汁，加上啤酒花讓它發酵，釀成的優質啤酒跟老家的開胃啤酒一樣好。

「需要為發明之母」，這話真沒錯。我們非常缺乏肉類食品，就用各種松鼠肉做餡餅、燉肉以及烤肉。我們的糧倉就在樹林的陷阱，通常一天就能抓十到十二隻。黑松鼠肉很像兔肉；紅松鼠、小花鼠也很可口。到了夏天，我們大部分食品都取自湖中，孩子們稱之為「媽媽的儲藏室」。有天早上，我們像往常一樣在日出之前動身，霧色正濃時停泊到老地方。太陽升起，霧漸漸散去，好似揭起一塊金黃色的透明薄紗，薄紗後面的森林好似一群高大的巨人。

就在那時，一頭美麗的雄鹿飛奔入水，後面緊跟著四隻印第安獵犬，接著我們看到水流下游出現一隻又一隻滿載印第安人的獨木舟。高大的雄鹿竭盡全力逆流而上，鹿角高傲地聳在頭上，寬寬的鼻孔鼓得圓圓的，美麗的眼睛凝視對岸，姿態優美得無與倫比。說時遲那時快，忽地，子彈從牠身邊呼嘯而過，獵狗在牠後面緊追不放，但是鹿還是甩掉敵人，蹬上對岸衝入樹林。看到這時，我的心快活得都要蹦出來。

1836年的冬天，我們常常過著三旬九食饔飧不繼的日子。從克利爾湖來的惡棍偷走我們的公牛，就在我們幾乎快忘記這頭名叫「威士忌」的可憐的牛時，鄰居幫忙找回丟失的牲口。惡棍揚言要報復，我們並不在意，但是幾天之後，我們賴以過冬的六隻肥豬全被趕到湖裡淹死。這年冬天，沒有肉吃，我們啃著麵包、凍壞的馬鈴薯，全家身體虛弱，孩子們染上瘧疾。

　　　　　　　　*　　*　　*

　　雅各拿了只有一發子彈的槍射下一頭肥鹿，一面把鮮肉掛在廚房門邊，一面高興地呵呵笑。

　　丈夫穆迪一進門，便讚美道：「是你射死那頭鹿，雅各？幹得好！槍裡只有一發子彈！你一定瞄得很準。」

　　「先生，我壓根兒就沒有瞄，我只是拿槍對著鹿，閉上眼睛，子彈就飛出了。是上帝打死了牠，不是我。」

　　「我相信你，」穆迪說：「上帝一直看顧著我們，讓我們免於饑餓。」

　　我精心烹煮的美味鹿肉湯，大大地滋補了虛弱的身體。可是，冬季還未結束，我們就又沒有肉吃了。

　　秋天的時候，鄰居太太送給凱蒂一隻非常可愛的小豬，她幫牠取名叫「斯波特」。這隻小動物像哈巴狗一樣跟凱蒂到處走，我們看小狗咬著牠的耳朵在空地上轉圈圈，常常笑得前仰後合。

　　全家人一直忍受難以下咽爛豆子和麵包，但大人們忍不住把饑餓的眼睛投向小豬。沒人願意開口，最後在雅各說出這想法，穆迪附議之下，儘管凱蒂又哭又哀求，那隻笨笨的小豬還是被犧牲了。

　　凱蒂和小狗一口也不願意嚐。我並不驚訝凱蒂的自制，但一隻狗會對牠的夥伴那般依戀，讓我們所有的人驚異不已。牠對小豬的愛，竟能抵制住饑餓的折磨，那份感情該有多麼強烈啊！

　　雅各對我們的愛既質樸又忠實，非常像那條狗。有時候，他會像狗一樣，自己擠到並不需要他的地方，無償地提供他的建議，發表一些意見。在我發燒臥床的那段艱難的日子裡，雅各常常送上一杯冰水和冰鎮的毛巾，問我是否想喝杯茶。他照顧凱蒂三餐，烤麵包、做菜、擠牛奶、做黃油，做得跟最好的女傭一樣細緻。

　　這一年五月，第二個兒子唐納德出生，由於營養不足，我的身體很虛弱。為此，丈夫壓抑對借東西的厭惡，從朋友那兒借到四分之一隻羊。這些羊肉，還有好心的鄰居們送來的禮物——他們的情況和我們一樣糟——有一塊小熊里脊肉，一長條麵包、一些茶葉、新鮮黃油以及燕麥片，這才救了我一條命。

　　身體復原後不久，忠實的好雅各不得不離開我們。冬天的時候，穆迪和雅各開墾出八英畝土地，如果我們能留住這位勤勞、善良的英國小夥子，這些活兒很快就可以幹完，可是他一年三十英鎊的工資，已非我們現在的財力所能負擔，欠他的錢只能用一頭牛來補償，還得加上丈夫衣櫥裡許多值錢的衣服。

　　雅各要動身去南部州縣，投靠住在路易斯鎮的叔叔學做生意。臨走之前，孩子拽著他的膝蓋又哭又叫，雅各轉向瑪麗，伸出胳膊攬住她的脖子，在她漂亮的臉頰上重重地吻了一下，這個吻聲之響我從未聽過。

　　「你別把我忘了，瑪麗。兩年後，我會回來娶你，那時候我就是有錢人了。」

連續暴雨毀了所有收成，陷入貧乏。

發現蒲公英咖啡，苦中作樂。

從自然取得資源，看見雄鹿逃過劫難的奮勇；為熬過飢餓，不得不殺了凱蒂養的小豬。

迎接第二個孩子，鄰居送來食物；雅各離開，懷抱夢想期待再相會。

引經據典

1. 叢林地區對年輕人來說不是好地方。我老說，住得越偏僻，離上帝就越遠，離地獄就越近。（〈伐木會〉）

2. 我看見他的身影滑過記憶的草叢，雖然他多年前已歸入寂靜的塵土。一個奇特而又古怪的人，離群索居，孤獨一生。（〈沉默的豬人布萊恩〉）

3. 格羅斯島和它周圍的小島群依偎在聖勞倫斯河的臂彎中，沐浴著清晨明媚的陽光，看上去就像一個剛從嘈雜的海水中浮現出來的小小伊甸園。（〈魁北克〉）

4. 人類至今不懂自身神聖且神祕的本質，不清楚自己的內心活動，不了解心靈的能力與力量。一種至純的宗教，更高程度的道德和智力訓練也許有一天會揭開這所有的祕密。（〈前途好轉〉）

5. 清澈美麗的加拿大湖水，周圍全是廣闊無邊的森林，陰沉但卻威嚴壯觀。森林把我們與外界隔絕，它的神奇魔力很快就籠罩了我們的心靈，我們開始為這種無拘無束和寂謐安靜的氛圍而陶醉。（〈荒野〉）

思辨探索

　　第一批來到加拿大的是印第安人和因紐特人，成為世代居於此的原住民，直到西元986年北歐的斯堪地納維亞人移民加入，十六和十七世紀法、英陸續統治，這條獨立的路走了三百年。二十世紀以來長期處於美國陰影之下的加拿大，一九六〇年代起開放移民政策，日本、臺灣、東南亞、地中海、拉丁美洲、非洲……大量有色人種移民。

這塊疆域廣闊，地廣人稀，氣候與地理環境多樣的國家，吸引來自各方的不同人種懷抱夢想度過大西洋。離開根的陌生，與嚴峻大自然搏鬥的煎熬從未休止，在荒野上一寸寸墾植出的家園裡脆弱如風中蘆葦。先來後到的時間，優勝劣敗的生存位置，決定了權力，這是加拿大殖民歷史中，反覆「侵略—墾殖」的旋律。

隨著變遷，原住民淪為被強占資源的邊緣人，離鄉背井的移民憑藉歐洲後臺成為殖民者，但不久又在下一個政權遊戲中淪為被殖民者。因此，當1971年加拿大廣播公司請聽眾填寫「像～一樣加拿大」、「什麼是加拿大？」時，有人說「像蘋果派一樣美國」、「像一碗沙拉，包容每個人的過去，保留個別原貌」；也有人提出「非屬美國的就是加拿大」，而最被認同的答案竟然是「視情況決定，儘可能是加拿大」。

這無法明確界定的加拿大，透露出不同時間、族裔、階級、年齡的人，對於家與身分都懷抱各自的定義。「分裂」、「離散」、「流離」標誌祖先飄移的命運，更是生生世世為加拿大人民不斷遭受創傷、提出懷疑、關注探究以及重新建構的課題。

「一時間鬧出了轟動效應，不列顛中層社會流行起加拿大熱。在短短三四年光景中，便有成千上萬的人登上了加拿大的海岸。地位較高的人中絕大多數是陸軍和海軍軍官，拖兒帶女，舉家移民。」投機商鼓譟「遍地是黃金」的宣傳下，蘇珊娜・穆迪成為移民浪潮裡的浮萍，帶著歐洲傳統價值觀、人文生活態度，來到迥異於優裕生活的蠻荒之地。

滿心對獨立自主的天真嚮往、拓荒的好奇想像、為自己創造新名分的浪漫叛逆，在與當地人事習俗、自然環境的衝突下崩解，取而代之的是受騙買下偏遠的荒山野林、陷入貧困甚而破產，生理與心理的排斥、憎惡、恐懼、失望、沮喪，這種又愛又恨的複雜感情。如果這

是加拿大移民、殖民的集體意識，那麼蘇珊娜·穆迪就成了加拿大人的原型。

　　透過這篇小說，我們看到當她放下歐洲中產階級的觀點，願意心平氣和接受貧乏的現實時，自然還報取之不盡用之不竭的糧食。惡劣天氣不再是銳利無情的刀斧，蠻荒荊棘的環境也不再是封閉的牢獄，而是鍛煉她生活能力，激發創造動機的後盾。

　　歷來的移民拓荒，是掠奪、征服殖民地的同義語，標榜著自豪的功業。但在女性的視角裡，細微的情境、不足道的發現，都如夜空的星星熠熠生輝。這篇小說的標題是〈希望破滅〉，我們看見的卻是煥發出奔放奪目的光彩，無論是從蒲公英根提煉出美味的咖啡、以松鼠滋補身體、用唯一的子彈射得獵物，都像那隻奮力逃脫追捕的雄鹿，為了生存而勇猛精彩。體貼入微的雅各、凱蒂和小狗對於小豬的不捨和思念，則如陽光驅走黑暗的孤單困窘，溫暖了倍受煎熬的靈魂。

　　「轉身面對敵人，與命運抗爭」這些堅韌求生的意志和創意，撫平高傲而受傷的心靈；憑藉著走入土地，落實於生活的謙卑，徘徊於原生母國與移入國家的猶豫，終於沉澱出生命的信仰。原來，自尊不在於社會地位或財富，而在胼手胝足的勞動，在獨立自主及跨越階級偏見的平等，這是拓荒移民建立的加拿大文化。

　　或許「在多數情況下，移民是環境所迫，而非自願選擇。」每個離開家鄉走向異邦安身立命的人，各有各的處境與經歷，也各有各的體悟與轉變，讓價值的追求取代血統、移民先後，那麼離散未必失所，反而是包容欣賞。也正是這樣歧異的解讀，不斷拆解建構文化和傳統，形成今天加拿大豐富的人種與多元文化。

問題解讀	問題思考	問題行動	問題結果
蛻變——我是誰？ 認同——我是？	什麼形塑了過去的我，和現在的我。	我嘗試田間勞作、野外找食物、想盡辦法變化生活。	在勞作裡找到自尊、在艱苦磨折中獨立自主。

櫥窗燈 震盪效應 —— 相關閱讀

　　想到移民，有人說自從亞當夏娃失去樂園，人類都是移民。但根據歷史，人們會以哥倫布發現新大陸作為一個起點，銜著「在從前無人來到的地方，我們希望移植一個民族」神諭般的啟示開始的遷徙。

　　「美國」之始在1620年，一些失去土地的農民、生活艱苦的工人以及受宗教迫害的清教徒，離開英國，乘上「五月花號」。由英國殖民到獨立，猶如十八世紀末的移民所述：「……是英格蘭人、蘇格蘭人、愛爾蘭人、法國人、荷蘭人、德國人和瑞典人的混雜。由這種混雜繁衍產生了一個現在叫作『美利堅』人的種族。……在這裡，來自世界各國的人整合成一個新的民族，總有一天，他們所付出的勞動以及他們的後代，將使世界發生巨大的變化。」

　　在這個發現新大陸的脈絡下，美洲、加拿大、南美都是移民國家。第一批移民母國文化思想為這塊除了印地安等原住民之外的大陸訂下基本色彩，英法的氣味、白人的宗教，隨著美國、加拿大開拓的腳步，鋪陳歐洲政治、經濟、社會的習慣；西班牙、葡萄牙人走向南美洲，推倒神祕古國的廟宇，興建起穆德哈爾式的斑斕建築。

　　幾世紀以來，移民以生命札下的深根成為大國的磐石底座，過去現在未來的夢想由暫居的求生探險發跡致富，到永久居留奠定制度的公民使命，其情感也由離散失落的自我關注，到共榮共利的燃燒熱情。整個

美洲的移民都走過歧視、以武裝暴動爭取獨立，而後成為將多元文化入憲、開始轉型正義，以包容作為競爭力的國家之路。在這大熔爐裡，儘管移民的臉孔像五顏六色的「馬賽克」，但共同的歷史記憶和寄託在新大陸的信念，讓他們在尊重彼此傳統的前提下，以語言、法律、文化為黏合劑融合為一；在思想、信仰、輿論自由的保護制度化中，促進身分與民族認同。

加拿大總理杜魯多喊出：「多元是我們的力量」，以「多元文化主義」當國家信仰，扭轉過去白人至上的概念，這讓多元文化成為加拿大公民權的主要特徵，也因此創造今天經濟、科技和人文大國的加拿大。

說到亞洲的移民，就不能不提到為美國西部開拓洗衣、煮飯、築鐵路的中國人；把新加坡從窮困潦倒中，迅速轉變成為富裕的亞洲四小龍之一的多元文化種族；也不能不想起1949年大陸淪陷，以為只是暫時退守臺灣的外省軍士、眷屬。

當我們走在歸綏街、廈門街、南昌路、開封街、……這張彷彿永遠停在離開中國大陸之前的時空地圖上時，你可曾想過那正是移民的家鄉？當你以唇齒包裹上海小籠包的蒸香、和朋友圍在四川麻辣火鍋邊話談、大塊嚼起沾著孜然茴香的蒙古烤肉、喝一盞杭州西湖龍井茶時，與當下一併滲入腸胃的其實是原鄉的記憶與懷舊的心情。

這一切夢與幻，糾結衝突與徬徨不安，隨著時間與情感的沉澱，移動的辛酸在相濡以沫的包容中化為一條歷史長河，汨汨流轉於不同世代，於當下。

美國

莫爾格街凶殺案

推理小說類型與特色

　　愛德格・愛倫・坡（1809-1849年），美國作家、詩人、文學評論家，恐怖和偵探小說之父。

　　愛倫・坡生於波士頓，父母均為演員。兩歲時隨父親出走，三歲時母親逝世，由蘇格蘭富商約翰・愛倫夫婦扶養長大，其後一家遷往英國。十七歲入維吉尼亞大學，因迷上賭博及酒精而輟學，為了生計從事軍職；十八歲自費出版詩集《帖木爾與其他的詩》，就此展開創作生涯，並任職於文學雜誌，來往巴爾的摩、費城、紐約等城市，成為詩人、文學評論家。

　　十八世紀末席捲英國的哥德式文學，探索死亡、惡魔、疏離、憂鬱、瘋狂和荒涼寂寞的環境等人性和人生經驗中的黑暗面，愛倫坡堪稱美國哥德派的代表。他在一系列充滿懸疑、推理、驚悚的小說中，藉由想像與現實的恐怖交錯、神祕與怪誕的詭異組合，所創造出的氛圍，不是肉體層面的不安和戰慄，便是精神層面的憂慮和恐怖，凸顯出黑暗、扭曲的人性，和一再出現的主旋律——瘋狂和死亡。

　　愛倫・坡開創並掌握偵探、恐怖及驚悚小說等流行類型，不僅是美國的短篇小說先鋒之一，也是美國浪漫主義運動要角之一，被尊為推理小說、科幻小說的始祖，也被蕭伯納譽為和馬克・吐溫同是美國偉大的作家。代表作有《黑貓》、《告密的心》等。

　　他是第一個嘗試以寫作為職業的作家，作品多樣，除小說、詩歌、書評，還著有科學理論書。但儘管他在文學上很成功，卻如其所言：「上帝花了六千年等待一位觀察者，我可以花一世紀等待讀者。」一生為貧窮和母親、妻子都因肺結核去世的焦慮不安所苦，但無論是他「凹陷眼窩中的深色眼睛，看似智慧高深和疲憊不堪」的形象，或其充滿暴力和恐怖的偵探氣息，都時見於二十一世紀文學、音

樂、電影與電視等流行文化中。

細看名著

　　美麗的女海妖賽蓮會用哪一首動聽的歌誘惑水手？勇士阿基里斯的母親為了不讓兒子參加慘烈的特洛伊之戰，讓他用什麼化名混進了女人堆裡？這當然都是難以尋找答案的謎題，可是這些並非毫無推測的餘地。

—— 湯瑪斯・布朗爵士，《甕葬》

　　今天凌晨三點鐘左右，兩聲驚恐的尖叫吵醒了聖羅克區睡夢中的居民。眾人衝入莫格街的一棟房子時，尖叫聲早已停止。但在眾人剛到一樓樓梯時，聽見兩個或更多人非常憤怒而激烈的爭吵聲；來到二樓時，爭吵聲停止了，屋內一片寂靜。人們發現四樓反鎖的大房間傢俱全被砸毀，床墊被丟在地板正中央，椅子上有一把沾有血跡的刮鬍刀，壁爐上有兩三撮被連根扯下來的灰色毛髮，又長又粗，顯然是人的頭髮，還沾著血跡。地板上散落著金幣、寶石耳環，還有兩個裝有約四千枚法郎金幣的袋子。

　　更駭人的是愛斯巴奈雅小姐被倒塞在狹小的煙囪孔道裡，身上有多處擦傷，臉上有嚴重的抓傷，喉部有很深的指甲印，顯然是被人掐死。愛斯巴奈雅太太的屍體在屋外小庭院中發現，喉嚨完全被割斷，首身分離，血肉模糊得幾乎辨認不出人形。

　　第二天，同一家報紙上報導了這樁命案相關證詞：

洗衣婦說，認識這對母女三年，母慈女孝關係親密，彼此說話柔和，家裡沒其他人，也沒有傭人。

菸商說，母女住在這已經六年，珠寶商曾租過這棟房子，然後分租給其他不少人。這讓愛斯巴奈雅太太非常不滿，因此決定搬回來居住。母女很低調，過著類似隱居的生活。

其他不少人和鄰居的證詞與上述幾乎一致。

員警說，尖叫聲音聽起來非常痛苦。兩個人憤怒爭吵的聲音非常大，其中一人聲音粗啞，不是女人的聲音，不過從所說「該死」、「見鬼」聽得出是法國人。另外一個聲音尖銳，口音奇怪，聽不懂說什麼，應該是西班牙語。

銀器工匠證詞與員警先生所描述一致，但認為尖銳聲應是義大利人，雖然證人不懂義大利語。

銀行家證明愛斯巴奈雅太太名下有些財產，開帳戶後經常存入小額款項，不過從來沒有提過款。案發前三天，老太太第一次親自來銀行，提出四千法郎，全用金幣支付，銀行請職員護送老太太回家，當時街上沒有任何人，而房子位於一條很小、很偏僻的巷子裡。

裁縫師肯定發出粗啞聲音的是法國人，聲音尖銳的應是德國人，儘管他聽不懂德語。西點糖果師則感覺那口氣是在勸誡、斥責。

法醫驗屍認為年輕女性可能被一人或多人勒脖子窒息而死，身上多處淤傷和擦傷，是強行塞進煙囪孔道所致；並猜測殺害愛斯巴奈雅太太的兇手是強壯有力的男性，手持木棍或鐵條或椅子等大型鈍器作為兇器，喉嚨明顯被鋒利兇器劃破，極可能是刮鬍刀。

　　　　　　＊　　　＊　　　＊

　　這樁謀殺案引起杜賓濃厚的興趣，他認為員警們沒有受過心智思維訓練，以致思維和邏輯頑固不化，往往拘泥細節而不能通盤審視整個案情。其實，真相並非只在那一點，越複雜和有價值的事實，越淺顯易見。

　　杜賓和我徵得警察局長許可後，進入命案現場。杜賓仔細觀察建築物及周邊環境。回家途中，他走進報社好長一段時間才出來。杜賓問我有何看法，我回說：「沒發現什麼不同尋常的事，現場和報紙的報導完全一樣。」

　　杜賓說這樁謀殺案的確詭譎離奇，警方無從著手是因為找不出犯下這般兇殘罪行的動機，以及兇手到底是怎麼逃跑？房間為何如此凌亂？愛斯巴奈雅小姐為什麼被倒塞在煙囪孔道中？兇手這麼殘忍地凌虐愛斯巴奈雅太太身體的理由是？

　　杜賓自言自語道：「依我看，我們應該感到奇怪的並不是『到底發生了什麼』，而是『到底發生了什麼之前根本沒有發生過的事』。」感覺就像在對遠處的某人說話一樣，他的眼神空洞，自始至終都在注視著牆壁。杜賓往下說道：「眾人聽到的爭吵聲不是女人的聲音，故可排除愛斯巴奈雅太太殺死女兒再自殺的可能。再者，愛斯巴奈雅太太不可能有那麼大力氣把女兒強塞進煙囪中，所以，這件案子一定是樁謀殺案。其次，所有證人都認為粗啞聲音的人是法國人，但對於尖銳聲音的人卻說法各異，且都不知道兇手到底說了什麼，沒聽清楚兇手說的任何一個詞或字。」

　　接下來杜賓分析兇手可能逃逸的出口：「兇手逃走的路徑

莫爾格街凶殺案

並非樓梯和大門，那麼就只有窗戶，而這個窗框必然有自動開關的功能，才可能出現兇手開窗逃走後，窗戶又恢復到原來緊閉的狀態。」

杜賓的推論非常精彩，但還有一個問題──兇手怎麼進來？這一點正是杜賓接下來要分析的，「你有沒有發現房子附近的避雷針？只要腳用力一蹬，便可盪到窗戶邊或房間裡。但這有一定的危險性和難度，所以，作案兇手的身手必定矯健敏捷。」

杜賓的推理似乎沒有終結，他完全進入癡迷的狀態，滔滔不絕地說：「在法律上必須有證據的支持才算數，但推理的目的在揭開神祕的面紗。你想一想兇手是什麼樣的人？他身手比普通人更矯健敏捷，口音奇特、尖銳，音調都是不平均的，更特別的是幾乎沒人知道他說的是什麼……。」如果將如此兇殘的行為和動機一併思考，不合理的是留在抽屜中質地細緻的高級衣物、四千法郎的金幣為什麼沒拿走？

杜賓似乎在引導我把兇手恐怖的殺人手法，和房間中可能發生的古怪之事全部放在一起聯想：身手敏捷、力氣巨大、沒有犯罪動機，但手法詭異恐怖、慘不忍睹的屠殺、沒有人性、語言和口音沒人熟悉、說的話沒人能聽清楚……把這些放在一起，想到的是？

我聲音顫抖地回答：「這肯定是瘋子，……是附近精神病院逃出來的惡魔。」

「你看這些毛髮。」杜賓伸出手給我看，接著說：「我想這應該是兇手身上的，因為它們被愛斯巴奈雅太太緊握在手中。」我仔細地觀察這些毛髮，震驚的同時迷茫了。因為，人

類根本沒有這樣的毛髮！杜賓翻開一本描述東印度群島紅棕毛猩猩的書：紅棕毛猩猩的體型十分巨大，力氣驚人，但是身手敏捷、性情兇殘，更重要的是非常善於模仿人類的動作。

我立刻了解到誰是這樁謀殺案的真正「兇手」了。

＊　　　＊　　　＊

杜賓開始對法國人與猩猩的關係推測：「基本上所有證人都聽到那位法國人說了一句『我的天啊』，而西點糖果師指出好像在說一些勸誡和斥責的話。把所有這些證據集中起來已經看到了這一命案的謎底：這位法國人看到這樁冷酷無情的殘殺的全部經過，這法國人可能無辜，不過紅棕毛猩猩可能是從他那裡逃脫的，因此他一路追猩猩來到命案發生現場，之後發生的情況他也無法控制了。」

如今我們只能「等待」更多的證據出現。杜賓說起剛去以報導航運資訊為主的世界報報社刊登廣告啟事，很多水手都會讀這份報紙。如果和本命案關係密切的法國人是無辜的，那麼他看到這則廣告，必然會來聯繫。我十分驚訝的問杜賓：「你怎知道這法國人一定是水手？而且在商船工作？」

杜賓的回答是這樣的：「根據這條緞帶上所打的水手結。」

這個時候，從樓梯處傳來腳步聲，進來的男人身強力壯體型高大，顯然是水手。他很笨拙地向我們鞠了一個躬，並用濃重的法國口音道晚安。

　　　　　＊　　　＊　　　＊

　　在杜賓軟硬兼施的説服下，緊張惶恐的水手終於和盤托出：

　　不久前，他隨船到東印度群島，在婆羅洲逮住一隻紅棕毛猩猩。他將猩猩安置在住所，打算等猩猩的腳傷恢復就賣掉。沒想到那天深夜，水手和朋友喝酒狂歡回來後，發現猩猩竟然跑到他的房間。當時猩猩正拿著刮鬍刀坐在鏡子前，一副準備刮滿臉泡沫的鬍子的架勢。水手覺得，猩猩一定是學會怎麼開小房間的鎖，因爲猩猩學他的各種動作，總學得有板有眼。

　　水手不知道應該怎麼辦。最後，他準備用平日馴服猩猩的方法——鞭打。沒想到這一次完全不同既往，猩猩一見鞭子，立刻逃到大馬路上。水手慌張地跑出去追趕，估計凌晨三點左右，猩猩跑進巷子，被一扇有著微微光亮的窗戶吸引。牠非常敏捷的爬上避雷針，抓住那扇打開的百葉窗，然後盪進屋中的床頭板上，過程前後不到一分鐘的時間。猩猩跑進房子後，竟然又把百葉窗往外踢了開來。

　　水手尾隨其後，伸長脖子監視房子中的情形。與此同時房中傳出尖叫聲。當時的情況是，那隻大野獸抓著愛斯巴奈雅太太的頭髮——她剛剛梳過頭，頭髮還散著，猩猩竟然模仿起理髮師的動作，不斷揮舞手中的刮鬍刀。愛斯巴奈雅小姐嚇昏了過去，老太太尖叫著掙扎，這把原本可能沒惡意的猩猩徹底激怒了，於是猩猩使勁撕扯下她一塊頭皮連同頭髮，並揮起握著刮鬍刀的健壯手臂，老太太的頸部就這麼被割斷。鮮血四濺讓猩猩獸性大發，眼中充滿怒火，暴怒癲狂的撲向早已昏迷的愛

斯巴奈雅小姐，用利爪死死地掐住喉嚨，直到她徹底斷氣才鬆開。

此時猩猩將目光瞥向窗外，發現主人就在外面，眼中充滿驚嚇和恐慌。猩猩想起被主人用鞭子抽打的痛苦回憶，牠的暴怒頓時變成害怕，非常不安地在房中亂摔傢俱，並把床墊從床架上搬了下來。最後，愛斯巴奈雅小姐的屍體被牠倒塞進煙囪，愛斯巴奈雅太太的屍體則被扔出窗外。

＊　　　＊　　　＊

這大概就是整樁莫格街凶案的經過，水手的敘述加上杜賓神奇的推測讓所有細節都盡顯無遺。至於猩猩最終被主人抓住，然後以高價賣給巴黎的植物園（裡面設有動物園）。

我們則把全部案情詳細地向警察局長陳述，當然，杜賓是不會放過表現自己的觀點的機會。言談中可見局長非常欣賞杜賓，不過我也從這位被杜賓總是蔑視的警長臉上看到了他困窘的表情，畢竟這件被巴黎警方視為重點偵辦的案件，竟然被一個與警方毫無關係的普通人成功破案，怎麼說也是一件沒面子的事。所以局長先生特別對杜賓說了一句：「我個人還是認為，不在其位不謀其政。只要每個人都能管好自己的事，不插手不該自己管的事，這個城市的治安一定會大有改觀。」這話顯然不是在說治安，而是在挖苦杜賓。

杜賓對警方的這些牢騷倒是滿不在乎，自認能在專業上把他們打敗就已經非常滿足了。從這件案子看來，局長先生的失誤在受制於豐富的辦案經驗，而不懂得心智思維，缺乏分析和想像力。要知道，如果不能將辦案思維和手法進行創新，那麼

想突破偵查無疑是困難的。不管怎麼說，局長先生是一個非常不錯的人，我特別佩服他渲染自己辦案能力的本領。在他們這一行，若是沒有好的名聲，行嗎？

杜賓表面上對局長的挖苦完全不在意，可是我實在不知道他的這番議論到底是在表彰自己的推理能力和心智思維呢，還是挖苦巴黎員警和局長先生？

走廊燈　引經據典

1. 我怕將要發生的事，並非怕事情本身，而是怕其後果。（《厄舍府的倒塌》）
2. 幸福不在知識之中，而在對知識的獲取之中；在永遠的獲取中，我們永遠被賜福。
3. 你還年輕，不過你總有一天會學會自己評判這世間發生的一切，而不去相信別人的閒言。（《塔爾博士和費瑟爾教授的療法》）
4. 人們經常把我看作瘋子，我不在乎。然而有一個疑問久久盤桓在我心底，這就是：癲狂到底是不是人類智慧的最高顯現呢？
5. 我不惜生命和名聲，不顧理智，一味喝酒，並非追求樂趣，而是竭力逃避令人痛苦的回憶，無法忍受的孤寂和迫在眼前的大限。

頂崁燈　思辨探索

《莫爾格街凶殺案》被公認是全世界最早出版的推理小說、所有偵探小說的起源。小說之前，引出神話傳說既故弄玄機，又明確地指出撥雲見日的可能：「這當然都是難以尋找答案的謎題，可是這些並非毫無推測的餘地」，成功的激起讀者的好奇。

莫爾格街發生命案。

證人、警察、法醫說明所見所聞與所想。

杜賓勘查現場,提出推理分析。

水手證實命案發生經過與現場狀況。

莫爾格街凶殺案

熟悉希臘神話的人必然預料到死亡結局，這再度引起讀者：誰死了？為什麼痛下殺機？兇手是誰？犯案過程？目擊者的證詞？警方破案經過？如果你心裡冒出這一連串的疑問，那麼恭喜你已經具備參與辦案推理的資格了。

　　在正式進入兇殺案之前，先玩味這兩則西方經典故事：

　　相傳賽蓮是河神埃克羅厄斯的女兒，與繆斯比賽音樂落敗而被拔去雙翅，失去飛翔的能力。在海岸線徘徊的賽蓮有時會變幻為美人魚，有時以音樂吸引過往的水手使他們遭遇滅頂之災。賽蓮所居住的墨西拿海峽小島附近盡是白骨，唯獨阿爾戈英雄俄耳甫斯，他彈奏豎琴令賽蓮為之傾倒；另一位是特洛伊戰爭英雄奧德修斯，他以白臘封住雙耳，把自己綁縛在桅桿上而逃過劫難。

　　希臘第一勇士阿基里斯，是色薩利國王佩琉斯與海洋女神忒提斯的兒子，具有超人的戰爭智慧和強大力量，攻無不克，戰無不勝。阿基里斯的母親預知兒子將死於特洛伊戰爭，便把他藏身在斯庫羅斯島的宮殿中。但是預言家說只有阿基里斯才能攻下特洛伊，奧德修斯於是假扮商人來到宮殿，找到了男扮女裝的阿基里斯並帶他去特洛伊。

　　這兩個希臘神話故事都與特洛伊戰爭、海洋之神、超凡力量、拔去能力、變形藏身、預知必然和死亡有關。如果你習慣於分析、著迷於推理過程；如果你的敏感度足以發現不起眼的巧合，心思縝密的把無厘頭的訊息梳理出合理的頭緒，又能掌握某種邏輯規則，理性地跳出細節宏觀全局，還帶著神奇的想像，那麼，你必然會在這篇小說中找到抽絲剝繭的辦案樂趣，迷上愛倫‧坡的所有小說，成功通過推理大師的門檻。

　　在古典推理小說中，犯人身分、犯罪手法與詭計、作案動機是主要探究的問題。

　　愛倫坡透過大膽假設、小心求證的演繹法，先就證詞的共同點刪

除母女倆的相殺，定下兇殺的方向，並確認現場有法國人和另一個發音尖銳、身手矯健敏捷、孔武有力卻沒有人聽懂語言的在場者。

當大家都陷於這懸疑、驚悚的氛圍而不知所措時，唯有杜賓左手不屑地嘲笑警方無腦，右手雲淡風輕地拿出毛髮，點出避雷針，描述起那天外飛來的特技畫面，直叫人懷疑他是先知，或者根本就是目擊者。

這就是愛倫・坡作品之所以引人入勝之處，他精準地掌握兩個重要規則：簡短、每個字都要符合故事的目的。這使他得以操控讀者的注意力，製造強烈又非凡的閱讀與想像經驗，愛倫坡稱此為「效果統一」。同時，他早在佛洛伊德之前就進入了人類的潛意識，讓讀者變成主動參與者，自己決定敘事者的分析是否合乎邏輯。

「任何線索或消息都可能是繁多複雜的，只有那些心思縝密的人才懂得它們的意義。」、「在牌局中仔細觀察和推敲之後再加上規則的運用，牌才能打好。」、「在某段時間前後的想法，雖然是一點一點聯繫的，卻是風馬牛不相及的事情。」這是愛倫坡為偵探寫的教科書。他堅持不用簡單的詮釋或明確的道德訊息，而是像這篇小說裡，我與杜賓之間的對話，邊鋪陳暴力和恐怖的犯罪，邊示範冷峻的心智分析，引導讀者養成觀察周圍的人和事的習慣、破解那些令人暈頭轉向謎語、難題的興趣。

假以時日，或許你會有杜賓的招數──拋出長長的魚餌，勾起水手、關於紅毛猩猩善於模仿的本事，登報，然後靜靜等魚上鉤。這是推理小說的滋味，偵探的最高境界，讀完這篇小說的你必然心領神會。

莫爾格街凶殺案

問題解讀	問題思考	問題行動	問題結果
真相是什麼？	誰是兇手？動機目的？	1. 收集各方證人、相關辦案人說詞。 2. 觀察、推理、分析、後設、實證。	破解謎團，發現事理釐清動機，查出兇手。

櫥窗燈　震盪效應——相關閱讀

推理小說，顧名思義是以推理方式解開故事謎題，通常為偵探事件，凸顯敏銳觀察和理性分析破案過程。無論是否夾帶著偵探、犯罪、神祕、恐怖、驚悚或間諜的元素，都具有製造懸念，劇情逆轉、真相大白的概念。南宋提刑官宋慈《洗冤集錄》、明《包公案》、清《狄公案》即是中國古代著名的公案小說。

推理小說在十九世紀起源於美國，後來發展於英國，盛於日本。愛倫坡開啓的推理小說，啓發柯南‧道爾以離奇的情節、聰明的偵探創作福爾摩斯系列，形成「名偵探與助手」模式，被譽為「英國偵探小說之父」，迄今仍是全世界最暢銷偵探小說作家之一。接續者有法國莫理斯‧盧布朗亞森羅蘋系列，透過風流倜儻家境富裕，卻無人知道真面目的千面人，刻劃俠盜神祕義舉和法國式翩翩的浪漫。

○○七詹姆斯‧龐德的出現，讓偵探轉為情報員，那上天下海神乎其技的身手和跨國界的暗殺、偷竊機密、掃蕩惡勢力的使命，尤其是美女掩飾的裡應外合，從小說燃燒到大螢幕，在許多人的記憶裡徘徊。

至於日本推理小說或融入刀光劍影的武士、夜行百鬼活屍、神祕宗教之詛咒，或透過電車殺人事件、校園詐騙謀殺、街頭犯罪之類社會寫實新聞出現。歌野晶午《櫻的陷阱》、伊坂幸太郎《金色夢鄉》、大沢

在昌《新宿鮫》、東野圭吾《嫌疑人X的獻身》、《白夜行》，另有松本清張的動漫畫《名偵探柯南》，都是風靡一時的作品。

偵探小說分本格派、變革派、社會派、冷硬派、法庭派。

本格派又稱古典派，是推理小說主流、正統，書中總會「到這裡你已擁有足以解開謎題的線索了」這類話向讀者挑戰，分析過程強調理性邏輯，追求公平正義。變革派會加上變態心理，製造驚奇性，帶領讀者在混淆錯亂之間解謎。社會派則反映現實，以敘述警察追線索辦案為主。冷硬派發展於一九三○年代，經濟大蕭條的美國，偵探往往窩身於社會底層，憑藉一雙硬拳和執著地追尋真相、不屈不撓的精神，與惡勢力搏鬥，這種鋼鐵正義，又稱硬漢派。法庭派重在物證、心證的辯論、翻案設計，以法庭為主要場景。

推理小說通常在開頭就布下焦點，如偵探推理小說女王阿加莎·克里斯蒂，《東方快車謀殺案》：「午夜過後，一場大雪迫使一輛整年都處於滿員狀態豪華快車停下。但那天早上卻發現少了一名乘客，一個美國人被刺了十二刀死在他的包廂裡，可是他的包廂門反鎖著。隨著緊張氣氛逐漸增強，偵探赫爾克里·波洛想出了兩個偵破此案的方法……」在一股讓人窒息的壓迫感，直撲而來之際，偵探如解救之神而降，讓人不由得跟著睿智的腳步走進一連串思考之路。

製造迷宮作家保羅·奧斯特著迷的是虛幻的真實、現實的偶然和悲劇的因素在《紐約三部曲》——玻璃之城、鬼靈和禁鎖的房間裡故弄玄虛的包裝之下，他想傳遞的是：「我雖然沒有答案，但還是對尋找答案有一種迷戀，所有的作家窮其一生都是一個尋問的過程，而且推動他們追尋的動力是他們所未知的東西，而不是已知的東西。一開始似乎都是潛意識的東西，然後再繼續挖掘、探索。」

這，或許就是推理小說歷久不衰的原因吧！

小婦人

超驗主義

俯瞰名著 (名著導讀)

　　路易莎・梅・奧爾科特（Louisa May Alcott, 1832-1888），美國鍍金時代的小說家。

　　路易莎出生在賓夕法尼亞州傑曼鎮，父親是著名的超驗主義作家，一生沉迷於對理想的追求，成為自學成才的哲學家、學校改革家和烏托邦主義者，家計全由妻子路易莎・奧爾科特承擔。

　　不過儘管全家生活貧困，在父親為建立道德完滿社會的理念下，路易莎接受父親、哲學家梭羅、作家愛默生等教育，也共同懷抱超驗論者的理想。

　　為了生活當過女裁縫、護士、老師、幫傭的路易莎，在出版商的建議下，以姐妹情思與家庭生活為元素寫成《小婦人》。1868年出版後打動無數人心，被小說家佛瑞斯特定義為「能夠展現美國人日常情緒與舉止畫面」。這本翻譯成52國語言的經典，在不同世代改編成舞臺劇、卡通、電影及電視劇，讓那堅毅而各有個性的四姐妹一直活在人們心裡。其後，她續寫各自成長後的故事為《好妻子》、《小紳士》、《喬的男孩們》，另有《醫院速寫》、《亡愛天涯》、自傳《經驗的故事》等。

　　終生未婚的路易莎成名後，積極投身於廢奴主義、禁酒運動和女權主義運動。內戰期間，她曾擔任軍隊救護人員；其後，透過雜誌鼓勵女性站出來捍衛自己的參政權，還擔任兒童刊物編輯。

細看名著

　　「沒有禮物聖誕節怎麼過？」喬躺在小地毯上咕噥。

　　「貧窮真可怕！」梅格發出一聲歎息，低頭望著身上的舊

衣服。

「但我們有父母姐妹」，坐在一角的貝思提出抗議。

這句令人愉快的話使爐火映照下的四張年輕的臉龐明亮起來，但思及遠在戰場的父親，大家的臉又黯淡下去。

這四姐妹是大姐瑪格麗特，十六歲，成熟婉約，體態豐盈；喬十五歲，身材修長，皮膚黝黑，像匹小公馬，敏銳剛毅的眼神彷彿能看透一切；貝思，十三歲，害羞，愛彈琴；最小的艾美有一雙藍眼，金黃色捲髮，早熟，具繪畫天分。

為了幫忙家用，梅格當起一群毛孩子家教；喬陪伴吹毛求疵、神經質的老太太；貝思感歎洗碗打掃房子，粗糙的雙手僵硬得連琴也彈不了；喬雙手插進衣袋，吹起口哨說：「雖然不得不幹活，但我們四姐妹嬉戲相伴，還是蠻快活的。」艾美抨擊道：「別這樣，喬，只有男孩子才這樣做。」

「所以我才吹。我恨我必須長大，恨穿長禮服，恨故作正經的像漂亮小姐。我喜歡男孩子的遊戲，做男孩活兒，想跟爸爸一起參加戰鬥，卻偏偏是個女孩子，只能呆坐在家中做女工，像個死氣沉沉的老太太！」「我不喜歡在火爐邊打盹。我喜歡冒險，我要去冒險。」喬邊大聲說邊抖動藍色的盒子，把裡頭的針弄得錚錚作響，線團也滾落到一邊。

此時屋外冬雪正輕輕飄落，屋內爐火啪啪歡響，牆上掛著雅致的圖畫，壁凹內堆滿書本，窗臺上的菊花和聖誕花綻放，洋溢著一片寧靜、溫馨的氣氛。

時鐘敲響六下，媽媽就要回家了。喬坐起來把鞋子挪近火邊，說道：「媽咪鞋子太破舊了，得換雙新的。」姐妹們爭先恐後要用自己的錢買鞋，最後決定各自給媽媽送件聖誕禮物：

小婦人

梅格送精緻的手套、喬買鞋、貝思送鑲邊小手帕、艾美送一小瓶古龍香水。她們還想著要像過生日那樣，請媽媽坐在大椅子上，姐妹依次送上禮物，然後看著媽媽在面前拆開禮物。

姐妹說定後，便開始準備聖誕夜的話劇，喬帶著大家排練，先是要艾美試演暈厥那場戲。喬做了示範，艾美跟著模仿，但她伸出的雙手像火棍僵硬無比，那一聲「啊！」不像是感到恐懼和極度痛苦，倒像是被針戳了一下。喬失望地歎了一聲，梅格放聲大笑，貝思看得有趣，把麵包也烤糊了。

「喬，你能寫出這麼好的劇本，而且演得這麼出色，簡直不可思議！你真是莎士比亞再世！」貝思喊道。這時，馬奇太太回來了，姑娘們紛紛準備擺桌吃飯。梅格端茶桌；喬搬木柴、放椅子，卻把柴丟落一地，椅子也打翻；貝思在客廳和廚房間來回穿梭，忙碌而安靜；艾美則袖手旁觀發號施令。

大家都聚到桌邊的時候，馬奇太太說：「吃飯後，我有好東西給你們。」她的臉上有一種異乎尋常的快樂。貝思顧不得手裡拿著餅乾，拍起手掌；喬把餐巾一拋，嚷道：「信！信！爸爸萬歲！」

在艱難的日子裡，父親寫回家的信，多半不談箇中艱險和壓抑的鄉愁，而是生動的軍營生活、行軍情況和部隊新聞，末了才顯露出一顆深沉的慈父愛心，以及渴望回家和妻女們團聚的願望。

收拾桌子時，大家開始飛針走線，為馬奇太太縫製被單。原本沉悶的活兒，在喬的建議下，把長長的縫口分為四段，分別稱為歐洲、亞洲、非洲和美洲。她們一邊縫一邊談論針線穿越的不同國家，果然進展神速。

九點鐘的時候大家停下活兒，像平時那樣先唱歌再去睡覺。艾美歌聲清脆，喬總會冒出個顫音或怪聲。打從牙牙學語的時候開始，她們就一直這樣唱，因為她們的母親是天生的歌唱家，早上聽到的第一個聲音就是她在屋子裡唱出雲雀般婉轉的歌聲；晚上，她那輕快的歌聲又成了一天的尾聲。

* * *

加德納夫人邀請馬奇家兩姐妹們參加晚會，梅格想弄幾縷鬈曲的瀏海，喬便將她的頭髮用紙片包起來，再用燒熱的火鉗夾，結果瀏海全燒成焦灰。梅格絕望地看著額前參差不齊的頭髮，痛哭失聲，喬懊悔萬分，淚水奪眶而出。最後還是艾美在靠近額前打個結，看上去就像是最時髦的髮型。

經過家人的努力，她們的衣飾簡單卻相當好看——梅格身穿銀灰色斜紋布衣裳，配藍色天鵝絨髮網，蕾絲飾邊珍珠髮夾；喬一身栗色，配筆挺的男式亞麻布衣領，唯一的點綴是兩朵白菊花。

這雖是非正式的小舞會，對她們來說卻是件盛事。五六個快活的小伙子在房間的另一頭大談溜冰。喬自知總會打翻點東西，踩著別人的腳趾頭，或者出些糟糕透頂的洋相，只能一邊看著舞池，一邊交談，彼此都覺得似乎相知已久。

喬對勞里‧勞倫斯在外國讀書的生活，和十六歲男孩的想法很好奇，因為她們沒有兄弟，也沒有什麼表兄弟，對男孩子幾乎一無所知。勞里體貼地帶喬到空無一人的走廊，盡興地跳了一曲波爾卡舞。梅格因為高跟鞋扭傷了腳，勞里取來咖啡和冰塊，大家愉快地吃著各式糖果，跟兩三個剛進來的年輕人安

安靜靜玩遊戲。

　　勞里送她們回家時，特意坐到車夫座位上，騰出位置讓梅格把腳架起來。姐妹倆毫無顧忌地談論剛才的晚會開心的事。

　　幾天後，勞里來找喬，兩人走在鄉間小路上，喬擔心家境富裕的勞里會因俠義而惹上麻煩，叨唸著，「你有時顯得情緒低落，內心不滿，這時我便有點兒擔心；因為你個性極強，如果一旦走上歪路，我恐怕很難阻擋你。」勞里一言不發，默默而行，喬望著他，暗恨自己快嘴快舌沒有遮攔，只好湊到他耳邊輕語說出自己把兩篇故事交給報社編輯，下個星期就會收到答覆的祕密。

　　「好一個馬奇小姐，著名的美國女作家！」勞里叫道，把自己的帽子向空中一拋。衝下山坡時喬的帽子、梳子和髮夾落了一地。當勞里邊撿邊說起梅格和約翰·布魯克在一起的事時，有一個人恰恰走過來，此人不是別人，正是梅格。她出門拜訪朋友，穿著一身整齊的節日服裝，一派淑女風韻的梅格見喬的狼狽樣，便責備道：「喬，你怎麼能這樣，什麼時候才不再胡鬧？」

　　「別使勁催我長大，看到你一下子變了個人已經夠難受了，就讓我做個小姑娘吧，能做多久是多久。」喬邊說邊理頭髮，試圖遮住自己輕輕抖動的雙唇。她最近覺察到梅格正迅速長成一個女人，姐妹分離是必然的事，勞里說的祕密使這一天變得似乎近在眼前，她心中十分恐懼。

＊　　　＊　　　＊

　　聰慧有想法的梅格決定在花樣年華嫁給約翰·布魯克，這

讓喬完全無法接受，但梅格的一番話卻也令人醒悟：「我的夢想跟妳的不同，不代表它們就不重要。女人最幸福的王國就是家，最高的成就便是精通管理家庭的藝術——並非像女王一般威權統治，而是以妻子與母親的智慧掌理。」

這天，梅格看上去就像一朵玫瑰，心靈中最甜美的東西似乎都蕩漾在她臉上，使那張臉充滿魅力、溫柔，美麗無比。梅格堅持不要盛裝打扮，也不要時髦的婚禮，只要所愛的人們在身邊，看著她熟悉的老樣子。因此，她親手將溫柔的希望與天真浪漫都縫進結婚禮服，妹妹們把她漂亮的頭髮編成辮子，身上唯一的裝飾是山谷裡的百合花。

眼下，三年時光讓姑娘們有些變化。喬的小平頭已長滿密密長長的鬈髮，也學會雖不很優雅但自如地展露風情。體弱多病的貝思更加蒼白、沉靜，痛苦的陰影觸摸著年輕的臉龐，透出哀婉動人的堅韌。十六歲的艾美已具女性優雅的風韻，雖然鼻子不夠直挺、嘴巴太闊讓她苦惱，但她寬慰自己皮膚白皙，藍眼敏銳，金色鬈髮比以前更濃密。

三個女孩都穿著銀灰色的薄裙，帶著渴望的眼神，注視浪漫故事中最甜美的一章。新郎約翰‧布魯克的手在顫抖，誰也沒聽清楚他的回答；然而，梅格直盯著丈夫的雙眼說道：「我願意！」她的面容、聲音帶著溫柔的信任，這讓母親感到欣慰。

喬意識到勞里正盯著她看；貝思把頭埋在媽媽肩膀裡；艾美像一座優雅的雕像，陽光撫摸著她白皙的額角和頭上的花束，好看極了。年輕人像仲夏的蝴蝶在花園翩翩起舞，老太太將拐杖往胳膊下一夾，輕快地隨著老先生繞著新人也跳起舞

來。大家臉上充滿愛意、希望與自豪——就這樣，梅格的新婚生活開始了。

＊　　＊　　＊

喬突然交上好運，在她的生活道路上落下幸運錢幣。

每隔幾星期，她就把自己關在閣樓，像掉進漩渦似地寫作。她穿上的寫作服是可以隨意在上面擦拭鋼筆的黑色羊毛圍裙，一頂同質地的帽子，上面有個怡人的紅蝴蝶結，一旦準備動手寫作，她便把頭髮束進蝴蝶結裡。在家人好奇的眼裡，這頂帽子是個信號，若是這富有表現力的服飾低低地壓在前額，表明她正在苦苦思索；寫到激動時，帽子便時髦地斜戴著；文思枯竭時，帽子便被扯下來。這種時刻，誰闖進屋子都得默然而退，不到她那天才的額頭上豎起歡快的蝴蝶結，誰也不敢和喬說話。

喬根本不把自己看作天才，只有在進入想像世界的時候，她才感到幸福，活得有意義，儘管這段時間她沒做出別的什麼。有天她看見《展翼鷹》報徵「轟動一時的故事，獎金一百美元」的消息，便興致勃勃地運用戲劇表演經驗和廣博的知識，寫了一篇浪漫傳奇。

六個月的等待十分漫長，就在喬開始放棄希望時，來了一封信——一張一百元支票和鼓勵的信。喬在家人面前分享多年的努力，開心地把這筆錢送貝思和媽媽到海邊度假。

從海邊回來的貝思儘管沒長胖，但面色變紅，身體明顯好多了，馬奇太太聲稱她覺得自己年輕了十歲。喬對她的獎金投資很滿意，情緒飽滿地又開始寫作，一心要多掙些令人愉快的

支票。

　　那一年，她確實掙了不少，並開始意識到自己在家中的分量，因爲透過筆的魔力，她使全家人過得很舒適：〈公爵之女〉付了買肉錢、〈幽靈的手〉鋪成一條新地毯、〈考文垂的咒語〉讓馬奇一家過上了豐衣足食的小康生活。喬沉醉在這種愉快的感覺中，不再羨慕那些有錢的女孩，並從提供家人所需中獲得巨大的安慰。

＊　　＊　　＊

　　艾美陪卡羅爾嬸嬸去英國倫敦，勞里也去了歐洲大陸漫遊，時間與分離在兩個年輕人身上都發生了變化。艾美以一種新的眼光看向在聖誕舞會相遇的老朋友，不是印象裡的男孩，而是一個英俊悅人的男人。她意識到自己有一種非常自然的願望，想在勞里眼裡得寵。

　　薄暮時分，喬獨躺在舊沙發上，枕著貝思的小紅枕頭，看著爐火策劃著故事，做著夢，充滿柔情地想著已故的貝思，感覺她似乎根本沒有遠離。喬的神情疲憊、嚴肅、有點悲哀。明天是她的生日，馬上就二十五歲，卻沒什麼可以炫耀的。

　　不過她隨即轉念想就算是老姑娘，也是個喜歡文學的老處女，以筆爲配偶，一組故事當孩子，也許二十年後會有點兒名氣。何況只要習慣獨身生活，日子也會過得很舒服，於是她暗下決心，寧願當幸福的老姑婆，也不要爲嫁而嫁。

　　喬肯定睡著了，因爲勞里的幻影突然站在她面前俯身看著她，帶著以前他感觸良多又不想顯露出來的表情——她想不到竟會是他。

喬驚訝地盯著他，直到勞里俯身吻她，這才高興地叫著「哦，勞里！哦，我的勞里！我幸運的男孩，言語表達不了我的高興，艾美呢？」

　　「你媽媽把她留在梅格家，我沒法子將我的妻子從她們手中救出來。」

　　「你的什麼？」喬叫了起來，勞里帶著洋洋自得的口氣說出了這兩個字，洩露了祕密。

　　「哎呀，糟了！我已經這樣做了。」他內疚的跪了下來，悔過似地握著手，臉上的表情充滿淘氣、歡樂與勝利。

　　「真的結了婚？」

　　「你像個盜賊似地溜進來，又這樣子泄露出祕密，讓人大吃一驚。過來坦白交代吧！我一想到你結了婚，安定了，就忍不住覺得好笑。」

　　喬的笑容極具感染力，兩人完全以從前那種愉快的方式細細談了起來。

　　「我發誓，有一段時間我腦子裡混亂不堪，搞不清楚我更愛誰，你，還是艾美，我試圖兩人都愛，但做不到。當我在瑞士見到艾美時，一切似乎立刻明朗了。你們倆都站到了適當的位置上。我確信舊的愛完全消失了，才開始了新的愛，因此我能夠坦率地與作為妹妹的喬，及作為妻子的艾美交心，深深地愛著兩人。你願意相信嗎？願意回到我們初識時那段幸福的時光嗎？」

　　勞里握住喬遞過來的手，將他的臉貼在上面放了一會兒。他感到，從他那男孩氣熱情的墳墓中，升騰起一種美麗的牢不可破的友情，使兩人都感到幸福。

馬奇先生參加內戰，四姐妹快樂地演戲、縫紉，為母親準備聖誕禮物。

梅格和喬參加宴會，認識勞里；梅格嫁給約翰‧布魯克先生。

喬展現文學天分，以獎金讓母親和貝思去度假。

勞里娶了艾美，與喬保持深厚友情。

小婦人

引經據典

1. 年輕的心不可羈絆，而且經歷是最好的老師。（《喬的男孩們》）

2. 改變讓人愉快。親近故人的離去因他們留下的恩惠，也顯得有些美好。（《喬的男孩們》）

3. 女孩子得走出家門，走進這個世界，要對所有事物建構出自己的一套看法。（《小婦人》）

4. 她們在蕨草的枝葉之間徜徉，吊在松樹枝椏盪鞦韆，在百合花蕾湖面上遨遊。風信子發出歡快愉悅的叮噹鈴聲讚美夜晚，精靈隨著音樂在滿是苔蘚的土地上婆娑起舞。（《花兒寓言》）

5. 大家一起用了午餐，隨意地在房子裡找個地方坐下，安靜地讀書，給家裡寫信，或是悄悄地說著話。三點鐘的時候，全家都出動散步去了，鍛鍊是必須的；散步中，這些年輕的心靈就學會了發現並且欣賞大自然的奇蹟。拜爾先生總是與孩子們一起同行，像父親一樣指點著他的學生們，「石頭中，流淌的小溪裡，一草一木，到處都是道理。」（《小紳士》）

頂崁燈 **思辨探索**

　　任何年紀，任何時代，打開《小婦人》這本書都會被馬奇家的四個女兒深深吸引，也必然會陶醉在溫馨甜蜜的家庭氛圍裡。她們個性鮮明而不極端，各有才藝想法而不自私。溫柔淑女的梅格渴望婚姻家庭與愛情；率直天真的喬想要出名、賺錢、冒險和做大事；貝思沉靜貼心；自命不凡的艾美希望成為藝術家。在物質缺乏的生活裡，她們發揮想像把枯燥的縫紉化為拼接世界板塊的遊戲；馬奇太太的歌聲成

為睡前合唱的習慣；為了宴會打扮，以傳統美德裡揚起快樂的音符，形成平凡而滿足的幸福。

這本書紀錄路易莎的真實生活，她自小便特立獨行，勇於為自己發聲，在那張父親為她親手打造的書桌上，開啟創作旅程。書裡的喬就是作者，懷抱努力賺錢，讓自己和家人都過上富裕幸福生活的目標，秉持她自由獨立的女性觀——「女人有自主思考力，有思想靈魂、才華和野心，正如同她們擁有溫柔與美貌。我受夠聽大家說愛情是女人的全部。」「女孩子得走出家門、走進這個世界，要對所有事物建構出自己的一套看法。」「我永不屈就於命運，我要活出屬於自己的人生」，靠著一張紙，一枝筆，與男性一樣擔起養家糊口的責任。而那個認清「擁有一點才華，並不代表你就是天才」，懷抱「想要大放異彩，否則我寧願沒沒無聞」大志的路易莎，果真因為小婦人系列著作名聞遐邇，成為「時代的明確象徵之一」。

用現代與直率的方式來發表女性的文章，是鍍金時代女作家的特色。在南北戰爭之後，數百萬的移民從歐洲來到美國，鐵路、工廠沿著西部開發的腳步起飛。這樣昇平盛世的背景，以及得自家學強調人性中的神性的超驗主義薰陶，讓路易莎自小在父親的實驗教育與人文養成下，擁有善良、樸實、樂觀、獨立的自我。這是《小婦人》裡獨領風騷的喬，也是對抗女人為愛情而生、成為妻子母親宿命角色以及社會潛規則的智慧勇氣之所在。而這份信念與夢想，更是她日後投入女權運動，期許以自身微小的力量喚醒女性自覺的力量。

這些日常小事連綴出可親可近的情節，讓我們每個人都在其中看見自己，找到「家庭」是世界上最美好的憧憬，也對婚姻、愛情在人生信仰中的意義重新思考。無論是選擇婚姻的梅格、一心嫁給富人的艾美、早凋的貝思，還是細膩溫柔的勞里，他們各自在成長中經歷選擇，在選擇中認識自己也都表現出那年代的固執任性、堅強果敢，及

小婦人

不甘於平凡的霸氣。

　　繼這本描述姐妹童年在麻薩諸塞州生活的《小婦人》之後，是續寫姐妹為人妻、為人母後經營婚姻、家庭的心情與想法的《好妻子》。《小紳士》則以喬和她的丈夫巴爾教授在家裡辦了一個學校為主，敘述教化男孩子健全的品格，在自然薰陶下培養個性、懷抱夢想的故事。最後一部《喬的男孩們》，以學校中的小紳士十年後經歷大學裡青春、愛情，走入社會開創自己的事業，成為礦業家、新聞記者、音樂家等。

　　生命如歌，以悲歡離合為旋律。那個相信愛情，卻「不會為了取悅任何人而結婚」的喬，捍衛女性能自由選擇人生的權力，在改編為電影《她們》的故事中，再次擊中二十一世紀的價值觀──生命自主，不一定要為了誰而犧牲自己。據說《小婦人》出版後，許多女性粉絲紛紛寫信給作者致上讚美，但她們更關心的是喬會嫁給誰？而出版社也要求作者改結局。迫於家中的經濟壓力，路易莎妥協了，安排喬嫁給教授。這是十九世紀的美國，女性被社會要求努力成為賢妻良母，在法律不能擁有自己的財產，而必須服從丈夫的旨意。

　　每個世代都有自己的小婦人，現在的你，會如何選擇？

問題解讀	問題思考	問題行動	問題結果
女人的自由與權利	女人有自己的生活選擇權嗎？	1. 梅格參加宴會、言行舉止合乎優雅禮儀。 2. 喬在服裝、舉止、言語表現出瀟灑、自由的獨特個性。 3. 貝思以歌聲帶來快樂。 4. 艾美隨嬸嬸到歐洲。	1. 梅格、艾美與相愛的人走入婚姻。 2. 喬靠寫作為生，幫忙家計，成就名聲。

　　梭羅、愛默生與路易莎・梅・奧爾科特同是超驗主義者，懷抱遠離塵世回歸自然，過簡樸單純的生活以體會生命本質，關懷環境尊重生態的理念。

　　梭羅一生都是廢奴主義者，他對公民不服從的見解影響了托爾斯泰、聖雄甘地和馬丁・路德・金。他以瓦爾登湖隱逸生活寫成的《湖濱散記》，除描述四季景色，更鉅細靡遺地記錄每天的花費、勞作和內心種種糾結的情緒。書中閃爍著智慧的閃光，如「大部分的奢侈品和所謂的舒適生活，不僅可有可無，甚至可能會阻礙人類昇華。」「每個人都是一座孤島，可以決定自己的流放，遭遇風雨，心路不開，愁思就會綿長，直到有一天，撞見陽光。」和剝去軟弱，卸下虛偽，自省後的覺醒：「我願意深深地扎入生活，吮盡生活的骨髓，過得紮實，簡單，把一切不屬於生活的內容剔除得乾淨俐落，把生活逼到絕處，用最基本的形式，簡單，簡單，再簡單。」

　　愛默生的父親是知名的牧師和哲學家，母親在家中設立給年輕女性就讀的學校，是以他自哈佛大學神學院畢業後，擔任牧師，成立「愛默生學院」。他的《美國學者》被譽為美國思想文化領域的「獨立宣言」，該講說宣告美國文學已脫離英國文學而獨立，告誡美國學者不要盲目追隨傳統，不要摹仿，同時抨擊美國社會的拜金主義，強調人的價值。

　　愛默生的《論文集》不僅啓迪梭羅去愛默生住的瓦爾登隱居，也是美國文化精神的代表人物，美國總統林肯稱他為「美國的孔子」、「美國文明之父」。而他強調做自己的主張：「一個人應該學會發現和觀察自己，內心深處閃爍的微弱的光亮，而不僅僅是注意詩人和聖賢者輝耀天空的光彩」「藝術的偉大作品教導我們，要心平氣和地、堅定不移地堅持我們自己的看法。」正是《小婦人》中所追求的自我覺察，選擇做自己的意念。

美國

頑童歷險記

黑奴人權

俯瞰名著（名著導讀）

馬克‧吐溫（MarkTwain，1835-1910年），美國幽默大師、小說家、演說家，被譽為最具美國本土特色的作家，美國的賽萬堤斯、美國的荷馬、美國的托爾斯泰、美國的莎士比亞。

他出生於密蘇里州的佛羅里達村，兄弟姐姐早逝。父親過世後，十二歲的他便輟學當印刷學徒、排字工人，輾轉於聖路易、紐約、費城、華盛頓等地工作。他花了兩年了解密西西比河，成為輪船領航員，內戰後河運停止，於是轉而當礦工，想探銀礦發財的夢沒能成功，反而成為記者，開始以馬克‧吐溫為筆名創作。（MarkTwain是密西西比河上測水人的術語，意思是「兩潯深」或「安全水域」）。

多年來在密蘇里州密西西比河港的經驗，及當地的奴隸制，成為《湯姆歷險記》和《頑童歷險記》兩本歷險小說中的靈感。承繼《魯賓遜漂流記》懷抱熱情，積極樂觀的冒險精神，也讓兩位主角湯姆、哈克成為美國文學史上最著名的兒童人物。

馬克‧吐溫處於南北戰爭結束，美國新開始的時代，隨著工業興起的鐵路將發展從東向西擴張。移民、大城市、現代化企業經營的開拓夢、發財夢，形成美國精神。《頑童歷險記》中充滿冒險進取的生命態度，和幽默嘲笑傳統的智慧，成了最能代表這股浪潮的作品，而有美國文學的「獨立宣言」之稱。威廉‧福克納則稱馬克吐溫為「第一位真正的美國作家」；海明威聲稱所有現代美國文學都始於此書。

交友廣闊的他閱歷多、見識廣，文筆風趣而又諷刺。海倫‧凱勒曾言：「我喜歡馬克吐溫——誰會不喜歡他呢？即使是上帝，也會鍾愛他，賦予其智慧，並於其心靈裡繪畫出一道愛與信仰的彩虹。」

以獨特的語調，將美國人性格介紹給全世界讀者的他，作品有半自傳的作品《艱苦歲月》、《傻子旅行》；書寫西部風情的《鍍金時

代》、《舊日時光》、《密西西比河上的生活》等。

　　馬克‧吐溫先生《湯姆‧莎耶歷險記》的結尾是：湯姆和我──哈克找到強盜藏在山洞裡的錢，我們各得六千多塊錢，由法官拿去存放利息。

　　寡婦認我做乾兒子，許願要跟嚴厲的華珊小姐一起教我文明規矩，但我真受不了每天必須穿著整齊乾淨的衣服、依照禮儀用餐以及上教堂聽冗長的布道那樣呆板正經的生活。

　　有一天晚上，湯姆約大家成立湯姆‧莎耶幫，哥兒們在紙上血書宣誓。湯姆說我們是攔路行劫的英雄好漢，不過，兩個月裡我們既沒搶劫也沒殺人，只是裝模作樣地衝向趕車的人吹噓功績。有一回湯姆集合全幫哥兒們，說接獲密探情報：有一大隊西班牙商人和阿拉伯富翁要到「窪洞」夜宿，隨身帶有裝著珍珠寶貝的三百匹大象、八百匹駱駝和一千多頭馱騾，而警衛僅有兩百個人……，因此決計突擊搶劫。結果見到的只是主日學校一年級學生來這野餐。我們把小孩子衝散了，除了一些甜麵包、果子醬，什麼也沒有撈到。湯姆‧莎耶說，那裡有一批批阿拉伯人、大象。我問，我怎麼看不見啊？他說只要我沒這麼笨，並且讀過一本叫做《堂吉訶德》的書，就會懂得這是魔法搞的。

＊　　　＊　　　＊

　　四、五個月後，我在學校已經學會拼音，能讀書寫字、

背乘法表。就在我慢慢喜歡新生活時，我那嗜酒成性的爸爸出現了。他盯著我喝斥，不准我上學，不准變得比他強，還把我強行擄去，關在河畔森林裡破爛木屋裡；逼我交出錢去鎮上買醉，動輒拿木棍打得我全身傷痕累累。

六月水漲總會漂來些木料，這回竟見到一艘獨木小舟，這簡直是天助我也。我連忙偷拿了袋玉米粉、醃肉、威士忌、平底鍋和咖啡壺，還拿走所有咖啡、糖和火藥、勺子、鐵杯子、鋸子、毯子和釣魚竿、火柴，奮力划出渡口逃走。划過傑克遜島頂端，在面對伊利諾斯州的深灣上岸。

我在營帳邊抽著菸，得意自己是一島之主，但慢慢地開始覺得寂寞。白天走遍全島，夜裡聽流水沖刷河岸聲，數天上的星星，和從上游漂下來的木頭、木筏子，這是消磨孤獨時間最好的辦法。

有天我帶槍去打野味，突然踩到一堆還在冒煙的篝火灰爐。是誰跟我一起在這島上？順著皎潔月色，我溜進林子。遠處的樹叢裡火光閃爍，我發現有一個人正躺著。啊！竟然是華珍小姐家的黑奴傑姆！他一臉驚恐地瞪著我，接著雙膝下跪，雙手合攏地說：「別害我，別害我！我從未傷害過一個精靈，你回到河裡去吧，那是屬於你的地方。」

沒花多少功夫，我便叫他弄明白了真相。我們一起到繫船的地方，他生起火，我拿出玉米、鹹肉、咖啡和釣到的大鯰魚，他驚奇地認為這些都是魔法變出來的。吃罷後，我們懶洋洋躺了下來，傑姆說起黑奴販子說服華珍小姐賣了他就能得八百塊大洋，所以毅然決然計畫逃到伊利諾州開羅鎮，那是反對蓄養黑奴的自由州，再賺錢把家人贖出來。

　　　　　　　＊　　　＊　　　＊

　　大河漲水，從上游漂來一座木頭房子。我們往窗口一望，屋角地板上躺著一個男子，估計是被從背後開槍打死，已經死了兩三天。我們找到了一盞白鐵皮燈盞、割肉刀、折疊刀、舊被子、幾支牛油蠟燭、斧頭釘子、釣魚竿魚鉤、一卷鹿皮、一隻馬蹄鐵，還在一條舊呢毯大衣裡找到七塊大洋。

　　這樣算起來，我們發了一筆大財。但傑姆卻直說別高興得太早，摸蛇皮的惡運非同小可，眼看就要大禍臨頭了。

　　惡運真是臨頭了。傑姆被蛇狠狠咬了一口，不停地喝著酒，時而神志不清，時而跳來跳去。他的腳腫得很屬害，整整躺了三天三夜，嘴裡還喃喃地說：「我們的災禍還沒有盡頭呢！」

　　日子一天天過去，我們幹的最轟轟烈烈的事就是用兔肉當餌，釣到了一條像人那麼大的鯰魚。長七英呎兩英吋，重兩百磅以上，是密西西比河上釣到最大的魚了，要是在村子定能值很多錢。

　　我嫌日子過得太沉悶，便打扮成姑娘家上岸。打聽出人們認為我被謀殺了，爸爸和傑姆是嫌犯，因此懸賞三百塊錢捉拿，今晚，搜索隊就要往傑克遜島去了。我一路趕回樹林，跟傑姆朝下游漂到伊利諾斯州邊的沙洲。我們整天躺在那裡，看著一艘艘木筏子和輪船順密蘇里河向下游駛去。第二、三天用槍打下一隻早晨起得太早或是夜晚睡得太遲的水鳥，生活非常愉快。第五個晚上，我們路過聖路易，溜上岸到小村子買點鹹肉，順手帶回不喜歡躺在雞籠子裡的小雞。

半夜以後雷電交加，大雨傾盆，有艘擱淺的蒸汽機船撞到岩石。我們輕手輕腳爬上船，暗幽的燈光下，看見兩個賊人要槍殺地板上的男子！我嚇得一身冷汗逃了出來，用計偷走船上那幫傢伙偷來的東西：靴子、毯子、衣服、書、望遠鏡、頭等雪茄菸……。我們兩人一生中，誰也沒有這麼富足過。躺在林子裡聊天、讀些書，著實快活了。我告訴傑姆破船上和渡輪上發生的一切，並說，這便是歷險。

我們預計到達伊利諾斯的南頭，俄亥俄河的匯合處——開羅。傑姆從此可以擺脫是非，到那些不買賣黑奴的自由州去。豈料就在第二個夜晚，我坐在獨木小舟一頭衝進濃霧中。等我醒來時，迷霧已經消散，滿天都是亮晶晶的星星，小舟飛快地沿著一處較大的河灣往下衝。起初還以為在做夢，我竟跟在霧中分散的傑姆碰面了！傑姆激動地摸摸我，說：「哈克，你真的沒有死，你回來了，真是謝天謝地！」我靈機一動決意裝傻，直說沒見到大霧，更沒有遇到什麼麻煩，讓傑姆誤認為這一切都是幻覺。

傑姆有五分鐘之久什麼話都沒有說，自言自語：「怎麼能在十分鐘裡夢見這麼多一大堆的事啊？」接著很憂傷地對我說，他使勁划，使勁喊，累得差點沒命。面對嗚咽著說丟失了我，他的心都碎了的傑姆，我心裡想的竟是怎樣撒一個謊來欺騙他，頓時，我恍然醒悟自己有多麼卑鄙。我苦熬了一刻鐘，終於鼓足勇氣，在一個黑奴面前低頭認錯。早知道他會那麼難過，我是絕不會幹那樣的事的。

　　眼看自由就快來了，傑姆激動地不停高聲說要拚命掙錢贖回老婆孩子，並對著我又叫又跳，說這一切都得歸功於我，我是他最好的朋友，也是唯一的好朋友。

　　後來才知道我們在大霧中漂過了開羅。他說：可憐的黑人就是沒有幸運，我一直在懷疑，那條蛇皮帶來的霉氣還沒有完呢！果真我們的木筏撞上了蒸汽機船，斷成了兩半。我被肯塔基州的格蘭傑福德家人救起，慷慨地說我可以把這裡當成家。

　　從和我年齡相仿的巴克・格蘭傑福德口中，得知他們與謝弗遜家有長達三十年的血腥世仇。兩家相距兩英哩多路，使用同一個輪船碼頭，全都帶上了槍去同一所教堂禱告。有天晚上，巴克的大姐姐與謝弗遜家的哈尼私奔，遠處傳來了槍聲。混亂中，巴克父親和兩個哥哥被打死了，對方也死了三四個人。

　　突然之間，砰！砰！砰！響起了三五槍響聲。那邊的人悄悄穿過林子，繞到巴克後邊，朝他和兄弟射擊。我當時難受得幾乎從樹上摔下來。巴克對我是那麼無微不至、體貼入微啊！好久以後在夢裡還夢見了這發生的一切。

　　木筏子是自由舒坦的世外桃源，寂靜中偌大一條大河全屬我們所有。青蛙的清鳴、遙遙相望的河岸島嶼、駁船上傳來提琴聲或者歌聲，有一搭沒一搭地說星星是萬物主宰造的，傑姆說是月亮下的蛋。

有一天黎明時分，我看見一艘獨木小船，遇見一個七十多歲禿頂老頭，自稱是法國皇太子路易十七；另一個人三十歲左右，自稱是公爵，因為叔叔奪取爵位和財產，被追殺落難至此。還說我們對皇太子說話時要雙膝下跪，稱呼他為「皇上」。

　　我心想這根本是騙子，不過從沒有露出口風，秉持隨其所欲，免得傷和氣的態度，只求相安無事。豈料兩個人竟到鎮上四處貼海報，上頭寫著：莎士比亞名劇再現輝煌！驚人魅力！只演今晚兩場！——《羅密歐朱麗葉》中絕美的陽臺、《理查三世》中之鬥劍場面、哈姆雷特的不朽獨白！在巴黎連續演出300多場，入場票三角五分，童、僕兩角。

　　那晚上觀眾只有十幾位，但第二天晚上，大廳裡一轉眼就擠滿了人。公爵立在布幕前面，先是吹噓這次演出的悲劇、演員，在他吊足觀眾的胃口後，便揭開布幕，國王全身塗著紅紅綠綠的各色顏料，一絲不掛跳上場來。觀眾笑得前仰後俯，國王蹦跳一番後進了後臺，在全場鼓譟狂喊之下，國王又走回臺前，把剛剛的動作又表演了一番。接下來這是公爵拉下大幕，對觀眾一鞠躬說因為倫敦有約在先，這場偉大悲劇只能再演兩個晚上。

　　有二十個人大聲嚷：「上當了！」這時有一個長得有模有樣的高大男人跳到長凳上，吼著：「我們是上當了啦，為避免我們成了全鎮笑話，從這兒走出去時要極力吹捧這齣戲，讓鎮上其他的人都來捧場。這樣一來，我們全都成了一艘船上的人了。明白了嗎？」

　　這兩個二流子在三個晚上就把三百六十八塊大洋騙到手，

我從未見過這樣整車整車把錢往家拉的。

　　我們划著船趁夜溜走，第二天黃昏，我們在河心一個長滿柳樹的小沙洲靠岸。公爵和國王設計要到鎮上去重施故技，我趁機逃脫，豈料傑姆卻被「國王」賣掉了。我四處打聽傑姆下落，陰錯陽差地來到湯姆的波莉阿姨家。整整一個下午，湯姆口若懸河地講他經歷過的許多事情。夜裡，老人說起兩個混帳流氓已經被轟出鎮子。我順著電線桿滑下來，朝鎮上奔去。只見人群手拿火把像潮水般湧來，一路吼啊，叫啊，使勁地敲起白鐵鍋，國王和公爵遍身塗滿漆、黏滿羽毛，簡直不成人樣。

＊　　　＊　　　＊

　　傑姆被關在小屋裡。原本只要撬開木板，或偷鑰匙就可以解決的事，在湯姆極力複雜化、神祕化之下，最後的決定是挖個地道讓他鑽出來！

　　起先我們用小刀，但挖到兩手起泡，還見不到任何進展。於是我們換成圓鍬挖，但假裝是用小刀——湯姆就是這麼有一腦子餿主意和原則的奇人。連續好幾個星期，我們就這樣一邊夜裡挖，一邊惡作劇地將一小截燭臺塞在給傑姆送飯的鍋裡一塊玉米餅中間，傑姆一口咬下去，燭臺幾乎崩飛他的牙。或者把床單全撕成一小條一小條，搓在一起，趕在天亮前就搞出了一根美美的繩索，然後包裹在麵糰裡烤成硬如石頭的餡餅，那麼傑姆就可以在裡應外合下逃出監禁。

　　為了讓傑姆堂堂正正地出去，絕不能有半點汙點記錄，湯姆還在石頭上刻紋章和傷感的遺言：「一顆被幽囚的心在這裡完全破碎了」、「一個不幸的囚犯，遭到世人和朋友們的背

棄，熬過了他悲苦的一生」、「這裡一顆曾經孤單的心破碎了，現在一顆困乏的心終於得到了安息，在三十七個年頭單身囚禁以後」、「在這裡，一個無家室、無親友的高貴的陌生人，經過三十七年辛酸的幽囚終於死去了。他原本是路易十四的私生子。」

傑姆終於成功逃出去了，但又被抓了回來。湯姆氣得兩眼直冒火，鼻翼好像魚腮一般一開一閉地對我大吼：「他們沒有權力把傑姆關起來！快把他給放了！他不是個奴隸啊！他和全世界有腿走路的人一樣自由啊！三個月前，華珍老小姐死了，她為了曾想把他賣到下游去感到羞愧，而且在遺囑裡宣布他是個自由人。」

湯姆原先的計劃是讓傑姆風風光光地坐輪船，事先招來所有黑奴組成火炬遊行隊伍，請來吹吹打打的軍樂隊送他回到鎮上。這樣一來，傑姆就會成為英雄，我們也會成為英雄。

不過依我看，目前這個情況也該可以滿意了。

葆莉姨媽、姨父讓傑姆愛吃什麼就讓他吃什麼，還讓他玩得開心，不用做任何事。此外，湯姆還給了他五十塊大洋。傑姆開心得要死，禁不住高聲大叫：「你看，在傑克遜島上，我對你說，我胸上有毛注定發財，如今都應驗了，運氣已經來啦！」

接下來是湯姆沒完沒了的要我們三人挑個夜晚從這兒溜之大吉，再來一番轟轟烈烈的歷險……。

走廊燈 **引經據典**

1. 「皺紋」只是代表微笑曾經在那邊待過所留下的記號。

哈克加入湯姆成立幫派，胡鬧了一陣子不了了之。被父親囚禁，逼迫給錢，遭受毒打。

哈克逃出，在島上遇見傑姆，兩人結伴歷險。路上看見謀殺、偷出物品、親睹兩家仇殺。

哈克遇見兩個人在鎮上招搖晃騙，被五花大綁。

哈克與湯姆相會，用計救出傑姆，還得自由，計畫下一個歷險。

頑童歷險記

2. 紫羅蘭把自己的香氣留在那踩扁了它的腳踝上，這就是寬恕。

3. 和某人旅行，是發現你究竟是喜歡此人，還是討厭此人的最好方法。

4. 想出新辦法的人，在他的新辦法想出以前，人們總說他是異想天開。

5. 如果你懂得使用，金錢是一個好奴僕；如果你不懂得使用，它就變成你的主人。

6. 取得領先的祕訣是先開始；而開始的祕訣，就是把複雜的事分割成一件件做得到的小事，然後從第一件開始。

`頂崁燈` **思辨探索**

　　馬克‧吐溫在五十歲時，寫了「湯姆歷險記」的續集「頑童歷險記」（或譯為「哈克歷險記」）。出版的那一年，馬克‧吐溫在他當年送過的一份報紙上提出了這個問題：「對於我們的存在而言，最嚴屬的一條定律是什麼？」他的答案是：「成長。」換言之，人活著必須持續改變，也就是不斷探索、發現。這是馬克‧吐溫對美國夢所下的定義，也是給身處的世界如何從偏差的階級意識、光怪陸離的爭奪，走向自由理想國家的期待。

　　《湯姆歷險記》裡哈克以湯姆好朋友的配角身分出現，到了《頑童歷險記》，哈克開始挑大樑演出。有別於湯姆生長在一個正常溫暖的家庭，哈克父親是酗酒的無賴，他鄙視哈克所受學校教育，甚至極盡可能地壓榨他、無情地鞭答他。但馬克‧吐溫卻選擇了他作為自己成長的經驗和人生信念的聚焦點，並以哈克為第一人稱敘事者，讓讀者跟著機智、正義、勇敢的他，在童年最熟悉的密西西比河上，隨著風雨浪潮展開天真無邪的流浪、冒險，閱看人間詐騙險惡與如星星般

閃動的友誼。

　　《頑童歷險記》的焦點看似在哈克，實則動人之處在與傑姆的相處過程中，逐漸淡去白人對黑奴的刻板成見，看見傑姆這迷信、忠實的黑人心裡最單純的渴望——沿著密西西比河往南，到達一個反對蓄養黑奴的自由州，賺錢贖回妻子兒女。這段患難與共的歷險中，他們不離不棄地守護彼此，見證哈克剝去對黑奴的戲弄，誠心道歉；湯姆血液裡燃燒的想像和正義，意識到他們的使命便是幫助傑姆，及其家人擺脫奴隸制。

　　這是馬克·吐溫以一個出身奴隸主人之家的小孩，長大後寫出一本被許多人視為最深刻的反種族主義小說，對社會不公不義的制度提出質疑，對南方人用沉默來粉飾太平提出的強烈批評與懺悔。在他心裡，傑姆是英雄，應該風風光光地坐輪船，在火炬遊行隊伍、吹吹打打的軍樂隊中成為自由平等的美國人。這是南北戰爭後新美國的價值觀，是種族熔爐成為大國的精神，無怪乎有美國文學的「獨立宣言」之稱。

　　冒險，來自青少年時期神經遞質多巴胺分泌量會升高，也源自他們在決策過程更容易採取一種「獨特自我」，即「個人神話」的信念。透過探險，既滿足好奇，渴望了解世界的情感，更發現那些他們所不知道的社會現實與真相。因此儘管少年幫派自以為是騎士替天行道的幻想光怪陸離，逃走的夜多麼漫長荒涼，但為了生存，為了哥兒們的義氣，他們無畏無懼，反而相信在險惡的環境裡，會煥發出驚人的生命力。

　　在歷險途中，除卻浪尖霧裡的重重危機，還有自相殘殺的匪徒、被槍殺的屍體、虛妄的騙子、被賣的危機。不過，在這些縫隙裡，儲備食物的生存、擁有全島的得意、仰望星斗的想像、瀏覽過往船隻的火光、溜上小鎮的聽聞……，都是這世界給予改變者、成長者，最浪

漫的禮物。

問題解讀	問題思考	問題行動	問題結果
冒險	人生就是冒險？	1. 哈克逃出父親監禁，沿著密西西比河冒險。 2. 傑姆為了自由而冒險。	1. 哈克經歷刺激的、不同尋常的過程。 2. 傑姆終於自由了。

櫥窗燈 震盪效應 —— 相關閱讀

　　海倫·凱勒說：「生命不是勇於冒險，就是荒廢生命。」對於黑奴而言，活著的每一天都是生與死、羞辱與尊嚴、鞭笞與血淚之間的冒險。不過這冒險不是出自自願，而是白人設下的規則。殖民主義者壟斷販奴貿易，把他們從非洲被賣到歐洲、美洲，以換取火槍、衣服或酒；地主當他們是終生苦力，壓榨血汗化為棉花和白花花的鈔票。

　　美國作家哈里特·比徹·斯托於1852年發表的《湯姆叔叔的小屋：卑賤者的生活》（一名《黑奴籲天錄》），是十九世紀謹次於《聖經》最暢銷的小說。它激化了廢奴風潮，北方各州立場越來越鮮明，不再與南方妥協，成為解放黑奴的動力。當林肯接見斯托夫人時，曾說道：「你就是那位引發了一場大戰的小婦人。」

　　故事以久經苦難的黑奴湯姆叔叔的故事為中心，旁及其他奴隸逃亡、被追殺，或忍受屈辱的遭遇。小說起於肯塔基州農場主人亞瑟·謝爾比因欠債，被迫賣掉湯姆叔叔。在密西西比河順流而下的途中，湯姆叔叔救了落到河裡的白人女孩伊娃，伊娃的父親聖克萊爾先生感恩地將湯姆買回到他的莊園。

　　「湯姆正坐在院子裡長滿青苔的凳子上，衣服上所有的扣眼都插滿

了茉莉花，伊娃在旁邊一邊笑著，一邊朝湯姆的脖上掛上一串玫瑰花環，隨後她在湯姆的膝上坐了下來，像一隻麻雀大笑個不停。」這幅和諧的幸福，是湯姆此生最美麗的圖景。

兩年後，伊娃得上了重病，臨死前夢見天堂，心地善良的聖克萊爾先生承諾將還給湯姆自由。豈料，他因為介入一場爭鬥而被獵刀刺死，結果湯姆被賣給了兇惡的農場主，帶到路易斯安那州的鄉下。

湯姆在這裡認識其他奴隸，並因為拒絕服從農場主命令鞭打他的奴隸同伴，而遭受殘忍的鞭笞及禁止信仰上帝的懲罰。但相信只有上帝的愛和抗爭、逃跑才能解決苦難的湯姆，不但抗拒停止閱讀《聖經》的戒令，還極盡全力安慰其他奴隸，鼓勵他們逃跑、拒絕說出逃亡方向，以致被凌遲而死。湯姆垂死時，寬恕了毆打他的監工。亞瑟 謝爾比的兒子趕來買回湯姆的自由，卻發現已經太遲了，悲痛之餘，便解放家中所有黑奴。

善良淳樸的湯姆，在迫害中的告慰便是對上帝的信仰，固守人性的美好，卻終敵不過整個社會合法的暴力，成為歧視剝削的犧牲品。這股歷盡摧殘卻始終秉持善良的意志，終致催動覺醒，人們開始在經濟與人權糾結的考量中，認清《人權讀本——經濟、社會與文化權利》裡所提及的觀點：「適者生存的價值觀讓我們忽視制度設計的不公，沒有看見貧窮已造成『機會的喪失』。」進而透過法律、制度，藉由南北戰爭如此激烈的衝突，1863年美國正式宣告解放黑奴。

傑姆和無數世代為奴的黑人終於得到自由，這就是馬克·吐溫追求的「成長」。雖然這條「人人平等、互尊互重」的路很遠，但是成長，會讓我們到達。

美國

碧盧冤孽
哥德式風格

　　亨利・詹姆斯（Henry James, 1843-1916），美國現代小說和小說理論的奠基人，曾三度獲諾貝爾文學獎提名。

　　亨利・詹姆斯祖父是來自愛爾蘭致富的移民，父親是著名學者，兄長是著名的哲學家和心理學家。十二歲時隨父母去歐洲各地旅行，四年間出入英國、瑞士和法國畫廊、圖書館、博物館和劇院，接受歐洲古典薰陶。家學淵源的他曾就讀哈佛法學院，但無法忘情寫作，後來毅然決定放棄法律學業。

　　長期旅居歐洲的詹姆斯常自稱是「世界化的美國人」，三十三歲時選擇定居在英國，熟識文藝界許多當代文人，對十九世紀末美國和歐洲的上層生活有細緻入微的觀察。

　　亨利・詹姆斯以刻畫人物的意識流動見長，被公推為心理分析小說先驅，二十世紀意識流小說的開創者之一。《一位女士的畫像》、《波士頓人》、《美國人》、《黛西・米勒》等小說，聚焦美國與歐洲大陸之間的文化衝突、物質與精神之間的矛盾、作家和藝術家的生活，被評為十九世紀繼霍桑、梅爾維爾之後最偉大的美國小說家、開創十九世紀西方心理現實主義小說先河的文學藝術大師。另有文學評論、遊記、傳記和劇本等。

　　1914年第一次世界大戰爆發後，他因不滿美國政府保持中立加入英國國籍，兩年後逝世於倫敦，骨灰被安葬在美國麻塞諸塞州的劍橋公墓，墓碑上銘刻「亨利・詹姆斯：小說家、英美兩國公民、大西洋兩岸整整一代人的詮釋者。」

　　他的多篇小說被改編為電影，學者、評論家的研究新起「亨利・詹姆斯熱」。2004年愛爾蘭柯姆・托宜賓、英國大衛・洛吉分別以他的生平寫成《大師》、《作者・作者》；2005年柯姆・托宜賓以

亨利・詹姆斯紐約為題材的九篇小說輯成《詹姆斯的紐約故事》，有人說這兩年是文學上的「亨利・詹姆斯年」。

閱讀燈 細看名著

　　紳士委託我到碧廬，擔任親戚留下的兩個小孩家庭教師，教他們讀書、陶冶他們的性格，唯一的要求是無論發生什麼狀況都不要向他報告，也不要向他求援。我還記得當初興高采烈中帶著疑惑的心情，總覺得做錯了決定，一連好幾天悶悶不樂。

　　當車子駛入目的地，迎接我的是一連串驚喜：寬敞明亮的房子、大開的窗子、煥然一新的窗簾，還有兩名倚窗遠眺的女傭。此外，屋前的草地、鮮艷的花朵、車輪碾壓碎石路的聲響、濃密的樹冠、盤旋樹梢啼叫的禿鼻鴉，還有那片金黃色的天幕，這些壯觀景致，和我單調的家鄉比起來，確實有天壤之別。我有種「女主人」、「貴賓」飄飄然的翻身之感，覺得自己就是玫瑰浪漫城堡的掌舵人。

　　這份工作看似平凡，附加價值卻如此優厚，唯一心煩的是女管家看到我的時候興高采烈，但又戰戰兢兢的樣子，搞得我有點心煩意亂。還好，跟善良可人的小女孩芙羅拉相處，非常自在。

　　拂曉時分，鳥鳴聲此起彼落，一、兩道若有似無的聲音反覆出現，似乎不是外界聲響，而像從腦子裡冒出來的。有一瞬間，我覺得聲音遙遠微弱，像是小孩的哭聲，但過了一會兒覺得好像有個人從我房門外輕輕走過。當時，這些感覺只是曇花

一現，但經歷過那些陰暗的種種，當年的感受，現在全湧上心頭。

晚餐桌上擺了四支蠟燭，芙蘿拉坐在一張高椅上，葛羅斯太太看穿了我心頭期待之意，說：「哥哥是小紳士，一定會把老師您迷住的！」當時，我忍不住回道：「我來這裡大概就是為了被迷住的。」

「很多人都是這樣，您不是第一個，也不會是最後一個。」

第二天晚上，我收到雇主轉來的信──芙蘿拉的哥哥邁爾斯被學校開除了，理由是校方覺得他會帶壞其他孩子，這讓我迫不及待想見這小男孩。翌日出發去接小男孩前，我不經意地問葛羅斯太太前任老師是怎樣的人。她支支吾吾地說是跟我一樣年輕漂亮的女老師，回家度假竟再也沒回來，後來聽說已經過世。

我比既定時間稍遲才到約定地，一眼就辨認出他身上由內而外散發的爽朗活潑──跟芙蘿拉一模一樣，這樣甜美真誠的小男孩怎麼可能背負任何惡名？

在那個美麗的夏天，我們一心認為他會跟著我上課，但我現在覺得在那幾個星期中，我才是真正的學生。我學到了──超乎我原本小格局人生之外的事物；如何享受愉快的陪伴，如何取悅身邊的人，而不是每日汲汲營營。

小兄妹出奇乖巧，健康快樂，但我總覺得自己在照顧王子公主，一切都不能出錯，而我也滿心愉悅地享受這美麗莊園平和自在的生活，甚至胡思亂想能突然在轉角遇見某個人，帶著仰慕的微笑站在我面前。

在那漫長的六月天傍晚，我果真看到這張臉，那一瞬間，竟然以為幻想成真。他站在草坪後方的高高塔樓上，這個和我四目相望的男人並非我乍想的人。多年後再次回想那一幕，毛骨悚然的感覺又湧上來，那人一出現，周遭似乎全罩上死亡的陰影。我想不出碧廬有誰我沒看過，也揣測出十來種可能，偏偏沒有一項推測合理。過了整整一分鐘後，他慢慢走到塔樓另一個角落，即便轉身時，目光仍緊盯著我不放。

我花了一點時間從葛羅斯太太那確定男人是死去的僕人昆特，她還說了一句：「全是昆特自己一廂情願，他會去找邁爾斯玩，特別寵他。邁爾斯經常把昆特當老師般崇拜，每次出去就好幾小時。」怪的是兩個孩子從沒提起過這個人……。

有那麼一次，我站在樓梯上方，看到有個女人背對著我坐在下方階梯上，她彎著身雙手抱頭，肢體表情哀痛。轉眼她便消失了蹤影，沒有回頭看我，但我知道她的臉孔必定恐怖。

葛羅斯太太說起那女人是前家庭教師潔賽兒小姐，和昆特有染。

我發現孩子與潔賽兒小姐之間彷彿有某種無法解釋的默契，但看著芙蘿拉深邃的藍眸，我怎能說她眼底的純真早熟是詭計？

*　　*　　*

這是我第三度看到他，他已經走到階梯轉角的平臺，就在窗前，他一看到我，立刻停下腳步，像前兩次那樣盯著我。他認得我，我也認得他。薄曦微光穿過大窗，映在拋光橡木階梯上，我們面對面，氣氛緊繃。我信心十足，認為只要站穩腳

碧廬冤孽

步──就可以讓他打消念頭。我親眼看著昆特以變形的後背對著我，消失黑暗中。

在樓梯頂端站了一會兒，心裡明白那名不速之客已經離去了，於是我回到臥室。就著燭光，我立刻發現芙蘿拉的小床上沒有人，絲質床罩和床單凌亂，白色紗簾被人刻意往前拉，似有意掩飾。芙蘿拉坦蕩蕩地，穿著單薄的睡衣站在百葉窗後，以甜美又簡潔的方式解釋，她夜裡突然醒來，看我不在房裡，於是跳下床想找我。

芙蘿拉奔過來跳上我膝頭，燭光照亮她睡意朦朧的美麗小臉龐。「妳跑到窗邊去找我？」我問道：「妳以為我會到花園散步？」

「嗯，我以為有人在外頭散步。」她面帶微笑回答，絲毫不顯心虛。

我驚訝地看著她問：「妳看到誰？」

「什麼人也沒有！」她答話方式充滿孩子氣的矛盾與不甘，雖是失望，說話時拉長的尾音委實甜膩動人。

以當時的心情，我相信她在說謊。我心想，何不乾脆看著這張甜蜜的小臉蛋，把事情攤開來說清楚。「妳啊妳，妳明知自己在做什麼，也懷疑我早已知情，乾脆老實告訴我吧。這麼一來，就算事情再怪，至少我們可以一起面對好查清事實，不是嗎？」可惜我沒說出口。如果我當下真問出口，也許不會飽受折磨……。

日後，我經常在確認和我同房的芙蘿拉入睡後溜出臥室，靜悄悄來到走廊，甚至會走到我遇到昆特的地點，可是再也沒看過他，在碧廬任何一個角落都沒看到他。

遇見那男人後的第十一夜，我又遭遇另一次驚魂。凌晨一點，我像是被人搖醒般地清醒，入睡前沒吹熄的蠟燭滅了，我覺得是芙蘿拉吹熄的。於是我在黑暗中走到她的床邊，發現她不在床上。我瞄了大窗一眼便明白芙蘿拉又爬了起來。無論我重新點亮蠟燭，或套上脫鞋、披上外衣，小芙蘿拉都沒有分神，證明這回和上次不同，孩子的確看到了什麼景象。

　　她顯然是躲在窗臺上，全神貫注朝窗口看，此回清朗月光為她帶來充裕的光線，這使得我立刻得到結論：芙蘿拉和我在湖邊看到的影像正面對面，開始和對方溝通。我能做的是在不驚動孩子的前提下，穿過走廊去找扇能看到相同景象的窗戶。我躡手躡腳走向舊塔樓一樓，安靜地打開一扇百葉窗，把臉湊向窗玻璃。

　　在格外明亮的月光下，有個人似乎著了魔，一動也不動地站在遠處草坪上抬頭朝我看過來，他的目光沒落在我身上，而是在高處。顯然我上方，也就是塔樓上——另有他人！我急急忙忙跑出來看，完全沒料到草坪上的人竟非我意想中的人，我一眼認出那是可憐的小邁爾斯。

　　「你一定得告訴我，而且要實話實說，你為什麼到外頭去？去做什麼？」

　　時至今日，我依然看得見他迷人的笑容和明眸皓齒。「嗯，」他終於開口了，「我就是要讓你轉念，覺得我是壞孩子！」房間裡雖昏暗，但他似乎閃閃發光。

　　「你哪時候下樓的？」

　　「午夜。我想使壞時就能變壞！」

　　原來踏入陷阱裡的獵物是我！他們漂亮的出奇，乖巧的不

像人間小孩。這全是遊戲，是策略，是騙局！他們活在自己的世界，他們不是我照顧下的孩子，是昆特和那個女人的，他們想要這兩個孩子——出自對邪惡世界的追求。在從前那段可怕的日子裡，那對男女灌輸孩子邪念，現在再次出現為了繼續他們的惡行。

他們還在觀望，不過他們雙方都想排除障礙好拉近彼此距離，除非有效預防，否則孩子們會賠上性命。

＊　　　＊　　　＊

至今我的想法仍然沒變：當時的狀況絕非出自我的想像，而是確實有跡可循。

正午陽光下，我看到有人坐在我的講桌後面。潔賽兒小姐距離我只有十來呎之遙，我盯著她看，想在這道影像消失之前牢牢記住。她身上的黑洋裝如同午夜般晦暗，美得憔悴，有說不出的悲痛。她久久凝視著我，彷彿想表達她和我一樣有權坐在講桌後。這瞬間，我只覺得膽寒，侵入教室的人似乎不是她而是我。

翌日午餐後，我坐在教室的火爐邊，並沒有睡著，而是犯下大錯——我忘了芙蘿拉在哪裡。我開口問邁爾斯，他繼續彈了一分鐘琴才開口：「親愛的，我怎會知道？」他說完立刻開懷大笑，像加入這首不協調樂曲的人聲合唱。

「芙蘿拉和她在一起？我們非找到她不可。」我握住葛羅斯太太的手臂，她聽了這句話，久久之後才回應我的催促。但她說的是心中的不安：「邁爾斯小少爺呢？他在哪裡？」

「哦，他和昆特在一起，兩個都在教室裡。」

「天啊，小姐！」

我知道我的看法冷靜，「這是他們玩的把戲，他們成功騙過我。邁爾斯先以神奇的伎倆引我分心，然後芙蘿拉趁機跑了。」

芙蘿拉不在湖的這岸——也就是我上次驚訝地觀察她的位置，於是繞過湖穿過籬笆柵門，來到一片空地。接著，我們同時喊了出來：「她在那裡！」

芙蘿拉站在不遠處草地上對我們微笑，像剛完成一場精彩的演出。葛羅斯太太跪下用雙手將孩子拉到胸前，芙蘿拉表情嚴肅，笑容盡失，臉上的表情明白告訴我：「我寧死也不會說！」

她恢復了愉快的心情，問：「邁爾斯在哪裡？」

「如果你告訴我，我就告訴你……，我的小寶貝，潔賽兒小姐在哪裡？」

孩子臉色丕變，怒視著我，葛羅斯太太補上一聲驚呼，彷彿驚嚇或受傷的野獸。幾秒鐘後，輪到我倒抽一口氣，我緊緊握住葛羅斯太太的手臂，說：「她在那裡，她在那裡！」

潔賽兒小姐站在對岸，她上次也在相同的位置。葛羅斯太太朝我手指的方向看過去，茫茫然眨著眼睛，我心想她終於看見了。孩子粉嫩小臉蛋沒有任何表情，也完全沒朝我指的方向看，而是用嚴屬的表情看著我，審視我、指控我、評斷我——不知怎的，芙蘿拉從小女孩變成令我恐懼的對象。

葛羅斯太太和我一樣睜著眼睛，我知道若她能親眼證實，定會大力支持我。我覺得——我看到——前任家教逐步逼近。

「她不在那裡，這是誤會，我們弄錯了，本來是要開玩

笑的⋯⋯。」孩子聽葛羅斯太太這麼說，憤怒地吼叫：「帶我走，我不要和你在一起。」這時連葛羅斯太太都氣餒地看著我，我無計可施，只能再次嘗試和對岸的影像溝通，但她不是來幫助我，而是想落井下石。

後來，我讓葛羅斯太太帶芙蘿拉離開碧廬，去找她伯父。至於邁爾斯，也終於知道他被退學單純只是他對少數幾個喜歡的人說了些不該說的話，他們把話傳了出去。

「彼得・昆特——你這個惡魔！」孩子再次瘋狂地尋找，他的臉孔扭曲，焦急地哀求，「他在哪裡？」

他終於說出這個名字，回報了我的付出，這幾個字至今還留存我耳中。

「他再也不重要！他現在還能怎麼樣？親愛的，我在你身邊。」

我轉向那惡魔嘶吼，「孩子已經永遠擺脫你了！」

接著為了證實我的說法，我對邁爾斯說：「沒事了！沒事了！」

但邁爾斯開始抽搐，再次茫然地瞪視空無一物的空間，嘴裡發出動物掉落深淵般的呼喊。我自滿地看著他，一把抱住他，像是拯救了墜落的靈魂。沒錯，我接到也抱住他了，我無法壓抑心中的激動。

不久之後，我才意識到自己懷裡的孩子出了什麼事。在這無聲的日子裡，只有我和孩子相依相偎，而他小小的心臟此刻已經停止跳動。

我應聘到碧廬當一對兄妹的家庭教師。

我看見死去的僕人昆特和前任家庭教師潔賽兒小姐,他們和孩子之間可能有互動。

昆特和潔賽兒小姐試圖控制兩個孩子,要帶走兄妹倆。

芙蘿拉跟著葛羅斯太太離開碧廬,邁爾斯死了。

碧廬冤孽

引經據典

1. 藝術的目的與其說是表達情感，還不如說是讓情感銘刻在我們心中。（《時間與自由意志》）

2. 一個好讀者不會質疑作者所創造出來，然後在他自己心中又重新再創造一遍的世界。（《小說的藝術》）

3. 一個人的房子，一個人的家具，一個人的衣服，他所讀的書，他所交的朋友——這一切都是他自身的表現。（《一位女士的畫像》）

4. 的確，關於威尼斯再沒有什麼新鮮的東西了，但是，老樣子往往比新東西更好。實際上，當有一天真有什麼新情況出現，那將是一個悲哀的日子。（《意大利時光》）

5. 知識為人的靈魂提供食糧和衣裝，沒有知識，他的靈魂將空無一物，猶如伊甸園裡那個赤條條的亞當；知識賦予人駕馭自然的本領。我們可以不了解那種世上本來不存在的事物，世上也不存在那種不值得我們了解的知識。（《他締造了哈佛》）

走廊燈 **思辨探索**

　　志人、志怪是中外小說的兩大分類，隨著現實環境複雜化、現代主義表現形式的多樣化，在二者間滲透恐怖、驚悚、懸疑、推理、偵探，結合科幻、鬼魅、靈異、犯罪謀殺等解謎的鬥智，創造出詭譎的閱讀經驗和廣大讀者市場。

　　這篇小說結合心理懸疑與驚悚的鬼故事，被譽為心理分析文學流派的經典教材。透過沒有姓名的女家庭教師作為觀察者、解讀者與報導者，所有敘事都透過「我」的眼睛與內心思考傳播，讓故事在虛實之中交錯迷惑混亂。詭祕想像敘事者是女家庭教師，作者一方面提供

足夠理由讓讀者相信她言之有據；另一方面暗示幾乎已經瘋了的她其言不可信任；在「我」自說自話中，擺盪著「真正有鬼」和「魔由心生」。究竟誰是冤孽？是否有鬼？家庭女教師看的異象究竟是什麼？孩子們真的身陷危險，還是女家庭教師歇斯底裡的心象幻覺？

小說自一開始便籠罩在神祕氣氛中。先是年輕女子受雇於一位年輕英俊的男子，到英國鄉間豪邸「碧廬」當驟失雙親的姪子和姪女的家庭教師，卻要求不得聯絡。接著是還沒見到小男孩，就收到學校寄來的退學信；撞見陌生男子潛伏塔樓、窗外窺望；前任已故家教在湖邊出現等一連串恐怖意象。隨著調查的深入，家庭教師發現昆特縈繞在大宅外的目的，就是要夥同潔賽兒帶走孩子們，也懷疑孩子們知情。芙羅拉在湖邊假裝對鬼魂視而不見，這讓女教師疑竇叢生，同時極力保護兩個孩子不讓邪惡力量奪走他們的純潔靈魂。

她請女管家護送女孩離開，自己則留下來爭取與男孩邁爾斯並肩作戰。邁爾斯回憶起自己在他們操縱之下胡言亂語，因此被學校開除的時候，昆特和前任家教便乾脆痛下殺手，邁爾斯猝死的結局。

書名The Turn of The Screw造成直譯是「轉動螺絲起子」、「擰緊螺絲」，帶著鑽牛角尖之意。小說唯一提到「旋螺絲」是在女主角決心面對屋子裡發生的鬼怪事件，以此比擬心裡承受緊張恐懼的壓力像旋螺絲「越繃越緊」，試圖武裝自己，激發勇氣。同時也是讀者隨著家庭教師，經歷了旋螺絲般一圈強過一圈的恐怖不安、狂亂無序的困惑。

恐怖小說通常會以鬼怪、詭異場景或荒誕奇特事件渲染神祕性和驚悚的意境，亨利‧詹姆斯創造的鬼怪驚悚，卻是角色背後的祕密，和彼此心照不宣的關係，以及從鬼魂偶然閃現的形跡與餘緒，去拼湊、示現所謂的「真相」。

但真相一直撲朔迷離、充滿分歧。有人認為這單純是個鬼故事，

也有人認為是「心理小說」，重點不在兩個小孩身上，而是在家庭教師，所謂裝神弄鬼都是她內心的投射，刻意製造外在混亂以平衡內心混亂；或說應該最天真、最無邪的孩子，其實扮演「魔之代理」角色，在鬼祟、作弄這幢「碧廬」。有人認為是管家太太想占有家庭教師職位和兩個小孩；又有人說昆特代表誘人的撒旦，兩個小孩是純潔無瑕的世人，現任家教代表救世主，極力要將人們從墮落救出。

　　亨利·詹姆斯早期作品多以寫實筆法呈現美國人在歐洲的遭遇，但1898年《碧廬冤孽》這本既非歷史材料浪漫化，又非反映現實的社會小說，只是單純地讓人認識敘述語言是什麼，知道小說能做什麼。這本小說概括二十世紀文學批評的各種主義，無論從心理學、結構主義、解構主義或後設性探討，都能在一層層的符碼中找到玄機，也因此多次被改編成電影或電視劇。

問題解讀	問題思考	問題行動	問題結果
這世界有鬼魂嗎？	鬼魂是內心的幻想？還是邪惡的迫害者？	我不斷追尋、探究，也認為看見了鬼魂，透過管家得知鬼魂的過去。	鬼魂奪去小男孩的生命，我極力保護純潔的他們。

櫥窗燈　**震盪效應 —— 相關閱讀**

　　自十二世紀法國開始，十三、四世紀逐漸大眾化，十八世紀才被肯定的「哥德式風格」，推崇中世紀的陰暗情調，無論是音樂、繪畫、文學、建築都籠罩著神祕、陰森、恐怖的氣氛。最著名的表現是高聳削瘦的教堂、修道院建築，透過對光的形而上的沉思、象徵性的意涵，使靈魂擺脫世俗物質的羈絆，迎著神光向天國飛升的神祕、哀婉、崇高之

情。

　　濫觴於1764年霍勒斯・渥波爾《奧特蘭托堡》的哥德式小說，以威脅性的祕密、古老的詛咒，以及隱藏的走廊形塑黑暗、恐怖的情節。其後1794年安・雷德克利夫《奧多芙的神祕》、1818年瑪莉・雪萊《科學怪人》、1819年約翰・威廉・波里道利《吸血鬼》，逐漸加入頹廢神祕、超自然力量、厄運、死亡的元素。

　　在維多利亞時代社會中，已經內化的意識形態影響著人們對人事物的判斷，使手稿中發現許多人們強烈的爭議和爭論，激起讀者在故事中尋找答案的好奇心。圍繞某個空間密室發生一連串凶殺案、幽靈鬼魂、吸血鬼、家族詛咒的黑色力量，掀起維多利亞時代短篇鬼故事的熱潮。著名作品有愛倫・波《厄舍府的沒落》、夏綠蒂・勃朗特《簡愛》、艾蜜莉・勃朗特《咆哮山莊》、1851年納撒尼爾・霍桑《帶有七個尖角閣的房子》、奧斯卡・王爾德《道林・格雷的畫像》、亨利・詹姆斯《碧廬冤孽》等。在融入陰鬱的氣氛、戲劇的張力以及誇張的冷冽之後，走向恐怖小說及電影、動漫、遊戲。

　　驚悚，之所以能捕獲廣大的粉絲，成為歷久不衰的主題，是人在被社會化的現實中長期壓抑的黑暗心理及負面情緒。容格分析心理學稱之為「原型心理陰影特性」：懷疑、不信任、自我懷疑及對他人、自己或環境的疑懼。驚悚小說藉由隱祕而怪誕荒謬的離奇、複雜的謎團、超自然與恐怖的反常情節，營造出精神上或心理上的衝突，演繹真實的生活中人物所遭遇的恐懼壓迫。正如艾比蓋爾・馬許醫師在〈恐懼的化學〉中所說：「恐懼是預期潛在傷害的心態」，驚悚小說其實反映的是惶惑不安的精神危機、內心世界憂慮與迷惘的創傷。

　　就大腦而言，一旦受恐怖事件刺激，杏仁核便會釋放神經傳導物質，並接力將關鍵訊號傳遞至大腦其他部位，乃至全身，出現僵住、心跳加劇、呼吸急促、思緒飛快的反應，或尖叫、戰鬥、逃跑的反擊。這

都是驚悚小說角色的表現，也是緊抓住讀者、觀眾及玩家心理，進入懸疑、緊張的情境，在驚恐暈眩之中釋放壓力，或者被不穩定情緒催眠、鍛鍊。

　　基於這種種因素，哥德風驚悚故事一直若隱若現在舞臺劇、電視、電影。無論是英國作曲家布列頓由「鬼」主題變奏發展所改編的《碧廬冤孽》（室內歌劇）；或是為向亨利·詹姆斯《碧廬冤孽》及法蘭茲·卡夫卡《城堡》致敬的珍妮佛·伊根所寫《塔樓》；還是被《紐約時報》譽為「現代驚悚小說大師」的史蒂芬·金所作《閃靈》、《綠里》、《肖申克的救贖》、《刺激1995》，都讓人們的心如螺絲緊繃著，眼睛盯著螢幕翻滾著現實與想像的影像。連美國前總統柯林頓也與暢銷小說家詹姆斯·帕特森合作撰寫驚悚小說《總統失蹤了》。可想見懸疑刺激在生活裡掀起的追逐推理之趣，在心裡挑動的窺視的需求一直都存在。

美國

純真年代

維多利亞時期的女性地位與服飾

　　伊迪絲・華頓（Edith Wharton, 1862-1937年），美國女作家，曾獲「普立茲文學獎」。

　　她出身於紐約上層家庭，幼年隨父母旅居歐洲，十一歲時回到美國，深受古典文化薰陶，很早便開始寫詩。丈夫出身於波士頓的上流社會，兩人雖都喜歡旅行，但婚姻並不美滿。1902年，座落於麻省莊園「山峰」建成，華頓的許多作品，包括《歡樂之家》，都在此莊園內完成，也是她招待名流和摯友之處。這座建築和花園為華頓設計風格的最佳代表，現於每年5月至10月間對公眾開放。

　　1907年移居法國六年後與丈夫離婚，此後定居巴黎，全心精力投入創作，並將這場婚姻稱作「最嚴重的錯誤」。第一次世界大戰期間，她投入為失業的法國女性音樂家創造就業機會、開設肺結核診所、為比利時難民創立美國旅社等慈善事業，獲得騎士榮譽勛號。

　　伊迪絲・華頓的小說題材廣泛，尤擅於以雋永的語言和細膩的文筆把事件、人物及人物的心理活動刻畫得栩栩如生，呈顯美國上流社會的世態；著有小說及85部短篇，被評論家譽為「心理現實主義小說的代表」，並以《純真年代》（The Age of Innocence）成為第一個獲得「普立茲文學獎」的女性。

閱讀燈 **細看名著**

　　七〇年代初的一個晚上，克莉絲汀・尼爾森在紐約音樂院演唱歌劇《浮士德》，那些被日報稱為「超凡脫俗的聽眾」都雲集來聽她的演唱。他們乘私人馬車、寬敞的家庭雙篷馬車，或者檔次較低卻更便利的「布朗四輪馬車」，經過溜滑多雪的

街道來到這裡。

在這座魔幻般的花園中心，紐蘭·阿切爾的目光注視著手持鈴蘭的年輕姑娘，心中湧出擁有者的激動，其中有做為丈夫氣概的自豪，也有對她那深不可測純潔的敬意。他的想像早已躍過訂婚戒指、訂婚之吻及走出盧亨格林教堂的婚禮行列，構畫起古老歐洲某個令人心醉的場景，她依偎在他身旁的情景。

在紐蘭·阿切爾看來，「品味」是看不見的神韻，「舉止」僅是它直觀的替代物。他驚訝地發現奧蘭斯卡夫人蒼白而嚴肅的面孔，雖適合於這種場合及她不幸處境，但她沒有衣領的衣服從那單薄的肩頭披下去的樣式卻令他震驚不安。他不願設想梅·韋蘭受到如此不顧品味和情趣女子的影響。

這一幕結束，紐蘭·阿切爾低聲對未婚妻梅·韋蘭說：「我希望你已經告訴你表姊奧蘭斯卡夫人我們訂婚了？我想讓每個人都知道──我要你允許我今晚在舞會上宣布。」

舞會結束，他們倆已然成為未婚夫妻，漫步走到溫室裡一片山茶的屏障後面，紐蘭把她攬在懷裡輕吻她的雙唇。

第二天，開始例行的訂婚互訪。老傑克遜談起埃倫·奧蘭斯卡不幸的生活，外面謠傳是祕書幫她離開視她為囚犯的畜牲丈夫，現在正找房子打算住在這兒。

「我聽說她打算離婚，」詹尼冒失地說。

「我希望她離婚！」阿切爾大聲地說。

這天晚上，紐蘭·阿切爾再次深刻地體認：婚姻並非如他所想的是安全港灣，而是在未知大洋上航行。奧蘭斯卡夫人的事攪亂了他根深蒂固的社會信條，而萌生「女人應當是自由的──跟我們一樣自由」的意念。

＊　　＊　　＊

　　那個年代的紐約上流社會，是個滑溜溜的小金字塔，人們很難在上面鑿出裂縫、找到立足點。底部堅實的基礎由「平民」構成，他們多是有身分卻沒有名望，藉由與支配地位的家族聯姻而崛起。再上是明戈特、紐蘭家族那些舉足輕重的緊密群體。但真正的金字塔頂端，只有出身英國古老郡中世家的華盛頓廣場達戈內特夫婦，以及曼哈頓首任荷蘭總督的直系後代，獨立戰爭前與英法國貴族有姻親關係的范德盧頓一家。

　　在紐約，人們普遍認為奧蘭斯卡伯爵夫人「紅顏已衰」。但那次范德盧頓夫婦舉辦的重大宴會上，當她兩眼含笑地打量四周的瞬間，身上所散發出自信與美的神祕力量，讓紐蘭・阿切爾否定了這普遍看法。

　　晚宴結束後，奧蘭斯卡夫人向他告別，並約明天五點鐘以後見面。她的口吻令他困惑不解，斷定她並不像表面上那樣單純，但還是如期拜訪。

　　他盛讚紐約社交界竭盡全力地歡迎她。

　　「噢──你是說我那些姑媽？還有我親愛的老奶奶？她們都因為我要獨立生活而有點惱火。阿切爾先生，生活在這些好人中間才真正孤獨呢，因為他們只要求你假裝。」她抬起雙手捂到臉上，他發現她那瘦削的雙肩因啜泣在顫抖。

　　「奧蘭斯卡夫人！唉，別這樣，埃倫，」他喊著，驚跳起來俯身對著她，並拉下她的一隻手緊緊握住，像撫摩孩子的手似地撫摩著，一面低低地說著安慰話。但不一會兒她便掙脫開，睫毛上帶著淚水抬頭看他。

他剛才居然叫她「埃倫」，而且叫了兩次，她卻沒有注意到。他覺得心頭滾燙。

　　大約兩個星期之後，在律師事務所中，阿切爾受理了奧蘭斯卡伯爵夫人請求離婚的起訴。當他以律師的身分再度與埃倫・奧蘭斯卡見面時，一股同情的洪流已經沖走了他的冷漠與厭煩。尤其當她吐露想徹底擺脫過去的生活，獲得自由的決心時，就像一個無人保護的弱者站在他面前，等待著他不惜一切代價去拯救，以免她在對抗命運的瘋狂冒險中遍體鱗傷。

　　她的臉蒼白、黯淡，他不得不提醒打官司定會遭受丈夫傳播不實毀謗的傷害，因此建議與其招惹可能無窮無盡的折磨，不如按照老紐約精明老到的習慣，對於不能治癒的傷口切勿冒險揭開，還是保持原狀為好。

　　阿切爾起身說：「我──我真的想幫助你。」

　　「你是在幫助我，我會照你希望的去做。」他被她突然的投降嚇了一跳，笨拙地抓起她的雙手。

＊　　　＊　　　＊

　　這天晚上華萊劇院上演的劇中，哈里・蒙塔古與戴斯小姐告別的傷心場面，對觀眾特別有吸引力：兩人簡短對話後，他向她道別，轉身離開。戴斯小姐兩臂支在壁爐臺上，低頭用雙手捂住了臉。他在門口停下來回頭看她，不捨的又走回執起她的手輕吻了一下，這才離開屋子。她好似沒聽見他的動靜，也沒有改變姿勢。帷幕就在靜悄悄的分手場面中徐徐降下。

　　阿切爾覺得這含蓄、無言的悲哀，比最著名的戲劇旁白更使他感動。不知為什麼，這天晚上，這小小的場景讓他回想起

與埃倫・奧蘭斯卡的告別。

　　她嘴唇顫抖地說：「你，是你向我說明為維護婚姻的尊嚴⋯⋯為家庭免遭輿論醜聞，必須自我犧牲。因為我的家庭即將變成你的家庭——為了你和梅的關係——我按你說的做了。我是為了你才這樣做的！」

　　他盯著她，隨後的那一陣沉默對他們具有決定性的的意義。阿切爾覺得仿佛是他自己的墓碑正把他壓倒在下面，前景儘管廣闊，卻找不到任何能夠除去他心頭重負的東西。他站在原地不動，也沒有從雙手中抬起頭，遮藏著的兩隻眼睛繼續凝望一片黑暗。

　　「至少我愛過你——」他開口說。

　　在壁爐的另一側，他聽見小孩子似的抽噎聲。他吃驚地把她摟在懷裡，他唇下那張臉就像被雨水打濕的一朵鮮花，她回報他所有的吻。但過了一會兒，她在他懷中僵坐起來，並把他推到一邊，站起身來。「啊，可憐的紐蘭——我想這是早已注定了的，你已經和梅・韋蘭訂婚，而我是個已婚的女人。」

　　他也站了起來，臉色通紅毅然決然地說：「我們沒有權力對別人撒謊、對我們自己撒謊，經過這一切之後，你想我還會娶梅嗎？」

　　她沉默無言地站著，將瘦削的兩肘支在壁爐臺上，她的側影映射在身後的玻璃上。許久，她終於說：「我想，你沒法向梅提這個問題。」

　　阿切爾不在乎地聳了聳肩說：「現在太晚了，已經別無選擇。」

　　「事實上，除了我們既定的事實，其他事才是太晚了呢。」

這時從院裡傳來一陣鈴聲，兩人一動不動地站在那兒，用驚異的目光對視著。女傭穿過了門廳，她拿回一封電報交給埃倫・奧蘭斯卡。她拆開電報，拿到燈前。接著，她把電報遞給了阿切爾。電報發自聖奧古斯丁，裡面寫道：「爸媽同意復活節後結婚。將致電紐蘭，興奮難言。愛你，謝謝。梅。」

半小時之後，阿切爾回到家，見到類似的電文：「父母同意復活節後週二十二點在格雷斯教堂舉行婚禮。8名伴娘。請見教區長。很高興。愛你，梅。」

阿切爾把那張黃紙揉成一團，彷彿這樣可以消除上面的消息似的，上了樓。

＊　　　＊　　　＊

梅滿足他期待的一切：性情甜蜜而又通情達理的妻子。對於結婚前夕那陣短暫的瘋狂，他已能克制自己，在頭腦清醒的時候，想起他夢想娶埃倫・奧蘭斯卡只覺不可思議。她僅僅作為那一串幽靈中最悲哀、最鮮活的留在他的記憶裡，然而經過這一番排解與清除，他的心卻成了個空蕩蕩的迴音室。

直到他假藉出差，背著梅到芝加哥找埃倫・奧蘭斯卡伯爵夫人，才明白彼此都為了愛選擇刻意逃避的心。他們並肩坐在長凳上，一種與世隔絕的幸福沉默完美地表達千言萬語。

此刻她近在眼前，他們正一起漂向一個未知的世界。

他突然脫口問道：「你為何不回去了？」

她的眼睛黯淡下來，卻一聲不吭。他開始害怕了，終於，她開口說：「我想是因為你的緣故。」

沒有比這更不動聲色的坦白了，阿切爾的臉紅到太陽穴，

卻既不敢動彈又不敢開口。她的話彷彿是隻珍稀的蝴蝶，只要有一點兒輕微的響動，便會振動受驚的翅膀飛走；而若不受驚擾，它便會在周圍引來一群蝴蝶。

他們靠得很近，安全而又隱蔽，卻被各自的命運束縛。彷彿隔著半個世界，她抬起一雙清澈的眼睛說：「我答應你，只要你堅持住，只要我們能像現在這樣正視對方，我就不走。」

不久，人人都知道奧蘭斯卡伯爵夫人因為堅持離婚，不再受家人的寵愛，就連她最忠實的保護人也無法為她拒絕返回丈夫身邊的行為辯護。這事實加深了人們的看法：她不回到奧蘭斯基身邊是個致命的錯誤。

他與埃倫·奧蘭斯卡一起度過的那個盛夏已經過去四個多月了，此後再沒有見過她。他知道她回到華盛頓，但問她何時能再相見的回信越來越簡短，只說：「還不行。」

他懷著一種與日俱增的不真實感與缺憾，與那些熟悉的偏見和傳統觀念發生撞擊，對任何事都心不在焉，對周圍人們也一概視而不見。直到梅要他去接埃倫·奧蘭斯卡回莊園，在馬車上，他熱切地說：「我們在一起──卻又不能結合。」他急於跟她離開這裡，遠走高飛到沒有人認識的地方。

她深深歎了口氣，笑道：「親愛的──這個國度在哪兒呢？」他繃著臉，啞口無言。

「那麼，你對我們的事到底有什麼打算？」他問。

「我們？就某個意義而言根本不存在我們！只有在互相遠離的時候才互相接近，那時我們才能是我們自己。否則，我們僅僅是埃倫·奧蘭斯卡表妹的丈夫紐蘭·阿切爾，和紐蘭·阿切爾妻子的表姊埃倫·奧蘭斯卡，兩個人企圖背著信賴他們的

人尋歡作樂。」

　　雪停了，刺骨的寒風抽打著他的臉，他站在那兒凝望離去的馬車。突然，阿切爾覺得睫毛上有一點又冷又硬的東西，發現原來是自己哭了，寒風凍結了他的眼淚。

　　那晚，他獨自走回家，打量著門廳裡熟悉的物品，彷彿墳墓。

＊　　＊　　＊

　　紐蘭‧阿切爾坐在東39街圖書室的寫字臺前。他一生大部分真實的事情都發生在這間屋子裡。大約二十六年前，妻子在這兒向他透露懷孕的消息；在這兒，長子達拉斯因孱弱由紐約市主教施了洗禮儀式，女兒第一次學步，口中喊著「爹的」向他走來；在這兒，他們的次女宣布訂婚，阿切爾隔著婚紗吻了女兒，然後和她一起下樓坐汽車去格雷斯教堂──在一個萬事都從根本上發生動搖的世界上，只有「格雷斯教堂的婚禮」依然如故。

　　往事沒有多少值得回顧，唯一體面的是創辦新圖書館、組織室內音樂學會遇到難題的時候人們便說：「去問阿切爾。」他的歲月過得很充實，他認為這應是一個人的全部追求。

　　他知道他失落了一件東西：生命的花朵。彩票千千萬萬，頭獎只有一個，機緣分明一直與他作對，他所失落的一切都匯聚在她的幻影裡。此刻，想到埃倫‧奧蘭斯卡的心情平靜、超脫，就像書中或電影裡愛慕的人物那樣。他是人們所說的忠誠丈夫，兩年前梅被傳染性肺炎奪去生命，他衷心哀悼。他們多年的共同生活證明，只要婚姻能維持雙方責任的尊嚴，即使枯

燥也無所謂。

兒子邀他到巴黎協助談判富翁修建湖畔宅邸的計畫。紐蘭·阿切爾從旅館窗口望著巴黎街頭歡樂的景象，感覺到內心躁動著青春的熱情與困惑。

兒子丟下一句：下午五點約好去看望他的老朋友奧蘭斯卡夫人，就離開了。他獨自在巴黎街頭閒逛，清理終生悶在心裡的悔恨與記憶。在孩子看來，那段插曲不過是白費精力的可悲事例，然而僅此而已嗎？阿切爾坐在愛麗舍大街的長凳上久久地困惑著，生活的急流在他身邊滾滾向前……。

就在幾條街之外，幾個小時之後，埃倫·奧蘭斯卡將等他前往。她始終沒回她丈夫身邊，幾年前丈夫過世，她的生活方式也沒有任何變化。如今再沒有什麼事情讓她與阿切爾分開了——今天下午他就要去見她。

他和兒子穿過協和廣場，跨過那座通向國民議會的大橋。達拉斯不知道父親心裡在想些什麼，自顧自興致勃勃地講述凡爾賽的情況。將近三十年，他對她的生活所知極少。天色漸漸變成一團陽光折射的柔和霧靄，空中零零落落射出電燈的黃光，他們轉入的小廣場上行人稀少。

站在那棟樓房前，阿切爾文風不動直盯著上面的窗戶，彷彿他們朝聖的目的地已經到達似的。

他要兒子一個人上去，轉告一句話：「我過時了。」

「對我來說，在這兒要比上去更真實」，他猛然聽到自己在說。由於害怕真實的影子會失去最後的清晰，他呆在座位上一動也不動。時間一分鐘一分鐘地流過，在漸趨濃重的暮色裡坐了許久，目光一直沒有離開那個陽臺。終於，一道燈光從窗

口照射出來，過了一會兒，一位男僕來到陽臺上，收起涼棚，關了百葉窗。

　　這時，紐蘭·阿切爾像見到等候的信號似的，慢慢站起身，一個人朝旅館的方向走了回去。

引經據典

1. 從孩童長大到結婚的迷人的纖纖小姐們所走過的路，好像是從一個綴滿玫瑰的搖籃被抱到了另一個綴滿玫瑰的搖籃裡。（《元旦》）

2. 生活像永恆一樣輕飄單調地滑動著。饑餓這一事實，即體內鐘的鳴聲，被感覺的輕微 —— 僅僅是一種痛苦的幽靈 —— 減少到最小程度，況且這種疼痛可以被乾果和蜂蜜平息下來。（《一瓶華雷礦泉水》）

3. 精彩的談話似乎用一種漸進的滋補力量進入我的心田，有時在很久以後才感覺得到；它作為一種力量、一種影響，滲透了我的周身，它把我的宇宙封閉在一個五彩玻璃的圓頂之中。（《亨利·詹姆斯》）

4. 每當他提起一件事，立刻就會被對方的想像力淹沒，正像一塊愚鈍的卵石被扔進了奔騰的激流一樣。不管路易斯說什麼，他的同伴總能從一個新的角度來看，並且總能提出一連串新的思路，他經歷中的每一件不起眼的事都成了一塊多面體水晶，閃爍著意想不到的光輝。（《假曙光》）

5. 一個愚蠢的女人總是那樣 —— 沉浸在她最近的一次奇遇中。可是已經有了這麼多奇遇，現在她一定深信更多的奇遇還在後頭呢！然而在每次奇遇中，她又重新生出了少女的情懷；她臉紅、心

紐蘭‧阿切爾與梅‧韋蘭公布訂婚消息。

阿切爾勸奧蘭斯卡夫人不要離婚,兩人互吐情愫。

阿切爾結婚,奧蘭斯卡夫人離開,從此三十年不見。

阿切爾與梅兒女成行,梅過世後,兒子陪阿切爾拜訪奧蘭斯卡夫人。

跳，坐著挨到舞會結束，策劃幽會，把花夾在她那本《魯拜集》
中，只要這書在，總有白姑娘和野玫瑰。（《火花》）

思辨探索

　　世襲制的英國貴族因掌握大片土地、國家經濟命脈，站在社會金
字塔頂端，具崇高地位、名望榮耀。移民至新大陸的人沒有政治上的
貴族，但對文化傳統上的貴族嚮往之心根深柢固，於是在攀緣關係抬
高地位的慾望驅使下，十九世紀末到二十世紀初，共有兩百多位美國
暴發戶之女千里迢迢地嫁給英國貴族。

　　然而真正的貴族是具高度的道德操守和行為規範，一脈相承祖先
締造的功績與使命感的家族，以牢不可破的禮儀規範、生活型態維繫
尊貴、教養和處事態度。

　　小說呈現的正是1870年紐約的上層社會，往來於歌劇院、宴會
之間的人際互動，展演出封閉的聯姻關係，和嚴密界定的倫理道德，
所有個人的情欲、自由的渴望都必然在貴族傳統的觀看下屈服。

　　故事圍繞律師紐蘭・阿切爾、重返紐約上流社交圈的奧蘭斯卡伯
爵夫人，及乖巧溫順的梅・韋蘭之間的情愛關係。敘事線隨著阿切爾
為奧蘭斯卡伯爵夫人辦理離婚訴訟，翻滾出「爭取自由，做自己」，
與「臣服於傳統婚姻，做丈夫魁儡」有關女權獨立意識的論辯，進而
掀出最根本的問題——順著自己的心選擇所愛的人，過真實的生活，
實踐自我完成？還是為家族顏面、為婚姻的神聖性、為上流社會的框
架，過著逢場作戲虛與委蛇的日子？

　　在戀愛自由的今天，麵包還是愛情的選擇依然存在。有人說：
「在對的時間，遇見對的人，是一生幸福；在對的時間，遇見錯的
人，是一場心傷；在錯的時間，遇見錯的人，是一段荒唐；在錯的時

間，遇見對的人，是一陣歎息。」故事裡的人似乎交錯了這種種情境。

紐蘭·阿切爾和奧蘭斯卡伯爵夫人相遇時，雖已訂婚其實還有機會結合，然而後者婚約仍在，前者身繫兩大家族，以及作為文化教養、社會承擔、自由意志的貴族精神與榮耀之下，阿切爾即使想不顧一切的遠走高飛，但就如埃倫所說：「現在太晚了，已經別無選擇」，「只有在互相遠離的時候才互相接近，那時我們才能是我們自己。」這是少年維特的煩惱，也是恨不相逢未嫁時的心傷與歎息。

在傳統與現代、精神與物質、自由與約束、個人與社會的新舊兩股力量，互相衝突與融合的時代。這無法逃避的身分定位家族責任、對婚姻與愛情的信仰、社會輿論與自覺慾望矛盾之下，注定只能在一次又一次熱烈示愛與黯然轉身離去間沉浮、徘徊、掙扎，甚至如那少年維特因為絕望而自殺。

這是老派紐約上流社會的生活風貌與談情方式，含蓄內斂卻熱烈奔放，心照不宣的動作彷彿蒸騰的氣流在血脈裡翻滾，言談或如金針點破玄機，或似砂掌直搗要害，隱與顯之間透過觀察、感覺、理解，一層層撥開迷霧，撥弄心絃。

叛逆的埃倫在勇敢遠嫁巴黎後，試圖回到紐約保守的社交圈，大膽的向傳統價值觀挑戰，勇敢抗拒丈夫的威脅尋求法律協助。這份自由自信的意志鬆動了紐蘭·阿切爾原有的文化觀點，但他還是屈服於社會，勸埃倫回到牢籠婚姻，以避免受社會懲罰。而埃倫為了這份疼惜，一度想擁抱愛情的翅膀飛向自由，但終歸被那一紙電報的現實和道德禮法折翼。

「我們在一起──卻又不能結合。」能做的只有各自面對命運、接受現實的責任，然後把曾經悸動的心情當成幻覺，讓那一部份天真浪漫無聲地死去。這或許是The Age of Innocence中的純真之意。那

樣的愛是單純而沒有任何年齡、身分的純潔，沒有絲毫雜質、虛僞、世俗的清白，有的只是對彼此選擇的尊重。

　　爲了愛情彼此讓步，以及「你在，我就在」，樓下仰望那盞燈，精心守護美好回憶的愼重與虔誠、想念與珍愛。

問題解讀	問題思考	問題行動	問題結果
婚姻是枷鎖？離婚是自由？	婚姻如何成為枷鎖？	紐蘭·阿切爾盡責任成為丈夫；梅·韋蘭知道丈夫對奧蘭斯卡夫人有愛意，極力鞏固婚姻的完整。	紐蘭·阿切爾失落了一件東西：生命的花朵。
	為自由離婚的代價是？	奧蘭斯卡夫人被眾人冷落，離開紐約。	奧蘭斯卡夫人遠離社交，獨居巴黎。

櫥窗燈　震盪效應 —— 相關閱讀

　　1840年工業革命帶來「不列顚治世」全盛時期，因此十九世紀屬於英國、西歐與北美這些工業化、資本化的國家。隨之而起的民主制、科學成就、文學藝術、社會文化都展現與前個世紀更亮眼的突破，英國更透過強大生產力與武器，成功的在世界各地殖民。

　　民族主義興起，導致歐洲國家十九世紀初走上新古典主義，以建立與保存本國的歷史與文化；世紀後期則趨向反映社會的寫實主義。其中最鮮明的特徵是英國維多利亞女王在位期間（1837-1901），經濟富裕、中產階級興起、社會普遍重視物質享受。在此背景下，除舉辦萬國工業博覽會展示科學成就、興建第一個能移動的建築——水晶宮，表現國力和工業信心，更發展出刻意對抗機械和實用技術的古典美學，強調藝術的精神屬性。

以服飾而言，大量運用蕾絲、細紗、荷葉邊、緞帶、蝴蝶結、多層次的蛋糕裁剪、皺摺、抽褶等元素構成華麗、典雅的風格。女性上身緊束，下裙誇張的裙墊、如吊鐘的多層次襯裙和裙撐的「圈環裙」，既反映出彼時繁複的形式主義，也象徵女性生活受限，被社會觀看形塑而表現出弱不經風、矯揉造作的形象。

　　維多利亞時代儘管財富、階級移動，女性依舊在法律和社會文化的限制下，承受種種不合理的壓抑。新娘在神及眾人面前立下的婚誓服從丈夫、不能離婚，子女、財產全數歸丈夫，對不服從妻子可以施以「適當的懲罰」，或送入瘋人院。丈夫則可擁有多個伴侶，婦女不得以通姦為由訴請離婚，男性卻得以此理由休妻。

　　《愛麗絲夢遊仙境》中那一聲吶喊：「我不想跟這些瘋狂的人在一起！」不僅針對眼前荒謬的事端，也是維多利亞時期女性壓抑的怒吼。這樣來自社會不平等的禁錮、服裝儀態上的規範，直到中葉之後新興階級出現，爭取自由的思想、倡導獨立自主和法律改革才終於出現轉變。

加拿大

綠山墙的安妮

少年成長小說

　　露西‧莫德‧蒙哥馬利（Lucy Maud Montgomery，1874-1942年），出生於加拿大愛德華王子島，母親過世後由外祖父母養育，曾短期任職於學校及報社，嫁給牧師。以安妮‧雪麗爲創作起點的《綠山墻的安妮》（Anne of Green Gables），當時曾歷經多次退稿才得以出版，幸而甫上市便立刻成爲暢銷書造成轟動，被譽爲「世界上最甜蜜的少女成長故事」，馬克‧吐溫評價安妮「是繼不朽的愛麗絲之後最令人感動和喜愛的形象。」

　　無數讀者對安妮故事的好奇，鼓舞露西在忙於家務及牧師太太工作之餘，寫出一系列「清秀佳人」。儘管她婚後搬到安大略省，但小說場景幾乎都設定在故鄉愛德華王子島，以致帶起觀光熱潮。加拿大政府不僅將書中景點指定爲國家公園，在名爲「艾凡利村」的主題公園，遊客還可穿上以小說人物的服裝，戴上垂著兩條假紅辮子的草帽融入情節，或在綠色屋頂之家博物館結婚。而每年夏洛鎮藝術節上演的《清秀佳人》音樂劇，也成了金氏世界紀錄。

閱讀燈　**細看名著**

　　忙碌的一天下午，馬修穿著他最好的白領襯衫和西裝，駕著馬車在舒適的農莊之間穿行，野李子綻放的香氣使空氣漾滿甜甜的芬芳。他一路上跟遇見的人打招呼，心裡猜想著即將看見的男孩模樣，那是他和妹妹從孤兒收容所收養的孩子，但沒想到長長的月臺空無一人，除了一個女孩。

　　小小的臉頰上有些雀斑，大眼睛充滿活力，瘦小的身子裹著很短很緊很醜的淡黃色衣服，灰色棉絨背心裙，戴著一頂

褪色的棕色水手帽子，兩根紅色的辮子非常濃密。馬修不知所措，只能先帶這女孩回家。

小女孩興奮地束張西望，嘴巴不停地描述從河岸上伸出來白色有花邊的花，是新娘霧濛濛的面紗；搭火車來這的路上，想像自己有天穿著最美麗的淡藍色絲綢連衣裙，戴著一頂有鮮花羽毛的大帽子在島上旅行……。

馬修感到很開心，他像大多數安靜的人一樣喜歡健談的人，但是他從未聽過一個小女孩的世界。女孩繼續說道：「好吧，這是某個時候要發生的事情之一，這樣的想像和期盼讓我很高興活著——這是一個有趣的世界。我一直聽說愛德華王子島是世界上最美麗的地方，斯潘塞夫人說你的住所叫格林蓋布爾斯，周圍都是樹木，房子下面有溪水，這一直是我的夢想之一。」

道路兩旁繁盛的蘋果園雪白芬芳的花冠，空氣中瀰漫著紫色的微光，像是大教堂過道盡頭的一扇大玫瑰窗，女孩神采奕奕的凝視著遠處西側的夕陽。當他們開車駛向更遠的山丘並轉過彎時，馬修說：「我們現在離家很近，那是綠色山墻。」

女孩睜開眼睛，環顧四周。西方，一個黑暗的教堂尖塔在萬壽菊的天空中升起；下面是一個小山谷，緩緩上升的斜坡上散布著舒適的農莊。院子很暗，白楊樹葉在院子周圍絲般沙沙作響。當馬修把她舉到地上時，她小聲說：「聽，樹木在它們的睡眠中說話，它們必須擁有什麼樣的美夢！」然後，緊緊抓住袋子跟著他走進屋子。

馬修打開門時，妹妹瑪莉拉一見僵硬而醜陋的衣服中，垂著長長的紅色辮子，一雙急切而明亮的眼睛時，驚訝地問：

綠山墻的安妮

「男孩在哪兒？」馬修悲哀地說：「沒有任何男孩，只有她。」瑪莉拉堅持要領養一個男孩在農場上幫助馬修，女孩對我們沒有用，必須直接將她送回原籍。

安妮聽懂了對話的意思，嚎啕大哭顫抖的說：「如果你是孤兒，到了你以為是回家的地方，只因為你不是男孩，他們就不想要你。哦，這是最悲慘的事情。曾經發生在我身上！」

這一夜，在綠色山牆樓上，一個孤獨、飢餓、無助的孩子哭著入睡。

隔天安妮醒來，窗外傾瀉著歡樂的陽光，六月的早晨裡，巨大的櫻桃樹和蘋果樹密密地開滿花朵，草地上全是蒲公英。花園裡，紫丁香樹上開滿紫色的花朵，在風中散發甜美香氣。下方是一片鬱鬱蔥蔥的三葉草、溪流和白樺樹、蕨類植物。房子後面的小山盡是綠意盎然的雲杉和冷杉，她隱約可從光輝湖的另一側看到小房子的灰色山牆端，左邊是大穀倉，向下是綠色低矮的田野，波光粼粼的藍色大海。

安妮貪婪地想把一切都吸進去，她對著瑪莉拉說：「外面的美好世界開心地揮舞著它們的手。」

「這是一棵大樹，」瑪莉拉說：「它開得很好，但果實小而有蟲。」

「哦，我的意思是花園、果園、溪流和樹林，您難道不覺得自己愛著這個世界嗎？我可以聽到小溪在這裡總是笑著，即使冬天，我也聽到它們在冰下的聲音。你不覺得各式各樣的早晨都有趣而燦爛，您不知道這天會發生什麼，還有很大的想像空間……。」

瑪莉拉說：「對於一個小女孩來說，你的話太多了。」

安妮順從地閉嘴，飯後她熟練地洗碗，瑪莉拉打算將安妮送回去，但馬修把她留了下來。

＊　　＊　　＊

安妮出生在新斯科舍省，父母都是高中老師，在她三個月大的時候相繼過世。八歲開始幫收養她的托馬斯夫婦帶小孩，托馬斯先生去世後輾轉被送進庇護所，進學校讀過一些書，今年十一歲。瑪莉拉聽著眼前蒼白的小女孩說起身世，心底暗自思考如何教養安妮，畢竟她從來沒有撫養過一個孩子。這晚，她叮嚀安妮將脫下的衣服整齊折疊並放在椅子上、睡前跪下來禱告，心裡盤算著買些合適的衣服，帶安妮上星期日學校。馬修從鎮上回來時，會帶安妮最喜歡的巧克力糖果。

接下來的一週裡，安妮心心念念都想著野餐，甚至夢見野餐。瑪莉拉怕她太執著而失望，安妮大聲說道：「對事物的期待只是其中的一半，你可能自己拿不到東西，但是沒有什麼可以阻止你開心地期待它們。」

那天，瑪莉拉一如往常戴著紫色的胸針上教堂，那是她最珍貴的財產。一個航海叔叔送給她的母親，母親又把它贈給瑪莉拉。安妮第一次見到那枚胸針就被迷住了。隔天瑪莉拉到處都找不到紫水晶胸針，安妮承認自己把它放在胸上，只是看它看起來如何，但確實把它放回瓷盤了。瑪莉拉翻箱倒櫃地搜索半天，依然無影無蹤，見安妮始終堅持從來沒有把胸針帶出房間，瑪莉拉生氣地說：「我知道在妳那兒，除非你準備說出真相，否則別踏出房門。」

星期三早晨天氣晴朗，鳥兒好像是為野餐而在綠色山牆周

圍唱歌，花園裡的百合花盛開，每一扇門和窗戶都散發著芬芳的香氣。瑪莉拉吃早飯時，安妮臉色蒼白，眼睛閃閃發光，坦白是自己無法抗拒的誘惑，斜倚在橋上時，想看一看胸針在陽光下的光澤，豈料就這麼滑落湖裡。

瑪莉拉試圖保持冷靜，仍難掩憤怒地說：「你是我聽過最邪惡的女孩。今天不准去野餐，這是你的懲罰。」安妮站起來，緊緊抓住瑪莉拉的手，哀求地說：「我必須去野餐，這就是為什麼我會承認。瑪莉拉，拜託讓我去野餐，我可能再也沒有機會品嚐到冰淇淋了。」

瑪莉拉一言不發，安妮意識到瑪麗拉不可動搖，雙手緊握，發出絕望的尖叫聲，埋頭抽搐。

瑪莉拉洗完盤子、碗，想起要去修補披肩。當她從盒裡拿出披肩時，陽光穿過落在窗戶周圍的濃密葡萄樹，照在披肩上的東西上──閃閃發光的紫羅蘭色。那是紫水晶胸針鉤在花邊的絲線上。瑪莉拉這才想起星期一脫掉披肩時，別針就這麼卡住了。瑪莉拉內疚地道歉，立即帶著安妮奔向野餐園。

那天晚上，安妮回家後滔滔不絕地描述喝了好茶，還吃了妙不可言的冰淇淋。月光映照湖畔時，有人準備摘下睡蓮差點落水，幸好安德魯斯先生抓住她的腰帶，真是一種浪漫的經歷。瑪莉拉看看馬修道：「有她所在的房子，永遠不會枯燥無味。」

*　　*　　*

比起教會的主日學，安妮更喜歡Avonlea學校。她和戴安娜一起坐在窗邊，可以和很多小女孩一起玩耍。露比·吉利斯

給了她一顆蘋果；索菲婭·斯隆借她一張可愛的粉紅色卡片；蒂莉·鮑爾特整個下午讓她戴上圓珠戒指，還有同學讚美她的鼻子很漂亮。

有天下午，吉爾伯特伸手穿過過道，抓起安妮長長的紅色辮子的末端，刺耳地說道：「胡蘿蔔！胡蘿蔔！」安妮憤怒的把石板往吉爾伯特的頭上敲。

老師不理會吉爾伯特承認招惹安妮，竟處罰安妮整個下午罰站在黑板前的平臺上，還在黑板上寫著：「安妮·雪麗脾氣很壞。安妮·雪麗必須學會控制自己的脾氣。」安妮沒有哭泣，也沒垂下頭，滿臉脹紅的眼睛放射出憤怒的火光。

放學後，安妮抬著頭筆直地走了出去，吉爾伯特試圖在門廊處攔截她，跟她道歉。安妮輕蔑地掃了一下，不發一言。戴安娜舒緩地說：「你別介意吉爾伯特取笑你的頭髮，他取笑所有的女孩。他嘲笑我的頭髮黑，一連叫我烏鴉十二次，而且我之前從未聽過他為任何事情道歉。」

安妮尊嚴地說：「被叫烏鴉和胡蘿蔔有很大的區別，他太傷我的心了。」

但更慘的是老師把安妮換到吉爾伯特旁邊，她覺得整個人被羞辱、憤怒所籠罩。放學後，安妮收拾起桌上所有東西，跟黛安娜說：「我不會再回到學校了。」瑪莉拉很震驚，但也明白安妮的倔脾氣，便接受鄰居的勸告，靜觀其變。安妮沒再說任何關於重返學校的消息，而是在家讀書、做家務，和戴安娜一起玩。

十月是美好的一個月，樺樹像陽光一樣泛出金色，楓樹轉紅，沿路的野櫻桃樹披上深紅和古銅色的綠。安妮沉迷於她

的色彩世界，剪了楓樹枝插在桌上的藍色水罐裡。瑪莉拉說：「你把房間完全弄亂了，安妮，臥室是睡覺的。」

　　這天，安妮準備了玫瑰花蕾噴霧茶具、黃色的小櫻桃碗、水果蛋糕、櫻桃果醬、盆子甜酒，和黛安娜坐在果園草地上，聽她說起學校的點點滴滴，以及每個人的想念，包括吉爾伯特。安妮不想聽到吉爾伯特的消息，急忙跳了起來，說應該進去吃些覆盆子。安妮自我調侃地說起做蛋糕忘了麵粉，布丁醬忘了蓋，結果老鼠淹死在裡面的糗事，兩人就這麼邊說邊喝了一杯又一杯，直到黛安娜覺得頭昏才依依不捨地告別。

　　隔天，黛安娜的媽媽禁止她與安妮往來，這才知道當天他們喝的是醋果酒而不是覆盆子，這對安妮來說簡直是晴天霹靂。黛安娜在她生命裡劃開黑暗的曙光，沒有黛安娜的日子將如末日。接下來的星期一，安妮宣布要回到學校，並高興地答應會努力做一個模範學生，為的是這樣就可以看見黛安娜。

　　安妮果如其言，和同學、老師相處和樂，全身心投入讀書。她的仇恨和決心一樣強烈，儘管不承認自己打算在學業上與吉爾伯特抗衡，但是競爭和榮譽感在他們之間波動。第一個月底的筆試，吉爾伯特領先三分；第二個月安妮以五分擊敗了他。吉爾伯特在眾人面前衷心地祝賀她，但安妮心想的是讓他感到失敗的刺痛，那滋味真是太甜了。

＊　　＊　　＊

　　外面傳來急促的腳步聲，戴安娜臉色蒼白，緊張地說父母親都不在城裡，三歲的妹妹氣喘病得很厲害，沒有人去請醫生。曾經養育過三對雙胞胎的安妮，熟稔地要黛安娜煮熱水，

找來柔軟的法蘭絨布讓妹妹躺下，給她服用一些吐根草汁。馬修請來的醫生和黛安娜父母趕到時，妹妹已經熟睡。醫生讚美安妮以醫療常識及時度過險境，黛安娜媽媽親吻安妮並哭著道歉曾經誤解安妮。

在西南方的遠處，天空呈淡淡的金色，閃爍著珍珠般的夜光，空靈的玫瑰在閃閃發光的白色空間和黯淡的雲杉中升起。雪山之間雪橇鈴的叮噹聲像小精靈的鐘聲在寒冷的空氣中穿行，但是它們的音樂都比不上安妮心中和嘴唇上的歌甜。

綠山墙的春天到了，在新的一年裡安妮陸續參加了茶會、音樂會、宴會。馬修買了一件有絲綢般光澤，精緻褶邊、蕾絲花邊的百褶裙衣服作為聖誕禮物；黛安娜姨媽送來的鞋釘滿釘珠、緞面蝴蝶結和閃閃發光的帶扣。馬修和瑪莉拉驕傲地看著十三歲安妮在臺上朗誦，無限欣慰地盤算著將來要送她去讀大學……。

*　　*　　*

安妮不僅喜歡讀書，更想帶著同學創造與眾不同的東西，於是組織故事會，每週各寫一則故事，朗誦、討論，想像以後說給子孫聽。這期間，安妮令人驚愕的事也沒斷過，譬如太想擺脫紅頭髮，結果陰錯陽差信了小販的話，期待的黑髮竟成了古銅色的綠色；跟同學打賭而跌傷時；扮演文學名作裡的角色乘小舟漂流時，船進水沉了，救她的居然是死對頭吉爾伯特。

*　　*　　*

十五歲那年，安妮考上夏洛鎮的皇后學院，而後取得教師

證書與大學獎學金。但就在一切都完美無瑕時，馬修因心臟病突然過世，瑪莉拉視力退化。十六歲的安妮毅然決然放棄上大學的打算，回到綠山墻教書，陪伴瑪莉拉。命運讓她轉了彎，雖不知道周圍是什麼彎，但她相信那是最好的彎。安妮去了馬修的墓地，爲種下的蘇格蘭玫瑰花灌木澆水。她一直待在那裡直到黃昏，楊樹低聲沙沙作響，草叢恣意生長。安妮喜歡這個小地方的和平與安寧，喃喃地说：「親愛的世界，你很可愛，我很高興能活在你裡面。」

下山的路上，一個高個子從布萊斯家大門前呼嘯而出，是吉爾伯特。當他認出安妮時，哨子在他的嘴唇上消失了。「吉爾伯特，」安妮紅著臉說：「感謝你把教職的機會讓給我。」吉爾伯特熱情地握住安妮伸出的手说：「今後我們能成爲朋友嗎？您眞的原諒我的過錯嗎？」安妮笑了，試圖拔出手沒有成功。吉爾伯特高興地說：「我們將成爲最好的朋友，安妮。你已經挫敗了了命運，以後我們可以在很多方面互相幫助，繼續學習。來吧，我陪你回家。」他們一路聊著，安妮在家門口站著半個小時都在跟他说話。

那天晚上，安妮在她的窗戶旁坐了很長的時間。風自櫻桃樹枝輕柔地吹來，薄荷的氣息傳到她身上，星星在冷杉上閃爍。安妮知道她眼前的路很窄，但安靜幸福的花朵會沿路綻放；眞誠的工作、值得抱負的願望和友善的友誼應歸她所有，沒有什麼可以剝奪她的生存權或幻想的理想世界。路上總是有彎道。

「上帝在祂的天堂，世界一切正常。」安妮輕聲低語。

引經據典

1. 其實這美是極其珍貴的，因為明天它就會消失。南風吹過樹枝時會帶走千萬朵花瓣，但又有什麼關係呢？至少今天它是這野外的王后，剎那就是永恆。（《多斯的城堡》）

2. 採摘花朵是件憾事，從枝葉上離開的它們將會失去一半的魅力。欣賞花朵的方式就是去追蹤它們的足跡，欣賞地看著它們，然後在離開時戀戀不捨，只帶走對它們那風姿與芳香的朦朧回憶。（《多斯的城堡》）

3. 那是一個親切的夜晚，到處都是光影。西部是鯖魚雲的天空，深紅色和琥珀色；中間有長長的蘋果綠天空；遠遠的是夕陽西下的光芒，從黃褐色的岸邊傳來無數水聲。在她周圍，躺在美麗的鄉村寂靜中，是她早已認識和喜愛的丘陵、田野和樹林。（《安妮夢之家》）

4. 夜風開始在酒吧外開始野舞，隨著安妮和吉爾伯特沿著白楊樹小道駛過，穿過港口的漁村被燈火照亮。小房子的門打開了，一束溫暖的火光忽隱忽現。吉爾伯特將安妮從車上拉起，帶領她進入花園，穿過紅杉林之間的小門，沿著修剪的紅色小路到達砂岩臺階。「歡迎回家。」他小聲說。他們手拉手跨過了他們夢想中的房子。（《安妮夢之家》）

思辨探索

從綠色山墻（或譯為「綠色屋頂之家的安妮」）的童年，到安妮在安艾凡利小學任教的《阿馮利的安妮》，以及《海島上的安妮》讀大學、《風揚村的安妮》中她當了校長、和學醫的吉爾伯特戀愛；

陰錯陽差間，馬修和瑪莉拉收養安妮。

瑪莉拉誤會安妮拿水晶胸針；安妮興奮地參加野餐。

安妮和黛安娜成為閨蜜；吉爾伯特嘲笑的紅頭髮。

安妮與同學成立故事俱樂部、考上皇后學院。
馬修過世，安妮回家照顧瑪莉拉。

《安妮的夢巢》、《英格爾賽的安妮》寫的是兩人終成眷屬，安妮成為人妻人母的，而至孩子成長生活的《虹谷》，八本小說形成系列的「清秀佳人」，既是作者塑造的少女成長小說，也是一段接著一段自傳性的書寫，更是在現實與虛構之間的自我對話。

現實中的露西二十一個月大時，母親因結核病去世，父親遠赴他鄉，把他交給管教嚴格的外祖父母養育，童年孤單寂寞。小說裡的安妮是孤兒，六十歲的馬修如慈父，瑪莉拉雖如嚴母卻體貼細膩，日子過得溫馨而美好。露西完成學業後，花一年的時間便在大學完成課程，獲得了教師執照；小說裡的安妮亦是如此。外祖父已經去世了，露西離開愛德華王子島上的教職，回到外祖父母位於卡文迪什的家；小說裡的安妮也在馬修過世後回綠山墻教書，陪伴瑪莉拉。

不過，小說既是現實的倒影，也是圓滿的投射。露西渴望在寵愛中長大，但外祖父母嚴肅得不苟言笑；期待遇到心靈契合事業有成的伴侶，孩子乖巧的美滿家庭，但真實世界裡，她與丈夫之間難以交流，對方也不認同她的文學成就，孩子夭折了很可惜。

這或許是露西儘管說她不想終生跟安妮綁在一起，不斷寫續集，但晚年她改變想法，繼續把這善良樂觀的女孩人生各階段的變化嶄露在世人面前，讓當代無數人的青春裡都因為有這個知己或偶像，而覺得生命如陽光般充滿希望，也寄託自己的幸福想像。

安妮真實親切的有如鄰家小女孩，跟我們一樣在乎外表、忌諱他人的貶抑、期待穿漂亮衣服去野餐、和閨蜜在祕密基地竊竊私語；安妮也像曾經積極樂觀、浪漫天真的自己，有著對自然環境的好奇、天花亂墜的想像與喋喋不休渴望表達的慾望。於是，每個打開這本書的心靈，都隨著安妮無厘頭而又冒險的個性，漸漸發展出自己認定的一套信仰或價值體系。

安妮留給世人的還有那永遠懷抱希望的浪漫，「值得抱負的願

望和友善的友誼應歸她所有，沒有什麼可以剝奪她的生存權或幻想的理想世界。」因此，儘管後世以各種形式改編的創作不勝枚舉，但在電影、影集和宮崎駿、高畑勳動畫《紅髮安妮》、日本漫畫《文豪野犬》裡的安妮，在詮釋與懷想中永遠閃著鮮活而靈動的大眼睛，笑著陪伴青春裡的孩子洗去苦澀；飛揚著紅色的頭髮，帶領迷惘的心靈找回自己。

問題解讀	問題思考	問題行動	問題結果
命運掌握者是誰？	如何才能掌握命運？	安妮以善良、樂觀、正向、積極的態度順應命運，懷抱希望和熱情感覺世界的美好。	安妮讓馬修及瑪莉拉的家充滿歡樂，綠山牆的人們悅納她的存在，也在努力中實踐理想。

櫥窗燈　震盪效應 —— 相關閱讀

　　少年成長是由懵懂天真的童年，到能夠邏輯思考、獨立自主，承擔責任的過程。在生理、心理、社會文化交互影響下，青少年階段不僅是小孩到社會化的過渡期，它本身就具有獨特的需求、發展任務及內在價值。

　　面對家庭、人際關係、性別、族群間的自我追尋和家國想像，所產生的傾軋和衝突都是必經的成長標誌。而少年成長小說描述的重點除卻蛻變歷程，表現出懷抱理想、積極奮發的心靈成長。如《少年維特的煩惱》對愛情的憧憬；狄更斯《孤雛淚》、《塊肉餘生記》、雨果《悲慘世界》描寫貧苦孤兒生存；紀德《如果麥子不死》寫性別認同；夏目漱石《三四郎》敘述新時代的知識分子的嚮往與徬徨；馬克·吐溫的《頑童歷險記》、柯爾賀《牧羊少年奇幻之旅》寫冒險；薛曼·亞歷斯

《一個印第安少年的超真實日記》，寫十四歲的印第安人如何因為長相、膚色、服飾怪異而飽受他人嘲笑，最後從籃球找到「歸屬」，在喜歡讀書中得到「認同」而拯救自己的歷程。其間也不乏呈現對舊有規範的反叛、對成人社會的質疑和批判，如屠格涅夫的《父與子》、喬伊斯《都柏林人》、卡勒德·胡塞尼《追風箏的人》。

在少女成長小說中，與《綠山牆的安妮》同樣著名的是法蘭西絲·霍奇森·伯內特《祕密花園》、珍·奧斯汀的小說《艾瑪》。前者描述孤僻的女孩瑪麗失去至親後被送往約克郡的豪華莊園，在僕人、園丁和眾人改變下親近自然，發現愛。至於艾瑪是「漂亮、聰明、富有」但頗「嬌縱」，立誓不嫁的她熱心地當紅娘。有主見的她慫恿好朋友拒絕愛人農夫馬丁的求婚、親近殷勤的牧師，豈料牧師向她求婚。在這麼亂點鴛鴦譜之間，艾瑪才驚悟自己愛上了一直默默守護她的好友，兩人終成眷屬。他如英國勃朗蒂《簡愛》、白朗特《咆哮山莊》、美國阿爾考特《小婦人》都顛覆傳統女性，表現勇敢面對命運、實踐理想的特質。

長大的世界或許不美好，但這些作品裡的情節，無論涉及身體與心靈變化、人際關係間的衝突，或自我認同與現實框架的質疑，都是出自少年「我」的視角，任何細微的情緒起伏、心念的轉動、行動上的歷練都是決定「我是誰」、催化「我要成為誰」蛻變成長的力量。

綠山墻的安妮

美國

野性的呼喚

馴化的狼與狗的故事

傑克・倫敦（John Griffith，1876-1916年），美國二十世紀著名現實主義作家。

他出身於舊金山貧困農家，自小就早上三點起床販賣早報，放學後繼續販售晚報，而後在牧場、碼頭出賣體力爲生。十四歲當奧克蘭罐頭廠童工，後來當水手、在黃麻廠和鐵路工廠做工，最後在美國、加拿大四處流浪，曾被當作無業遊民關進監獄，罰做數月苦工。

十八歲那年，傑克・倫敦在公共圖書館自學高中課程，大量閱讀達爾文、馬克思、尼采等著作，順利考入加州大學，但讀了一年因貧困被迫退學。1896年阿拉斯加發現金礦，他加入淘金行列，結果得了敗血症，空手而還，從此埋頭讀書寫作，成爲職業作家。

從1900年起，他連續發表許多小說，貧民窟、阿拉斯加和加拿大北部謀生的經歷是他創作的最重要素材，尤其是下層人民的生活。他的作品帶有濃厚的社會和個人主義色彩，最著名是《野性呼喚》、《白牙》、《熱愛生命》、《海狼》、《鐵蹄》等小說，在全世界廣爲流傳。

《野性的呼喚》，又名《荒野的呼喚》，發表於1903年。這本動物冒險小說，不僅是美國文學經典、二十世紀百大小說之一，更是世界上讀得最多的美國小說，多次被改編成電影。

傑克・倫敦寫了19部長篇小說，150多篇短篇小說和故事，3部劇本以及論文等。作品內容及風格多樣，或以現實手法揭露資本社會的黑暗，表現工人階級最初的社會主義願望；或透過浪漫手法描寫爭取生存的爭鬥，形象鮮明、情節緊湊、文字精練，富有感染力。

細看名著

　　巴克是法官家的狼犬，秉著父母是聖伯納和蘇格蘭牧羊犬的優良血統和矯健的體格，舉手投足散發出與生俱來的貴氣和王者之尊。

　　巴克在聖克拉拉山谷莊園度過四年美好的時光，酷愛打獵、運動的牠像貓一般敏銳，豹一樣迅速。白天陪法官的兒子們比賽游泳或出去打獵、護著法官的女兒散步，夜晚偎在爐火旁法官的腳邊，陪著看書。

　　巴克經常幫法官拿報紙，但是牠從來不看，也看不懂，自然不會知道1897年秋天瘋狂的淘金熱，冰天雪地的北極成了人們嚮往之地，高大強壯的狗成了搶手貨。牠做夢也沒想到好賭的園丁莫紐爾竟以散步為由，把牠套進粗繩，賣給陌生人。

　　半夢半醒中，每聽到門被推開的聲音總誤以為是法官來救牠，興奮地騰跳起來。事實卻是一次比一次更狠毒的棒子。一趟趟火車、貨車的輾轉運送。被關入木籠的巴克沒水喝沒食物可吃，因為被挑釁戲弄而自尊受損，頑強抵抗的眼睛充滿仇恨憤怒的血絲，猶如凶殘的惡魔。

　　牠，眼睜睜看著自己從一雙手交到另一雙手，心裡非常清楚，離家越來越遠了。車子終於停下來，屋裡走出來一個穿著紅色襯衫的強壯男人，拿起斧頭逕自朝木籠子劈了下去。巴克盯住斧頭，瘋狂地衝咬碎裂的木條，那個人隨即換上棒子。巴克毛髮豎直，口吐白沫，血紅的眼睛噴射出聚積兩天兩夜的怒火，向穿紅色襯衫的男人猛撲過去。橫空飛來的木棍，兇猛地擊落了牠。來來回回十多次，棍子擊出的力道一次比一次更

狠，巴克終於栽倒在地上，縮成一團，暈了過去。

　　經過這次慘痛的教訓，巴克一生都沒有忘記，也不敢忘記，面對拿著棒子的人，自己根本沒有勝利的機會。

　　三百元，牠被賣給負責加拿大政府運送公文書信的人。在華納號甲板上，巴克望著漸漸遠去的西雅圖，做夢也沒想到，這是牠這輩子最後一次看見溫暖的南方。黑臉大個子，正直做事沉著穩重的法蘭西，從此成為巴克的新主人。同在船艙的還有笑裡藏刀、陰險狡詐的史皮茲，和憂鬱乖僻而冷漠的德夫、溫馴善良的柯利、乖戾凶狠又暴躁的喬依，以及臉上身上布滿傷痕的獨眼鬥士索洛克司。

　　華納號夜以繼日地往冰天雪地的北極行駛。這裡是荒蠻世界，隨時隨地戰戰兢兢戒慎以待，這是巴克領略的第二個教訓。

　　一隻愛斯基摩狗像閃電般跳了過來，金屬似的牙齒瞬間撕裂柯利的臉頰。三四十隻愛斯基摩犬從四面八方包圍，靜默地盯著柯利被擊敗，然後興奮地踩在凄慘喊叫的柯利身上叫著、咬著。前後才不到兩分鐘，柯利躺下的地方只剩下一堆血淋淋的碎片。

　　往後的日子裡，這一幕慘狀不斷出現在巴克的睡夢中，時時刻刻提醒牠誰的力量大、牙齒鋒利，誰就是勝者，一旦不幸倒下就死定了。巴克因此時時警戒自己小心行事，絕不能倒下去。

　　當法蘭西在牠身上套上皮帶，叫牠拖著雪橇時，巴克忍著屈辱的痛楚沒有反抗，以躲過皮鞭和押陣狗德夫的狠咬。牠知道，當身經百戰的領隊史皮茲凶狠地發出尖厲的責罵聲時，與

其任性地反抗，不如乖乖地改正錯誤，努力學會各種信號和技巧，才能生存。夜晚，牠必須忘卻自己被遺棄的孤單淒涼感，從同伴身上學會在雪底下挖好洞，蜷縮如毛球似的，就可以睡得很香甜。

＊　　＊　　＊

作為加拿大政府的郵遞員，任務是把重要的公文、信件運送到各地。九條狗敏捷、活潑地在雪道上奮力向前奔跑，平日冷漠的德夫和索洛克司一套上韁繩立刻生龍活虎、神氣昂然，彷彿拉雪橇是牠們生存的唯一目的。

牠們一大早就出發，越過綿羊寨沿著山和長長的叢林，再橫穿幾百呎深的雪堆和冰川，翻過矗立在淡水和鹹水間的分水嶺，奔馳在一個接一個的死火山口湖面上。

路像是永遠都走不完，巴克從早到晚拚命地不停地跑，直到天黑以後才找地方搭帳篷。體格高大健壯的牠每天一磅半的乾鮭魚根本填不飽肚子。從前在法官家的時候，牠吃東西斯斯文文，現在牠必須吃得和牠們一樣快，以免被搶食；另一方面，飢餓迫使牠不得不去搶奪並不屬於牠的東西，甚至學著偷竊。巴克深深體悟，在艱險的北極中求生存，比的是誰的棒子粗、力氣大、牙齒鋒利，誰遵守仁義道德，誰就被淘汰。

巴克的筋骨已變得和鋼鐵一樣結實，牠的眼睛、鼻子和耳朵都變得非常敏銳，能從氣味中判斷風的方向，也能分辨是否危險。或許巴克的先祖在原始森林裡生活的本能悄然浮動，在空寂的寒夜裡，牠常會仰望星空像狼一樣長嘯，感覺原始的活力在牠的血液裡沸騰，內心潛藏的領導慾望和野心不斷地滋

生。從此牠每一個行動都是有目的的。雖然對史皮茲切齒痛恨，但巴克表現得審慎而有耐性，是不落痕跡靜靜地協助夥伴強大勢力，等待時機。

這段漫長路途充滿危險的不僅是零下五十度的冰天雪地，更在於一踩下冰層，冰塊就隨之脆裂。有一回，德夫和巴克連著雪橇一起陷入河裡去，牠們越掙扎，冰就裂得更快，也就陷得越深，差一點兒就凍死在河裡。再加上不眠不休的趕路，牠的腳早已變形，強忍劇痛一跛一跛地奔跑，一到休息的時候，牠立刻癱在那裡一動不動。法蘭夏把晚餐送到牠的面前、幫牠按摩；後來，他把自己的雪靴割下一小部分，替牠縫製四只簡易的皮鞋。

沒多久，巴克的腳磨得像愛斯基摩犬的腳一樣堅韌，體格壯碩和凶悍狡猾的情況不亞於土生土長在阿拉斯加的愛斯基摩犬。當年那個穿紅色襯衫的男人，拿著棒子毫不留情地打在牠身上的時候，巴克已然了解權力的重要性，從此牠無時無刻不渴望有一天能取代史皮茲，成為狗隊裡的首領。

這場你死我活的決戰終於爆發了。史皮茲是身經百戰的老手，相形之下，稚嫩的巴克有勇無謀，幾經糾纏，巴克渾身是血卻依然無法突破史皮茲嚴密的防線。戰鬥越來越激烈，愛斯基摩犬圍成圓圈，冷眼等待掠食。經過一次又一次的失敗，巴克領悟與其力搏不如智取，於是俯衝時虛晃側擊，趁其不備逕自衝過去緊咬史皮茲的左腿。「喀嚓」，巴克聽到骨頭的破裂聲，史皮茲的左前腿殘廢了，牠立即趁勝咬碎右前腿。

無聲的圓圈慢慢縮小，個個冒紅光的眼睛緊緊盯著史皮茲，長長的舌頭伸出飢餓的殺戮慾望，半蹲做出跳躍的姿勢。

瞬間，在灑滿月光的雪地上，史皮茲已經不存在了。

*　　*　　*

連續一個禮拜，法蘭西和巴羅特都忙著送信、帶回公文和人們寄的信。回程的路上巴克取代史皮茲成為狗隊裡的領袖，馴服狗隊、恢復紀律、主持正義，展現領導天分。牠以敏捷的反應、飛快的速度，證明自己比史皮茲更優秀。帶著隊伍連跑了十四天路，打破有史以來的紀錄——每天平均走了四十哩路。

行程比預計快了許多，法蘭西和巴羅特在司卡桂城每天喝得酩酊大醉，結果樂極生悲耽誤公文，被上級調走。接到命令後，法蘭西用胳膊摟著巴克，痛哭了一場。這是他們的最後一面。

接替的是一個專門給淘金人運送郵件的人。從今以後，牠們得和另外十來支雪橇隊、一百多隻狗前往道生。每天像齒輪般重複的工作，超過身心所能負荷的苦工，沉甸甸的郵件弄得牠們都精疲力盡。巴克以堅強的意志忍耐著，盡力維持雪橇隊的秩序。唯一的安慰是吃完晚餐之後，趴在火堆旁邊，目光迷離地望著那些火焰，腦海浮現法官家壁爐裡的爐火、陽光明媚的聖克拉拉山谷裡寬闊的游泳池，還有那墨西哥禿毛狗和日本哈巴狗。

德夫骨頭折斷了，在猛然拖拉的時候就會刺痛得慘叫，卻仍不願離開隊伍。雪道上的奔跑和韁繩之下的苦役，是牠一生的快樂與驕傲，牠怎麼能容忍被拉出列隊，看著索洛克司站在牠的位置，做牠的工作？

趕狗人明白德夫嗥叫嗚咽的願望，套上韁具，讓牠重新回到狗隊，讓牠死也心滿意足。德夫忍著內傷跌倒、被雪橇拖著走，仍然咬緊牙根硬撐。夜晚趕狗人爲牠在火堆旁邊做了一個窩，隔天早晨，德夫掙扎著站起來，但已是燈枯油盡連匍匐都顯得艱難無力。眼看著同伴要繼續向前趕路，德夫奄奄一息地投以羨慕又依依不捨的目光，發出微弱而淒慘的悲號。

　　不久，槍聲響在那寂靜的雪地裡。巴克和其他拖橇狗，心裡都清楚，那邊發生了什麼事情。

＊　　　＊　　　＊

　　官方下達了新的命令，新來的狗將取代巴克這批又瘦又弱的狗，被淘汰的牠們將被便宜拍賣出去。兩個美國人用很便宜的價錢，把牠們連同韁具和其他一切裝備都買過來。

　　巴克和牠的同伴們在雨點般的抽打下瘋狂地往前跑，由於食物極度缺乏，加上工作勞累，巴克癱死在地上，直到哈爾的皮鞭再度落在身上。牠們邁著蹣跚的步履跟跟蹌蹌地往前走，溫順的比利突然跌倒，再也起不來了，古那也隨之而去。開始的十四隻拖橇狗，現在只剩下五隻，牠們的屍體丟在路邊，其餘的拖橇狗被催趕繼續前進。巴克和其他的同伴們心裡都明白，這種事很快就會輪到自己頭上。

　　一向盡忠職守的巴克選擇違抗命令，無論暴跳如雷的哈爾以皮鞭抽打，木棒像雨點般狠揍，牠已經沒有多少疼痛的感覺了，生命的火花忽隱忽閃地黯淡下去。就在這個時候，桑頓向正揮舞著木棒的哈爾撲過去，轉身割斷巴克身上的繩子。

　　在桑頓細心照料下，巴克逐漸恢復往日的風采，日子過得

很舒暢。桑頓把那些狗當孩子般看待，喜歡坐下來摟住牠們的脖子，或者是把牠們抱在懷裡、和牠們東扯西扯。巴克恍然在法官家的牠只不過是在盡監護人的責任，維持莊嚴而高貴的友誼；和桑頓就像是一家人，那幸福讓牠真正地領略到什麼是純真、熱烈的愛。

　　桑頓喜歡把巴克的頭夾在兩腿之間，一前一後地搖晃著牠，同時親暱的叫著巴克的綽號。巴克的心隨之蕩漾，含情脈脈的凝視，喉嚨裡還發出顫抖的聲音來，似乎想說什麼。巴克喜歡躺在桑頓的膝蓋上，仰看他臉上每一個表情。有時候，牠會躺在稍遠的地方，望著桑頓的背影，默默注視他的每一個動作。每當這時，桑頓也會轉過頭去看巴克，默默注視牠。

　　巴克很擔心有一天桑頓也會從牠的生活中消失，從這樣惶然的噩夢中驚醒時，牠立即冒著寒風跑到桑頓的帳篷旁邊，只為傾聽桑頓熟睡中均勻的呼吸聲，證實桑頓並沒有離開牠。

　　那年年底，他們抵達圓圈城。桑頓他們在酒吧裡喝酒聊天，巴克趴在角落注視著桑頓的一舉一動。忽然，傳來兩個傢伙吵打的喧鬧聲，桑頓走過去想拉開他們，沒想到竟被一拳打得差點跌倒。巴克縱身救主，從此名聲傳遍阿拉斯加所有的營地。還有一回桑頓和朋友駕著獨木船準備越過險惡湍急的河流，船因撞到暗礁石翻沒，桑頓被拋了出去。巴克奮不顧身跳進河裡去，在一片驚濤駭浪中追上桑頓，又在一次又一次被急流衝走的千鈞一髮之際，救回桑頓，而巴克卻因此斷了三根肋骨。巴克的名聲引來人們激動和桑頓打賭，結果牠只用五分鐘就拖著一千磅東西走了一百碼，幫桑頓賺了一千六百塊。

　　但巴克最喜歡的還是在夏夜月光下，一邊奔跑，一邊傾聽

來自森林裡的每一個聲音，如夢中的囈語，又像神祕的呼喚。有一天牠來到叢林，發現一匹體型瘦長的野狼在空地上，向著天空嗥叫。

巴克開始一連好幾天不回營地，在外面徘徊的日子裡，牠不再是主人溫順忠誠的狗，而是一條荒原上狡猾凶殘的狼，牠學會在弱肉強食的環境中獨立生存，完全顯現潛在的原始本能和野性。

這天巴克奔回營地時，只見拖雪橇狗被毒打致死，漢斯背上插滿了印地安人的箭趴在地上。牠在水潭邊搜索了很久，都沒有發現桑頓的下落，心知他已經永遠離開牠了。

月夜清澄如昔，巴克獨自呆坐在水潭邊，目光迷離、精神恍惚。

從遙遠的地方傳來尖厲的嗥叫聲，巴克明白那是留存在牠記憶深處的，來自另外一個世界的呼喚。桑頓已死，世間沒有任何足以留戀的東西，也不再有任何束縛。巴克決定聽從那聲呼喚，走向荒野，既感動又興奮地和狼兄弟一邊奔跑一邊叫著，牠們雄渾的高嗥聲漸漸隱沒在叢林深處。

走廊燈　引經據典

1. 手持棍棒的人就是立法者，就是主宰，你不可反抗他，必須服從。
2. 生活就是這樣，沒有公平的遊戲法則，一旦倒下去，就是生命的終結。
3. 文明的作用就在於強迫環境服從人類的規律，直到它變得像機器

巴克被法官家的園丁賣給仲介商,輾轉送到北極。

巴克再度被賣,飽受凌辱,桑頓救出,感受到愛與被愛的幸福。

多次救主,桑頓死後,巴克走向荒野。

王子即位,賞有功者,寬恕叛軍,深受愛戴。

野性的呼喚

一樣聽話。

4. 主人的聲音彷彿羅盤，白牙根據它學習將新大陸和新生活的風俗習慣，繪成一幅圖表。

5. 也許你已經意冷心灰，也許你已經懷疑一切，請相信不是一切呼吸都沒有迴響，星星靜止就是黑夜；不是所有夢想都甘願折斷翅膀，種子都找不到土壤，歌聲都掠過耳旁而不留存於心。雖然生活不斷摧毀我們的夢想，有些損失已無法補償，但是請把這一切放在你的肩上，為它爭鬥。

頂崁燈　思辨探索

在優渥環境長大的巴克，生活溫暖而美好，命運陡然開了荒謬的玩笑，牠被綁架到窮北的阿拉斯加。牠趕上了追逐發財夢的黃金潮，失去了原有的貴氣冠冕，成為被輾轉出賣的雪橇狗；牠從文明到蠻荒，被棍子、皮鞭、木籠和虎視眈眈環伺的殺戮，激發出野性的本能，學會堅韌而殘酷的競爭態度。

這是動物與人的故事，每個出場的動物都有獨特的個性，圍繞著巴克衍生出的關係和敘述目的，照亮牠們各自的生命風景。單純的柯利在側目而視的愛斯基摩犬包圍下被吞噬，生存危機與尖銳的現實讓巴克刻骨銘心，明白活著就必須強大。取代狡猾兇猛的史皮茲成為首領，證明巴克度過了上天苦其心志、勞其體膚、空乏其身的考驗。至於德夫，代表生死以赴的使命感，引以為生命意義的尊嚴。

在人物方面，巴克之於法官是如魚得水的完美處境、好賭的園丁莫紐爾是出賣者、穿著紅襯衫的馴狗者讓牠知道，握著權力的拳頭就是神，要活命就得認清現實磨去收起軟弱衝動的情緒。法蘭夏和巴羅特嚴謹忠誠於職務，象徵規則與制度下，巴克被社會化以合乎耐寒凍

的長途跋涉，以有功能性的經濟價值換取食物。哈爾是自私無情的殘暴者，桑頓的仁慈則演繹人與動物和樂一家的真善美，讓巴克在歷經折磨後，享受聖潔崇高的愛。

巴克的成長來自從生存經驗體認達爾文「適者生存，不適者淘汰」的演化法則，卸下文明生活裡學到的道德感和斯文，吞沒被屈辱的傷痛，接受事實順應變故。牠的蛻變來自確知只有懷抱鋼鐵的意志，擁有戰勝敵人的力量與勇氣，才能在弱肉強食的疆域裡活出機會；理解唯有創造自己無可取代的權威，才能站上價值的高峰，傲然以對冰雪的試煉、長征的折磨和死亡的威脅。這是尼采的超人哲學，也是傑克‧倫敦自幼在真實生命裡看盡臉色、飽受飢寒所領悟的道理；這是動物的生存樣貌，也是處於被操控卑微者的世界。

據說傑克‧倫敦原本是想寫巴克的續篇，但巴克活出自己的個性、自己的生命選擇。那個來自血液裡遠古的記憶、荒野的召喚、基因的印記，驅使巴克離開文明的馴化，以狼性姿態回歸自然。另一部動物小說《白牙》則從半犬半狼，挺過大自然嚴苛的飢寒，馴化為忠心守護主人的愛犬。相同的是，牠們在惡劣的環境中緊抓住生存的野性，挑戰極限，讓自己成為堅韌的強者。

這部小說動人之處，固然在殘酷無情的階級暴力與命運下，任何生物都必須奮力面對以奪取生存主權的意旨，以及捨棄文明、遠離野蠻，走向自然的反璞歸真的隱喻。但那如火光般在心頭搖晃的愛與信任、忠心與相知，更是讓讀者低迴眷戀而著迷的星辰，在黑暗的深淵裡啓迪人性光輝、超越人與動物界線，流露真情和生死與共的道義。

問題解讀	問題思考	問題行動	問題結果
生物潛能因環境而激發？	生物的本能是？在環境中求生的法則是？	巴克在自然與人為考驗中，屢仆屢起，鍛煉勇氣與生存技能意志。	巴克在磨練下，脫胎換骨，恢復原始的狼性。

野性的呼喚

震盪效應 —— 相關閱讀

　　狼，經過萬年以上馴化而成為狗，目的在幫助人類牧羊打獵和對抗惡劣的自然環境。隨著時間，狗，從動物搖身一變成為與人關係更親密的寵物，也逐漸被消磨野性，依著人的情緒而起伏，因著人的作息而生活，在人對狗的期待下被裝扮成各種造型。牠們在這樣的物化中，喪失狗格，趨向人格化；享受炫富的奢華，成為玩具。

　　狗的忠實一直是為文學作品所尊崇。陀思妥耶夫斯基《死屋手記》中，主角從監獄出來，第一個迎接他的正是他的狗。法國作家赫克脫·馬洛《Nobody's Girl》（後改編為卡通「小英的故事」）裡跟著千里尋親認親的是一隻小黃狗。

　　另如改編自真人真事的《南極大冒險》敘述日本派遣越冬觀測隊，八條雪橇犬在冰雪中守在原地，一心一意等待主人；《戰犬瑞克斯》則為伊拉克戰爭中，軍犬與海軍陸戰隊下士拯救眾人的故事；《為你取名的那一天》報導日本311大地震之後，老人與狗不離不棄，相互扶持維生。

　　不過最具知名度的當屬日本忠犬八公傳奇，這隻秋田犬每天在家門口目送上野教授上班，傍晚到澀谷站迎接，即使教授腦溢血猝死，八公犬仍在車站一等就是十年，風雨無阻，朝暮不倦，直到嚥下最後一口氣。牠的眼神彷彿在說：「我等了你一天，一年，一生，那天，你終於回來了，臉上洋溢著和藹的笑容，輕聲呼喚著走過來。沒有後悔過，我知道這等待是值得的，因為只要我堅持，終有一天，你我會重逢在同一個世界。」這是小八對教授的承諾，是牠生命裡唯一的信仰。

　　狗，或許是人的一個朋友，但人，卻是狗的一生。這樣的情誼其堅如金如蘭，強大的念力讓《一條狗的使命》裡的狗，經過四生四世的輪迴，儘管有新斯科舍獵鴨尋獵犬、德國牧羊犬、柯基犬到聖伯納犬的變

化，但帶著前世的記憶，始終如一地回到主人身邊的至情感人肺腑。

　　《靈犬萊西》裡的牧羊犬、迪士尼《101忠狗》動畫的大麥町狗、《導盲犬小Q》、《再見了，可魯》的拉布拉多犬……，都因為電影而帶動飼養風潮。生活裡處處可見人們能貼近動物，傾聽牠們的聲音，看見牠們眼神裡訴說的心情，那柔軟溫馨的交會裡，天使的樂歌在彼此靈魂裡升起。

美國

小城畸人
美國小鎮文化

舍伍德・安德森（Sherwood Anderson, 1876-1941），美國作家。

他出生於俄亥俄州克萊德鎮貧寒之家，自小賣報、打零工，中小學時讀時輟。美國與西班牙戰爭時應徵入伍表現出色，其後獲獎學金入威坦堡大學、經商、寫小說。1912年離家出走到芝加哥加入文人圈，決心以寫作過更有意義的生活，但寫了幾部長篇小說，並未引起特別迴響，便前往巴黎，接觸歐洲文藝新潮，研讀佛洛伊德和勞倫斯的作品。

1919年，以俄亥俄州故鄉為背景的一系列故事《小城畸人》，成為「小鎮文學」的先驅，奠定小說家聲譽。尤其是脫離歐洲貴族風格，開創屬於美國文學的語言，被福克納形容為「我這一代美國作家的父親」，影響海明威、福克納、斯坦貝克、亨利・米勒等著名作家。

閱讀燈　細看名著

帕西瓦爾醫生身材高大，嘴形如舟，泛黑的牙齒凹凸不齊，鬍子灰黃，髒兮兮的馬甲口袋裡探出幾支雪茄。左眼皮一抽一抽，闔上之後會像捲簾「啪」地張開，彷彿有人在他的腦袋裡扯著拉繩玩。

帕西瓦爾醫生從大門進來，點了一支雪茄，蹺起二郎腿，打開話匣子。他似乎執意說服在《溫士堡鷹報》工作的男孩喬治・威拉德，某種他自己也無法定義的行事準則是值得採取的。

「你留心就會發現，我雖叫自己醫生，但病人少得緊。」，這是他的開場白。

「不是我的醫術不如其他人高明，而是我不想看病。為什麼我會跟你聊這件事呢？我也不知道。我不說話，你眼中或許會流露出更多讚美。我渴望你的欽佩，沒錯。我不知道為什麼說這麼多，是不是很好笑。」

在男孩看來，這些故事言之鑿鑿，並且蘊含豐富的道理。他對這個肥胖邋遢的男人產生了欽佩之情，所以下午老闆一出門，他便翹首以待醫生來訪。

帕西瓦爾醫生從芝加哥來到溫士堡大約五年，在大街下坡底的補鞋鋪子樓上租了一間屋子，掛牌開業。雖然門可羅雀，來的還都是付不起錢的窮人，但他似乎不缺錢花。他就睡在髒兮兮的診療間裡，肚子餓了就去火車站對面的小木屋食堂。夏天裡食堂到處是蒼蠅，但他毫不在乎地甩下些錢在櫃檯上，笑著說：「這些能買什麼就給我什麼吧，把賣不掉的給我吧，對我來說沒差。我本是人中翹楚，你知道的，何必為吃什麼苦惱呢？」

＊　　　＊　　　＊

帕西瓦爾醫生說給喬治·威拉德聽的故事常自莫名其妙處始，於莫名其妙處終。有時，男孩想這些故事定都是他信口開河的胡謅瞎說，可是轉頭又堅信其中藏著真理大道。

「以前我也跟你一樣，是個記者」，帕西瓦爾醫生開篇道：「我記不清在愛荷華州還是伊利諾州的小鎮上，哎，反正這不重要。你有沒有奇怪過，我什麼活也沒幹，怎有錢花？可

能我是江洋大盜，或者之前謀財害命，你若眞是機靈的記者，定會把我調查一番的。在芝加哥，有個克洛宵醫生被殺了，你聽說過嗎？幾個人把他藏在行李箱裡，隔天一早運到城市的另一頭。行李箱就放在特快班車末尾的貨廂裡，兇手沒事似的坐在那裡，他們一路穿過安靜的街巷，家家戶戶都還在睡大覺。單想著他們坐在火車上一邊抽菸一邊閒聊，跟我現在一樣，一副事不關己的樣子，很有意思吧？搞不好我就是其中一個呢。這樣，事情就有意想不到的反轉了，你說是吧？」

帕西瓦爾醫生重新撿起話頭，「嗯，反正那就是我了，一個報社的記者，跟你現在一樣，到處跑，發表些豆腐塊大小的文章。我的母親很窮，專收髒衣服來洗，她的夢想是把我培養成長老會的牧師，而我也朝這個目標努力。當時，我的父親已經瘋了好多年了，收容在俄亥俄州精神病院裡。唉，看吧，我說漏嘴了！一切都發生在這裡，就在俄亥俄州。你若想要調查我，不就有一條線索了。」

*　　　*　　　*

我弟弟才是我眞正想說的，他是鐵路油漆工。你知道，那條經過俄亥俄州的鐵路。他和其他工人住在一節貨車廂裡，挨鎮挨村地給鐵路設施上漆，包括轉轍器、岔口遮斷器、橋樑和車站。車站漆成一種很噁心的橙色，到家時還穿著滿身是油漆的衣服。發工錢的日子，他會把錢揣在身上喝得大醉，他不會把錢交給母親，而是一整摞擺在廚房桌上。

他在屋子裡四處走，穿著沾了噁心橙色油漆衣服的畫面歷歷在目。我的母親整天眼神憂傷，趴在屋後面小棚子裡的洗衣

盆上，刷著別人的髒衣服。她走進來，站在桌子邊，用沾滿肥皂泡的圍裙擦眼睛。

「別碰！你敢碰那錢試試！」我弟弟大吼，然後拿五塊十塊「咣咣咣」地走去酒館。花完那些錢之後，他就回來拿，他從不給母親一分錢，自己一點一點花到完爲止。然後他又回到鐵路上，跟那些油漆工一起幹活。他走了之後，家裡會收到雜貨之類很多東西，有時候會給母親一條裙子，或是給我一雙鞋子。

我們過得還蠻好。我學做牧師，三天兩頭做禱告。父親死的時候，我禱告了一整夜；弟弟在鎮上喝酒，到處給我們買東西，我也會禱告。吃過晚飯，我跪在擺著錢的桌子禱告，一跪就是幾小時，旁邊沒人的時候，我就順便拿一兩塊錢塞進口袋裡。報社的工作每個禮拜能掙六美元，我直接拿回家交給母親，從弟弟那堆錢裡偷的幾塊錢，我就全自己花，你知道的，買鬆糕、糖果、香菸之類的。

我父親在精神病院去世的時候，我去過那裡。那天下著雨，精神病院裡的人知道我是記者，很害怕，都把我當國王來接待。父親生病的時候，你知道的，他們對他不是那麼上心，馬馬虎虎的。他們以爲我會把這事登報，鬧一番。我從來沒想過做那種事。

帕西瓦爾醫生跳了起來，故事戛然而止。他在喬治·威拉德坐著聽故事的報社辦公室裡侷促不安地走來走去，因爲空間狹小而東碰西撞。「我真是傻啊，扯這些。」他說：「這不是我來這裡硬要和你交朋友的目的，我心裡想的是另一回事。你是個記者，跟我過去一樣，可能你到頭來會淪爲另一個傻子，

小城畸人

我想提醒你，想一直提醒下去，所以我才來找你。」

帕西瓦爾醫生開始聊喬治・威拉德待人的態度。在男孩看來，這個人只有一個目的：讓每個人都看起來卑鄙無恥。

「我想讓你充滿恨意，蔑視一切，這樣你就會高人一等。」他堅定地說：「瞧瞧我弟弟。確有其人，對吧？他就鄙視所有人。你簡直想像不到他對我和母親有多不屑一顧。他高我們一等嗎？你知道，他是的。你沒見過他，但從我說的話裡你就感覺得到。他已經死了。他有一次喝醉了，橫在鐵軌上，他和其他油漆工住過的那節火車從他身上輾了過去。」

*　　　*　　　*

一個月以來，喬治・威拉德每天早上都來醫生的診療室待一小時。八月的早晨，一列馬隊因火車而受驚跑脫了韁，農夫的小女兒從馬車上被甩了出去，鎮上僅有的三個醫生很快趕了過來，孩子已經死了。

人群中有人跑去帕西瓦爾醫生的診療室，但他直截了當地拒絕了，不肯離開診療室下樓去看那死掉的孩子。他的拒絕儘管殘忍，卻毫無作用，因為對方並沒有聽到。那上樓來請醫生的人，其實還沒等醫生拒絕便匆匆離開了。

帕西瓦爾醫生對這一切渾然不知。喬治・威拉德到診療室的時候，發現醫生怕得瑟瑟發抖。「我做的事會讓鎮上群情激憤，」他語氣激動地說。「我還不了解人性嗎？我還不知道會發生什麼嗎？我拒絕的話一定傳開了，過不了多久，會三五成群議論紛紛。他們會找到這裡來，會有人說要吊死我。他們下次再來，手裡就會拿著繩子了。」

帕西瓦爾醫生嚇得打顫。「我有種不祥的預感，」他斷言道：「可能不會在今天早上發生，或許拖到今晚，我會被吊死。到時一定沸沸揚揚，我會被吊死在大街的燈柱上。」

　　帕西瓦爾醫生穿過邋遢的診療室，來到門口，戰戰兢兢地朝通向大街的樓梯口張望。他走回來的時候，眼睛裡的恐懼有了一絲猶疑。他躡手躡腳地走回房間，拍了拍喬治‧威拉德的肩膀。「就算不是今天，也總有一天會發生的。」他一邊低聲說，一邊搖著頭，「我終究會被釘死，毫無意義地釘死。」

　　帕西瓦爾醫生開始央求喬治‧威拉德，「你必須聽我說。」他拜託道：「如果真的發生了什麼事，你得完成那本我永遠也完成不了的書。主旨很簡單，簡單到一不留神你就會忘掉。那就是：『世上的每個人都是基督，都會被釘死。』這就是我想說的。你千萬別忘了！不管發生什麼事，你千萬別忘了！」

| 走廊燈 | 引經據典 |

1. 死去的人在死亡裡腐爛，活著的人在生活裡腐爛。（〈暗笑〉）
2. 她從門裡走出去了，而房間裡的一切生命也跟著她出去了。她把我的人物全帶走了。（〈寂寞〉）
3. 馬車在鄉間小路上慢吞吞地踱著，紙片上寫著一個個念頭。念頭的終結，念頭的誕生。（〈紙藥丸〉）
4. 當她站著眺望大地時，某種東西，也許是表現在四季川流不息上的那永無休止的生命之感，使她的心靈留戀著逝去的歲月。她悚然而慄，她明白：青春的美麗與新鮮，在她已是過去了。（〈曾經滄海〉）

帕西瓦爾醫生常跟喬治‧威拉德閒聊。

醫生藉一則謀財案，說起當記者的習慣。

醫生訴說家庭狀況。

醫生焦慮地陳訴被小鎮議論撻伐的可能。

5. 他修長的十指簡直能言善道，平日裡雖羞得深藏口袋，或是背在身後不肯見人，但當這雙手來到身前，就成了一根活塞連桿，帶動他這臺表情達意的機器運轉。翼‧比德爾鮑姆的故事就是手的故事。他的手永遠在躁動，彷彿是籠中鳥雀振動的雙翅。
（〈翼‧比德爾鮑姆〉）

頂崁燈 **思辨探索**

　　美國小城文化一直迴盪在農業社會守望相助、純真懇實、與世無爭的和諧氛圍之中。但《小城畸人》卻以寫實、冷峻、話裡有話的方式，撥開浪漫牧園式的謳歌：善美表層下的孤獨、壓抑、挫敗和悲苦。不過，作者並不苛薄寡情，相反的，在看似平靜敘述的筆觸底下，跳動著悲憫的疼惜與理解，以致溫士堡鎮上形形色色的「畸」型人物和故事，讀來都像漫畫寓言，卻又因為結合意識流，流淌出生命凝結的啟示而讓血肉靈魂熠熠生輝。

　　作者在書前敘述道：「躺在床上的作家做了一個不是夢的夢。半睡半醒的時候，他的眼前浮現出一些人影，好像是身體裡那個年輕的、無法描摹的東西將一長串人影送到了眼前。你這下該明白了吧。說了這麼多，最有意思的其實是作家眼前的那些人影。他們都是怪人。」這些怪人和思想一直在心頭揮之不去，決心把他們描寫出來成為《畸人志》。

　　這種不能不寫的激動，讓故事裡的人物生動鮮活。但顯然作者並不著眼於鄉土記憶，也不躲在懷舊光圈的依戀情感下，而是諷刺所謂的真理，「書的中心……大抵如下：世上本沒有真理，只有各式各樣的想法。人們拿許多還不成熟的想法拼啊湊啊，造出了真理。然後真理越來越多，充滿世界的各個角落。所有的真理都很迷人。」但是

「這些人拿了一個真理在身邊，然後只遵照著這一個真理，活了一輩子。於是乎，人成了畸人，懷抱的真理成了謬誤。」

這些頓悟的話語就這麼在小城人物的奇異人生閃爍。「真理」是溫士堡人渴望在生活中察覺的真相，卻也讓他們變成更加孤獨的畸人。

在副標為〈哲學家——關於帕西瓦爾醫生〉的這篇小說裡，醫生忽東忽西地叨叨絮說，源於得不到理解和關愛的孤獨。於是他以「你想想」、「你知道的」、「你留意就會發現」、「你說是吧」、「你有沒有想過」，企圖鞏固溝通與接納的鎖鏈。另一方面，藉過來人對男孩的忠告心態，傳授「某種他自己也無法定義的行事準則」，以免成為傻子。

諷刺的是「我想讓你充滿恨意，蔑視一切，這樣你就會高人一等」，說這句話的弟弟被「他和其他油漆工住過的那節火車」輾死。真實的反而是在破碎的、不能完整、沒有意義的話語中，所呈現受母親洗衣服供養，卻無法如願成為牧師的罪惡感、弟弟生與死間藉放縱膨脹自我的蒼白、只能為家人禱告的無力感。

作品所體現的危機、幻滅、隔離和畸變等現代主題，發掘出現代化後的孤獨、困惑與徬徨。在渴望小鎮的安適與歸屬感、逃離封閉議論與群眾規範的矛盾間，無論是《小城畸人》中〈曾經滄海〉裡因失戀而裸奔的女子，「她想，把臉兒朝著牆壁，開始竭力強迫自己勇敢地面對這一事實：許多人必須孤寂地生和死，即使在溫士堡，也是一樣的。」或是〈翼·比德爾鮑姆〉中，那個因同性戀而被排斥咒罵的老師，「夜色裡伸手不見五指，雙手變得安靜。他依然渴望男孩出現，他經由那男孩表達對人類的愛，只是那份渴望再次成了孤獨和等待的一個章節。」

他們終將如〈哲學家——關於帕西瓦爾醫生〉裡的醫生，既活在

「世上的每個人都是基督，都會被釘死」的恐懼噩夢裡，受制於社會輿論而扭曲變形，又因為始終渴盼愛與自由而自我隔離為畸人。

問題解讀	問題思考	問題行動	問題結果
畸人的形成	1. 社會邊緣人（弱勢）為什麼（如何）被邊緣化 2. 畸人是天生的？還是環境造成的？	醫生的弟弟做油漆工，以薪水買醉、購物給家人、藉鄙視家人平衡其因貧困的憤懣。	被火車輾死。
		醫生喋喋不休地敘說往事、在幻想中懲罰自己。	醫生活在孤獨無依、恐懼壓抑之中。
真相是什麼？	這世界有真相嗎？	醫生敘述他所知道、所想像、所經歷的事情。	醫生在議論紛紛的捕風捉影下被判死刑。

櫥窗燈 **震盪效應 —— 相關閱讀**

　　美國文化的精神核心不在紐約、華盛頓、洛杉磯，而在美國中西部無數小鎮。因此全世界迪士尼樂園主題中，都有一條美國小鎮大街（Main Street U. S. A.）（東京、上海名之為「米奇大街」），以電影院、公共馬車、古董車、鐵路和火車站，帶領人們走入一九二〇年代的美國小鎮。

　　農人、地主、工匠沿著密西西比河的兩岸逶邐流淌出的平原，種植玉米、建築鐵路，逐漸形成一個個安身立命的家屋，如珍珠閃爍在山谷湖泊原野間。每盞燈下的家庭守護著樸實的信仰，教堂、市集、小店便是小鎮中心，所有人都有共同的傳統文化、情感關係，以及在土地上開

枝展葉打拼基業的經歷與願想。

沿海的港口、河流的碼頭聚散商品和金融資本，企業家、投資客的高樓大廈，工業、科技推動的都會大城市，則是另一條美國文化與歷史故事。其特色是國際化、商業中心、多元種族共處、流行競爭、浮華奢靡，如夜空裡一艘艘鼓譟酒色的遊艇，燃燒虛榮和慾望。

但對美國人而言，小鎮勤勞、虔誠、堅韌、友愛、正直的性格特徵和價值觀念是祖先傳下來的寶貴遺產。小鎮精神是美國文化上的特殊標記，所以每一位總統候選人，都會安排「小鎮」演講，以其所代表的美國精神表明自己的信念。

費茲傑羅《大亨小傳》描述紐約如西班牙畫家怪誕的夜景，詭異、陌生、疏離：「四個板起了面孔、身穿大禮服的男人正沿著人行道走，他們抬著一副擔架，上面躺著一個喝醉酒的女人，女人身上穿著一件白色的晚禮服。她一隻手耷拉在一邊，手臂上閃耀著珠寶的寒光。抬擔架的陰鬱的男人轉身走進一所房子——走錯了地方，沒人知道女人的姓名，也沒有人關心。」

但鏡頭轉至中西部家鄉的是耶誕節，鮮明、溫黃的火車上，「迎著車窗閃耀，威斯康辛州的小車站暗灰的燈火從眼前掠過。空氣中突然掠過一陣使人神清氣爽的寒氣，我們一路上深深地呼吸著這寒氣。這時大家無需言語，卻深刻地意識到自己與這片鄉土之間的血肉相連的關係，我們不留痕跡地融化於其中。」

星羅棋布於美國領土上的小鎮，處處是主人的姓氏來命名的住宅、性格安靜拘謹如大地的人們，守著農業古老的工法、傳統烘焙、金屬工藝、漁牧等古老行業，以安於現狀的人生態度，不追逐更多的金錢，不嚮往便捷自由而廣大新奇的世界，而選擇與世世代代在一起的鄰里，在怡然幽靜的風景裡，創造溫馨友善，充滿人文藝術的生活。

美國

大街
美國西部開發

辛克萊・路易斯（Sinclair Lewis，1885-1951年），美國小說家、劇作家，1926年獲普利茲文學獎，1930年得諾貝爾文學獎。

路易斯生於明尼蘇達州的索克薩特鎮，父親和外祖父都是醫生。性格內向的他，善於觀察、勤於思考，酷愛在圖書館看各種書籍，尤其喜歡寫日記，記錄家鄉古老小鎮上的印象和見聞，這些都成爲他小說創作豐富的素材。

他十八歲考進東部的耶魯大學，曾因經濟困難輟學。其後，他在紐約、三藩市和華盛頓等地報紙雜誌工作，並在四年間周遊美國東西部、當過家畜船的水手橫越大西洋、搭乘三等艙到遙遠的巴拿馬找工作，還寫過童謠、短篇小說賺取稿費。

經過十七年醞釀、思索、嘗試與多次修改才完成的第一本小說《大街》（MAIN STREET），在1920年問世後立即風靡歐美，一年內再版28次，堪稱「二十世紀美國出版史上最轟動的事件」，美國的街道也紛紛採用了「大街」這個名字。此書不僅讓他一躍成爲蜚聲文壇的小說家，也引起有辱美國社會，與稱讚忠實地反映現實生活的論戰，最終這部尖銳潑辣的敘述，成爲當時堪薩斯州各級學校學生的必讀教材。

《大街》這本社會諷刺小說，與《巴比特》、《阿羅史密斯》是他的代表作。他的作品針對美國社會和資本主義價值，所帶的批判性和生動的描述，使他因「他的豐滿深刻、飽含力量的敘述藝術，以及開創新風、幽默機智的才能」」，成爲第一個獲得諾貝爾文學獎的美國人。

這是一個座落在盛產麥泰的原野，掩映在牛奶房和小樹叢中，擁有幾千人口的小鎮——這就是美國。故事中的小鎮叫「明尼蘇達州戈弗草原鎮」，但它的大街卻是各地大街的延伸。在俄亥俄或蒙大拿州、堪薩斯州、肯塔基州或伊利諾斯州，或許都會碰上相同的故事，就是在紐約州或卡羅來納山區，說不定也會聽到跟它的內容大同小異的故事。

大街是文明的頂峰，火車站是建築史上不可超越的最高成就，電影院上映的電影都是合乎道德標準的影片。我們健全的傳統基礎和堅定的信仰象徵原來就是如此，如果有人不照這樣去描繪大街，而妄以為有別的讓公民感到無所適從的信仰象徵，那不正暴露他是跟美國精神格格不入的人嗎？

　　　　　　＊　　　＊　　　＊

一位少女正佇立在密西西比河畔，眼前是一幢幢麵粉廠、摩天大樓閃閃發亮的窗子，而她心想的既非六十年前棲止過的印第安人，也不是水陸貨運，更不是當年常來這裡收購皮貨的北方佬，而是胡桃奶糖、布裡厄的劇本、鞋後跟磨破的原因，還有化學講師目不轉睛地瞅著她那掩住耳朵的新穎髮型的情景。

一陣陣風掠過千里麥田，把她的綢裙子吹得鼓了起來，飄拂弧度那麼優美、活潑而富於魅力。她陶醉在微風中的神情，彷彿渴望著未來的生活樂趣。哪知道滿懷期望的青春，就是一齣永遠叫人苦惱的喜劇。

少女名叫卡蘿爾・米爾福德，那時她剛從布洛傑特學院裡溜出來。如今，附在這位反叛少女身上的，正是被稱為「富有美國中西部特徵」的迷惘精神。

　　出身法官家庭的卡蘿爾，大學畢業後在聖保羅圖書館工作，三年後嫁給醫生威廉・肯尼柯特，來到生活富裕但氣氛沉悶的戈鎮。往戈鎮的慢車上，卡蘿爾覺得眼前形形色色的人陌生而有趣，她想啟迪、美化他們的生活，但令她苦惱的是無論北方佬、挪威、德國、芬蘭人和加拿大農人都樂天知命，安於貧困，簡直是陷在汙泥裡不可自拔。

　　「有沒有辦法使他們覺醒？如果讓他們懂得科學方法耕作，會產生什麼結果？」

　　肯尼柯特聽她這麼說，溫柔地握著她的手說：「使他們覺醒？那是什麼？他們都很幸福啊。你要克服城裡人的觀念，不要認為褲子沒燙平就是傻瓜，這些農人個個經驗老道、聰明絕頂。何況你若知道小市鎮每年有多少小麥、玉米、馬鈴薯運出，準會大吃一驚。」

　　說話間，經過一個個市鎮，卡蘿爾沉思：這是全世界新開發的美國西部，土地肥沃、物產豐富，可以供應全世界四分之一人口糧食。儘管家家有電話、銀行存款、鋼琴和合作社，他們還是殷勤地拓荒墾地。展望未來，空蕩蕩的荒野會變成未來的都市和工廠嗎？人人會有漂亮的花園住宅，還是照樣是破舊的茅屋？年輕人可以自由追求知識和歡樂嗎？他們對那些冠冕堂皇的謊言是否願意審視探究？這裡是繼續保持古老腐朽的不平等，還是積極開創歷史新篇，有別於其他地區妄尊自大的思想？

爲了解開這些謎，卡蘿爾感到頭痛。

＊　　　＊　　　＊

　　列車從山谷、石油庫、乳品廠、木棧和遍地汙泥、奇臭無比的牲畜欄附近駛過，停在一個又矮又小的木造紅房子前，這就是火車站。站前擠滿沒刮鬍子的莊稼漢及遊手好閒的人，個個神情呆滯沒精打采。卡蘿爾知道目的地到了，這彷彿世界盡頭，她恨不得從肯尼柯特身邊擠過去，逃到遙遠的太平洋去。但對上肯尼柯特快樂的眼神，卡蘿爾心想：一定要讓自己喜歡上這個地方，且一定要大展身手。

　　卡蘿爾環顧這棟維多利亞中期的老房子，直覺這個滿心期待的「家」昏暗得連空氣都無法流通，鬱悶的臥室裡老舊而俗氣的器物，亞麻布、馬鬃、厚絨布、花露水散發出墓地的氣味，讓她彷彿看見那坐著老態龍鍾的法官，已經判了她死刑，執行的方法就是把她活活悶死。她忍不住喘著粗氣說：「我討厭這個地方，爲什麼我會……」

　　但她只能假裝整理衣物，在聖保羅惹人喜愛的花布衫、配銀鎖的手提包，在這都成了毫無意義的奢侈品；鑲花邊的緊胸黑色襯衣，也顯得輕佻。她連忙把衣服塞進抽屜，藏在一件比較實用的麻布罩衫底下，然後從家裡逃了出去。

　　她十分認眞地觀察每一個混凝土十字路口、每一根栓套牲口的柱子，甚至每一個清除落葉的釘齒耙，聚精會神地想著每一間房子將來會變成什麼樣？日後會到某一棟房子吃飯，此刻走過身旁的陌生人將來會是知心好友，還是勁敵？

　　她來到商業區，經過一家雜貨店，一邊觀察寬肩膀、身穿

羊駝呢外套的老闆，俯身整理貨架上的蘋果、芹菜；一邊想停下腳步跟他說：「我是肯尼科特太太，一大堆破南瓜擺在櫥窗實在不雅觀。老闆會説什麼？」

她以為只是自己在觀察別人，其實她剛從大街走過，雜貨店老闆就氣喘吁吁地跑回店裡跟夥計說：「我看見一個年輕女人打轉角走過去，我用腦袋打賭，一定是肯尼科特先生的新娘子，長得很標緻，大腿很耐看，不過卻穿了一套糟糕透頂的衣服，一點也不時興。」

卡蘿爾走了三十二分鐘，已經把整個鎮走透透了。此刻，她佇立在大街和華盛頓交叉的街角上，覺得大失所望。大街旁立著一些樓磚造商舖，和一層半木造房子，兩條混擬土人行道間是爛泥地，橫七豎八地停著福特汽車和運木材的貨車。每條街道上都有一大缺口，可以看見莽莽無邊的大草原，大街北邊遠處有個農場，大風車鐵骨看似一頭死去的牛骨。她想冬天狂野的朔風從荒原萬馬奔騰而來，那些沒遮沒攔的房子一定會被吹得東倒西歪，蜷縮在一起。

説到戈鎮最了不起的大樓—— 專供外地人下榻，讓他們留下戈鎮是美麗富裕印象的明尼瑪喜大旅館，當卡蘿爾透過那黏滿蠅屎的玻璃窗往裡面窺視，發現它原來是破舊不堪的三層樓房。帳房光禿禿髒兮兮的地板上，有一排像得了佝僂病的椅子，中間擺了一只黃銅痰盂，再遠點的餐廳桌布汙漬斑斑。

卡蘿爾很想逃離這個咄咄逼人的大草原，到大城市找個棲身之地，她原先想要創造一個美麗市鎮的想法，現在看來荒唐可笑。

　　人們聚在薩姆‧克拉克不久前新蓋的豪宅歡迎卡蘿爾，當她看見走道、客廳都規規矩矩地坐了一大圈客人等著她，好像趕來送殯似的。原本決定要用華美詞藻致上的謝意，頓時洩氣，只想有個地洞可鑽。

　　為了今晚的盛會，卡蘿爾煞費心思地打扮，髮型雖素樸，身上穿的是細麻長裙，搭配金色寬腰帶，方型領口開得很低，讓人幾乎看到脖子窩和線條優美的雙肩。但當大家端坐目不轉睛地盯著她時，真恨不得自己穿的是老處女的掐脖子高領，圍上芝加哥染成磚紅的圍巾。

　　薩姆帶卡蘿爾轉了一圈，她對著每個人禮貌寒暄，語調平板，措辭格外穩妥。丈夫肯尼柯特把她拉到旁邊，一一說明他們的情況：哈里父親是時裝公司大股東，但把公司經營的蒸蒸日上的卻是哈里。緊挨著他們夫婦是藥房老闆，是打鴨子高手。後面高個子是鋸木廠和明尼瑪喜大旅館老闆，他在農民銀行有很多股份，夫妻倆都是愛玩的人，大家常一起打獵。那邊年長的是本鎮首富，他旁邊是裁縫，另一旁闊嘴巴，面目黝黑的是家具店老闆，也開了殯儀館，只要提及政治、宗教或任何話題便沒完沒了，絕對聽得你耳朵長繭。

　　接著又說到英格蘭最大汽車製造廠的經理，就是這土生土長的人，這位赫赫有名的百萬富翁，幾乎每個夏天都會回來釣黑鱸魚。他說只要業務能脫身，寧可在鄉下，也不願在波士頓或紐約那樣的大都市。

　　卡蘿爾轉身見客人們都湧到她身旁，便想趁此大發議論。

說實話，她還是看不透他們的眼神，只覺他們像劇場裡面模糊的觀眾，自己彷彿在他們面前演一齣喜劇，劇名叫「肯尼科特大夫的巧媳婦」。接著，有些人說起吉姆簡直瘋了，把圍籬漆成鮭魚那樣的橙紅色，又說起誰得了感冒、風濕之類的瑣事。

卡蘿爾細心聽著，這才發現戈鎮的人甚至連談談說說都不會，即使在這歡迎會上，有時髦的少男少女、喜歡狩獵的鄉紳、令人敬重的知識分子、殷實的金融界人士——可說戈鎮有頭有臉的重要人物都在場了，但正襟危坐的他們，就像一具具守靈的屍體。

主人薩姆·克拉克為炒起氣氛，找了兩個人分別表演「挪威人捉母雞」，和朗誦「我昔日的情人」，另外還演出猶太人、愛爾蘭、青少年故事，最後是模仿安東尼在凱薩大帝喪禮上的演說辭。

在這年冬天，卡蘿爾不得不一再看這些節目，總計「挪威人捉母雞」表演七次，聽「我昔日的情人」詩朗誦九次，猶太人婚禮和葬禮演說各兩次。她表現得很專注，因為她想做一個笑嘻嘻而又心思單純的人。但這些節目演完，大家又陷入麻木不仁的狀態。

娛興節目結束，男女分坐。卡蘿爾聽著女人們叨叨絮絮，話題圍繞在子女、疾病和廚子，這讓期望跟男人展開唇槍舌戰的卡蘿爾覺得心灰意冷，便輕手輕腳地偷偷走到丈夫身旁，聽男人們高談闊論。

1865年來到戈鎮的醫生、牧師、律師都是貴族化的職業，如今長江後浪推前浪，根本沒人理會他們了。戈鎮就像芝加哥魚龍混雜，商人成了社會領袖，克拉克之類的暴發富大談

汽車、獵槍和只有天曉得的時髦玩意。開銀行的思托博迪冷眼看著這群人，似乎顯示沒有他，他們那些俗不可耐的生意就沒輒了。當卡蘿爾違規地湊來這時，正聽見斯托搏迪先生為比金斯家的狗是英國長毛獵犬，還是盧埃林種獵犬爭論不休。卡蘿爾忍不住拋了個問題：「這裡沒有勞資糾紛嗎？贊成工會嗎？」

「除了跟那些外國佬打交道，倒沒糾紛。我一向贊成法律保障的自由和公民權，如果有人不喜歡我的工廠，對工資不滿意，他大可走路；相對的，我若不喜歡他，任他是誰，都能叫他滾蛋，雇主和工人的關係就是這麼一回事。」

「那你對利潤分成有何看法？」

埃爾德先生吼聲如雷地做了回答，在座的人都正經都一致點頭贊成，如櫥窗裡的玩具隨風左右搖擺。

「這些分紅、勞保、健保、養老金都是胡扯，到頭來不僅削弱工人獨立性，還糟蹋正當得來的利潤。那些乳臭未乾半吊子的思想家、女權論者煞有其事地指導廠商如何經營企業，大學教授也全是邪門歪道、偽裝的社會黨。我，身為企業家，責無旁貸地要打退他們對美國工業所發起的攻擊！」

他們就這樣興致激昂地談論不休，卡蘿爾默不作聲，臉上露出始終不變的笑容，只覺這房子庸俗市儈的氣味，一無是處。

＊　　＊　　＊

肯尼柯特帶著卡蘿爾到山間打獵後，在農場僅有的一戶人家休息，說話帶瑞典口音的婦人盛情招待。肯尼柯特說：「這

大街

些人雖住不慣美國，但他們的生活越來越好，子女將來說不定會當上醫生、律師、州長，做他們喜歡做的事。」卡蘿爾又回到昨晚那厭世的情緒說：「這些莊稼漢吃苦耐勞，單純善良，大城市的寄生蟲都是靠他們才得以生存，卻自以爲比他們優越。我聽見海克拉先生稱他們鄉巴佬，顯然在他們眼裡農人還比不上賣針線鈕扣的小商販。」

「寄生蟲？我們？沒有大城市、銀行，誰提供資源、借錢給他們？」

「你沒發現農人爲大城市服務的代價太大了？」

這樣的討論隨著卡蘿爾重新整修、布置家裡，展開主婦新生活有了轉變。卡蘿爾走在大街上，高聲跟一路上遇見的女人打招呼，大家也跟她點頭哈腰。卡蘿爾到店家購物也串門子，肉鋪子、賣緞帶的雜貨鋪、身強力壯精明透頂的老闆，寒暄話談的玩笑讓她忘了第一次逛大街的失望，轉而欣賞恬靜閒適的鄉間生活。她喜歡那些老人、農人和退伍軍人，他們像印地安人歇息一樣蹲在人行道邊閒聊，漫不經心地把口水吐到大街上。

她閒坐家裡做針線活，聽著村子傳來充滿魅力的喧鬧聲：農家看門狗汪汪的吠聲、吃飽了的小雞咯咯的叫聲、小孩的打鬧聲、風吹白楊樹的瑟瑟聲、晚蟬吱吱的鳴聲、食品店送貨員搬東西的瓶罐聲、叮叮噹噹的打鐵聲，還有隱隱約約傳來的鋼琴聲⋯⋯。

有天中學教法文的維達・溫舍老師來邀請她去主日學教學，介紹婦女會、督促居民種樹、興建農婦休息室，以及爲培養高雅風尚和文化教養的讀書會。

最後她激昂地說起對美國人才智、氣魄有絕對的信心，極力想激勵他們，追求理想，還說：「也許我們需要的是一種更爲理智的生活。我們對單調乏味的工作、睡覺和死亡感到厭煩，我們也討厭經常目睹僅僅有少數人才能成爲個性鮮明的人……我們想得到一切，我們永遠得不到，因此我們永遠不會滿足！」卡蘿爾被她眼裡燃燒的熱情打動，當下積極組織一系列的活動，立志要改造鄉鎮。

然而，這裡的人們以愚昧無知爲榮，凡是那些具有智力或是藝術素養的人，以及他們所說的「自我炫耀博學」的人，都被視爲自命不凡或是道德出了問題，他們的觀點也會被視爲異端邪說而遭到指責。爲了得到鎮子上的人們的尊敬，精神就要受到嚴格的節制，於是，安於現狀遵守規則，成了唯一選擇。這些人腦子裡空空如也，耳朵裡聽著機械刻板的音樂，嘴巴裡讚美著「福特」牌汽車的機械性能，把自己看成是世界上最最偉大的民族。

爲抵制一切變革的保守勢力，不惜以暗中監視、造謠中傷等手段來威脅卡蘿爾。丈夫對她的行爲和想法也不以爲然。孤單迷惘、苦悶絕望的卡蘿爾選擇逃離「大街」，獨自到華盛頓尋找新的出路。她在那裡找到了癥結所在：「眞正的敵人並不是個別的幾個人，而是陳規舊俗。」兩年後她重回到丈夫身邊，因爲華盛頓只不過是放大了的戈鎮，是另一條「大街」罷了。

畢竟不是每一個人都要出來充當救世主的角色，更不可能要求每一個人都做得盡善盡美，我們每個人不可能因爲自己的些許不滿，而去整天想著去改變這個世界。樂觀積極地去看待

這個世界美好的一面，至少比胡思亂想地去想著改變這一切，更為實際可行。

但卡蘿爾始終不承認像洗碗碟那樣的工作，就會叫天底下所有的婦女都心滿意足！

引經據典

1. 當天邊一抹深紅色的落日斜暉漸漸暗下來的時候，收割後的田野呈現出色彩斑爛的秋日圖景，抬頭見馬車前方的道路已經由淡紫色逐漸融化為一片灰濛濛。牛群排成長長的行列，正在進入農場的柵門，這時候萬籟俱寂，蒼茫的暮靄籠罩大地，卡蘿爾親眼看到她在大街上從未見過的萬千景色。（《大街》）

2. 她彷彿隱隱約約聽到，六十年前，觸礁沉沒的高煙囪內火輪發出令人驚恐的鐘聲，和哼唧哼唧沉重的蒸氣聲。她彷彿看到在甲板上聚集的傳教士，頭戴大圓頂禮貌的賭徒，以及披著腥紅色毛毯的猶他州酋長……，入夜以後，遠遠的從河面拐彎處傳來的汽笛聲，松林不斷傳來槳聲的迴響，黑黝黝的、激灧的河面上泛起一片橙紅色的反光。（《大街》）

3. 他們瞧不見美國至高無上的精神和心靈的一面；他們以為那些發明，電話啦、飛機啦、無線電啦──不，這只是一種低等的發明，不過囉，不管怎麼說：他們以為，這些機械上的進步就是所有我們的表徵；而，對一位真正的思想家來說，他可瞧得見那種精神和，嗯，主要的發展趨向，像效率啊，精神啊，禁酒令啊，以及民主制度啊，這些組成我們最深沉最真實的財富。再說，也許這新的在家受教育的方式可能是另一個──可能是另一個原動力。我可告訴你，泰德，我們開始有了「洞察力」。（《巴比特》

滿懷抱負的卡蘿爾隨著丈夫到戈鎮生活。

卡蘿爾對戈鎮沉悶的氣氛與僵化的觀念，失望至極。

卡蘿爾適應戈鎮的生活，並展開改變的嘗試。

卡蘿爾在保守派的中傷下離開後，體悟樂觀看待世界而重返戈鎮。

大街

思辨探索

　　路易斯的創作態度十分嚴謹，每寫一書，都認真訪問各種人物，實地調查市鎮歷史，讀上百本和創作主題有關的書籍和手記。因此，他所寫的《大街》、《巴比特》成為美國城鎮社會生活的百科全書。

　　這篇小說的戈鎮是路易斯的家鄉，有別於西部小說偏向拓荒的草原風情與豪情戰績，他選擇聚焦於居民封閉、守舊、保守的氛圍，和銀行家、律師、企業家等鄉紳思想狹隘、自命不凡的形象。「我們故事中的小鎮叫『明尼蘇達州戈弗草原鎮』，但它的大街卻是各地大街的延伸」，這段前言顯然有意提醒讀者把故事的敘述視為整體現象，而所謂的「西部小鎮」，其實是美國社會的縮影。

　　不過，當我們探討作者「如何觀看」西部小鎮之前，勢必探究「為何會如此觀看」，方才得以掌握敘述者位置，理解小說的旨意。

　　卡蘿爾是懷抱改革市鎮理想的女子，東部城市的見識、法官女兒的家世和大學畢業的背景決定了她所站的特定位置，與西部小鎮、農業地區、新型的中產階級有著迥異的文化薰陶與價值思維。

　　因此卡蘿爾由聖保羅來到戈鎮的一路上，都以高高在上的改革者姿態，顯現差異的批判眼光比較、檢視。因此她觸目所及盡是破敗髒亂醜陋低俗，作為重要地標的火車站在她眼裡不過是木造矮房，眼前的人盡是遊手好閒，心裡想的只有逃走。這情緒在她走到戈鎮大街上更加強烈，眼裡心裡全是鄙視、失望和憤懣，如此明顯不滿的態度標誌出作者抨擊、諷刺、批判的觀看心理，這叛逆一槌的目的在打破當時對鄉村美好單純和善的神話，迫使美國人自我反省。

　　路易斯自言：「風格就是一個人表達他的感情的方式。它得依靠兩種東西：第一，他要有感情；其次，他要有從閱讀和談話得來的足以表達感情的語彙。沒有足夠的感情，沒有語彙，他就沒有風格。」

但他對蘇達州的索克薩特鎮為原型的戈鎮，何以不帶著懷舊的光暈，眷戀的溫度，而如此不堪的露骨的面目解讀？那個人人都認識，也人人都關心的人際網路，曾經也是路易斯作為與大都市冷漠殘酷對比的驕傲。但當他不斷離開故鄉、重回生長的小鎮，鄉親對他職業、行為的質疑，周邊耳語的論斷和以關心之名、異端之說加諸其上時，這才恍然他以為是愛和善意的關心，實則是假象。嚼舌根、探人隱私、搬弄是非的習性、單調乏味的生活才是小鎮的真面目。

於是他選擇摒棄十九世紀那種浪漫天真，揭示隨著西部淘金夢的實現，驟然繁榮的小鎮裡充滿驕傲的暴發戶。金錢賦予這些人的權力，不僅在開拓事業和豪宅，更在地方上掌握發言權，及一呼百諾形成的影響力。如談及勞資關係時，資本家「合則來，不合則去」的態度，表面上是尊重個人意願，實則合理化專制，骨子裡認定「糟蹋正當得來的利潤」，而抵制變革。至於舉止談吐沉悶，表情呆滯的群眾，每雙眼睛的盲目遵從、帶著勢利的尖銳指責，這些「鄉村病毒」導致連歡迎會都像置身法庭，周邊的人像守靈的屍體、房子充滿庸俗市儈的氣味，一大圈客人好像趕來送殯似的。

粗獷的騎士精神、樸實無華的德行已經蕩然無存。現實生活中普遍存在的黑暗面，更在結構化、規範化的教條戒律和道德準則。是以當卡蘿爾試圖改變時，封閉保守、附和主流的集體意識，像緊箍咒教條及無所不在的嚴厲的社會觀看，便從四面八方鋪天蓋地而下。對比於丈夫肯尼柯特對乏味的傳統、自我感覺良好的愚昧思想視而不見，卡蘿爾毅然決然地離開，逃向大城市，然而她以為文明進步的社會，依舊精神空虛、靈魂鄙俗。

她在那裡找到了癥結所在：「真正的敵人並不是個別的幾個人，而是那些陳規舊俗。」種種既定的成見和知識預設的框架、運作的規則，必然會形成文化壓迫，但反過來思考，這何嘗不就是建制化的體

制？再度回戈鎮的卡蘿爾回想小鎮的種種情景，看似荒謬卻又那麼合情合理，認清小鎮生活的本質之後，她與過去的觀點握手言和，因為她找到和平共處的方式，那就是從不同角度觀看的理解、認同，而自己不再以「救世主角色」自居，因為當「要求每個人都做得盡善盡美，甚至把自己的理想強加於別人」時，自己與那些侃侃而談的資本家、剛愎自用的鄉紳有何不同？

　　卡蘿爾的處境在一定程度上代表路易斯那個時代中產階級的困惑──要做一個美國的好公民，必須認同社會上盛行的每一個觀點。因此懷抱「為自我實現而鬥爭」的理想，反叛的是美國虛偽的民族特性，是美國人奉為經典的教條，挑戰社會固有的階級價值觀，爭取獨立思考和保持特色生活的自由。

　　路易士的小說很少以情節取勝，其特點是對細節作詳盡的描繪，採取誇張的手法，達到漫畫式的諷刺效果。美國當代的批評家一般認為他不是一個有獨創性的藝術家，而是目光敏銳的觀察家，文筆生動的新聞報導家，傑出的小說攝影師。《大街》幫美國人認識了自己，也幫世界認識了美國人，更讓我們得以生動或獨特地深入我們所處的環境，與自己的想像之中。

問題解讀	問題思考	問題行動	問題結果
1. 地區文化的影響與價值。 2. 觀看的位置與評論。	1. 外來者加諸於當地的評論是否合理。 2. 自我實現與環境的衝突。	卡蘿爾觀察戈鎮的環境、人際，並提出改變想法。	1. 卡蘿爾被監視，選擇離開。 2. 再度回戈鎮的她以理解的眼光重新觀看人事物景。

震盪效應 —— 相關閱讀

　　美國西部開發始於十八世紀末，終於十九世紀末二十世紀初，目的在拓寬疆土、開發資源、發展經濟，其結果是百姓獲得土地，促進西部建設、擴大國內市場。並於兼併法國、西班牙、英國的殖民地和墨西哥，使美國成為幅員遼闊、自然資源豐富的國家，但無數原生生物被破壞，印地安部族遭屠殺或強迫遷移至貧瘠地區。

　　為開拓西部修築的美國第一條橫貫大陸鐵路，由三家公司負責分段建設出連接愛荷華州、內布拉斯加州至加利福尼亞州舊金山灣東岸奧克蘭的「陸上路線」。

　　這條鐵路既是連接原有東岸鐵路，形成美國人力流動、物資運輸的交通網絡，也是西部開發的功臣，而多達90%工人為華裔的數目，更讓每根枕木下都葬著華工的「血淚鐵路」。

　　一八四○年代後期，加利福尼亞發現金礦。中國卻因列強侵入、太平天國運動，連年不斷的戰爭，造成百姓流離失所。靠海的廣東人秉著勇於冒險的天性，投入淘金潮，在金礦枯竭之後，排華法、壓榨契約下，扛起鋤頭修建鐵路。鐵路完工後這些中國勞工，又將加州眾多的沼澤濕地開墾為萬頃良田，為加州最終成為美國的果園和菜園奠定了基礎。

　　臨近鐵路的城鎮出現唐人街，其中舊金山的唐人街是北美最大最古老的唐人街，它曾是中國移民進入美國的入口。寫著中國字的招牌、飄著燒臘麵香的南北餐點、說著家鄉話的黃皮膚面孔，是人們懷鄉思親的寄託。但中國人在白人的世界裡終歸是弱勢，當低工資的中國工人在山區的唐人街大規模替代白種礦工時，種族搧風點火的大屠殺、假政治強制的法案，許多在地圖上的唐人街消失了。新的一批留學生努力讓自己以知識躋身上流，不再像祖先只能以命博生存。為著傑出能力逐步登上

大街

社會金字塔。

　　另一個西部開發的符號是「牛仔」，象徵著美國的開疆歷史、強國神話、英雄主義、冒險精神。緣起於西部草原的養牛產業，孕育出趕牛游牧、運牛銷售的「馬背上英雄」。他們穿的牛仔褲至今歷久不衰，他們追求獨立生活的冒險精神、不怕吃苦不怕累的沉著冷靜、為生存奮鬥的機智與豪邁氣度、無私地保護無助婦女的風範，隨著文學、電影、歌謠、生活方式傳播全球，西部牛仔形象也影響著一代又一代的美國人，成為美國文化。

美國

大亨小傳

爵士時代

投射燈 **俯瞰名著**（名著導讀）

　　史考特・費茲傑羅（Francis Scott Key Fitzgerald，1896-1940年），美國小說家。

　　費茲傑羅出生於沒落的愛爾蘭貴族家庭，就讀普林斯頓大學時開始磨練寫作技巧，目標是創作一篇文學作品，證明自己是真正的作家。

　　1920年以從軍經驗出版的第一本小說《塵世樂園》，讓他躍升名利雙收暢銷書作家。其後娶名門之女，為滿足奢華的生活，替《星期六晚郵報》、流行雜誌，撰寫迎合大眾口味的短篇小說，以賺取高額稿酬。晚年妻子精神問題，及自身日益嚴重的酗酒，心臟病發，結束由浮華至幻滅起伏的一生。

　　費茲傑羅以所具有的才華致富，又全部失去的生命，與美國一九二〇年代「失落的一代」、「迷惘的一代」富裕下的縱慾與虛空、一九三〇年代「經濟大恐慌」財富破滅的歷程重疊。雖然評論家批評他生活腐化所以短壽，自暴自棄糟蹋才華，但這也是他比誰都能看透浮華背後的幻滅，能寫出見證社會小說的關鍵。

　　海明威多次讚美他的才華「就像蝶粉在粉蝶翅膀上畫出的圖案，渾然天成。」他最著名的小說《爵士時代的故事》敘述戰後美國爵士時代的生活與年輕人的故事，反映年輕人內心感受。《大亨小傳》描述一九二〇年代美國歌舞昇平中，空虛、享樂的矛盾精神與思想，是當時社會縮影的經典代表。該書改編成電影、電視劇、歌劇、音樂劇，也使他躍身為二十世紀最著名的美國小說家之一。

　　我年輕閱歷不深的時候，父親教導過我一句話，我至今還念念不忘：「批評別人之前，要記得不是所有人都像你，從小就那麼好命。」出身於三代都是中西部城市殷實的大戶人家的我，大學畢業，碰到大遷徙，所以決定到東部學債券生意。以每月八十美元租到長島西卵的房子，右邊是蓋茨比的豪宅——常春藤覆蓋的塔樓、大理石游泳池，以及四十多英畝的草坪和花園。

　　小灣對岸是東卵豪華住宅區，我的遠房表妹黛西和先生湯姆住在那。我大學就認識的湯姆，曾是紐哈芬有史以來最偉大的橄欖球運動員之一，他家裡有錢到從芝加哥搬到東部，運來整整一車打馬球用的馬匹。三十多歲的他魁梧壯實，蠻橫高傲，說話口吻和眼神盛氣凌人。他們的房子原屬於石油大王，喬治王殖民時代式的大廈，草坪從海灘到大門足足有四分之一英哩。

　　我們穿過高高的走廊，走進寬敞明亮的玫瑰色屋子，微風穿過整排法國式落地長窗，吹動窗簾，吹向天花板上糖花結婚蛋糕似的裝飾，拂過絳色地毯有如風吹海面。

　　客廳裡有位貝克小姐，是著名的高爾夫球員，表妹一心把我倆湊成對。男管家回來湊著湯姆的耳朵咕噥了什麼，湯姆聽了眉頭一皺，一言不發就走進室內，黛西也跟著離開。貝克小姐豎起耳朵去聽，猶疑了一下說：「湯姆在紐約有個女人。」

　　飯局尷尬的結束後，黛西帶我走到前陽臺，談起結婚、小女兒出生，她兩眼閃閃有光：「你聽了就會明白我為什麼會這

樣看待……一切事物。她出世還不到一個鐘頭，湯姆就不曉得跑到哪裡去了。我從麻醉中醒來，有一種孤苦伶仃的感覺，當護士告訴我是個女孩，我轉過臉哭著說：『我希望她將來是個傻瓜。』──這就是女孩子在這種世界上最好的出路，當一個美麗的小傻瓜。」

＊　　　＊　　　＊

　　整個夏天夜晚，鄰居家傳過來的爵士樂聲不息，每逢週末蓋茨比的勞斯萊斯轎車從早晨九點到深更半夜來回城裡接送客人。包辦筵席的人帶來好幾百英呎帆布帳篷和無數彩色電燈，把巨大的花園布置得像聖誕樹，男男女女飛蛾般在笑語、香檳和繁星間來來往往，尋歡作樂。客人從跳臺上跳水、躺在私人海灘的熱沙上曬太陽，或乘著小汽艇破浪前進，拖著滑水板駛過翻騰的浪花。

　　廳堂、客室、陽臺五彩繽紛，仕女們爭奇鬥妍，自助餐桌上各色冷盤琳琅滿目，五香火腿、總匯海鮮、蔬果沙拉、烤得金黃的乳豬和火雞。穿著筆挺白色西裝的侍者，捧著一盤盤雞尾酒送到花園裡的每個角落，空氣裡充滿興奮的歡樂。這些人根本沒見到蓋茨比，對他一無所知，卻因為神祕的想像而懷抱微妙的朝聖敬意。

　　富豪夫婦、政界家族、州議員、明星、導演、製片商、投機商、菸草進口商、馬球健將……在那年夏天都來過蓋茨比的別墅。然而以過去一個月，我跟蓋茨比交談過五六次的經驗，他其實乏善可陳，直到那次同車。

　　陽光從橋樑之間灑下，照得川流不息的車潮閃閃發光。東

河對岸冉冉升起的一幢幢高樓，是以財富堆垛的心願。從皇后大橋上看見的紐約，總像初次見面那樣，慷慨允諾你全世界的美麗和神奇。

他見我對他的認識含糊其詞閃爍搪塞，竟大方的自述身世。原來他知道外界傳聞的流言蜚語，譬如「他是個私酒販子，有一回他殺了第一次世界大戰期間任德軍總司令的姪子。」

「我是舊金山富豪之子，繼承龐大家產，依著家庭傳統在牛津受教育。到過巴黎、威尼斯、羅馬雲遊，收藏珠寶、打打角子老虎、畫點兒畫，不過這全是為了忘掉那件傷心事。繼承的遺產在戰爭引起的大恐慌期間損失了一大半，後來做藥材、石油生意。我在戰爭中一帆風順，還沒上前線就當到上尉，阿貢戰役之後晉升少校連長，每一個同盟國政府都發給我一枚勳章。」

他伸手到口袋掏出一塊繫著緞帶的金屬片，放進我的手掌心，是「丹尼羅勳章」，上面一圈銘文寫道：「門特內哥羅國王尼古拉斯」，翻面寫著「傑伊·蓋茨比少校英勇過人。」另一件他隨身帶的是牛津三一學院的照片——五六個年輕人身穿運動服，蓋茨比手裡拿著一根板球棒，左邊那個人據說現在是伯爵。

這樣看來，他說的都是真的。

*   *   *

原來蓋茨比買下那座房子，只因為黛西就在海灣對面，為的是在某個下午他可以有機會接近——那個在從軍前深愛的青

春的面孔，如同玫瑰花瓣，把舞池的號角吹得無處不飛花的女子。

喬丹要我請黛西到住處，然後讓蓋茨比過來坐一坐。我們約定的那天大雨傾盆。一大早，蓋茨比派人過來整理門前的草坪，又送來一溫室的鮮花。不久，蓋茨比一身白法蘭絨西裝，銀色襯衫，金色領帶，慌慌張張進來。他臉色煞白，眼圈黑黑的，看得出他一夜沒睡好。

三點半鐘左右，雨漸漸收了，還有幾滴雨水像露珠一樣在霧裡飄著。蓋茨比心不在焉地翻閱《經濟學》，並不時朝著模糊的窗戶張望。就在這時一輛大型敞篷汽車沿著車道開了上來，淺紫色帽子下的黛西滿面春風走進屋裡。

有半分鐘之久，一點聲音也沒有。然後我聽到從起居室裡傳來一陣哽咽的低語聲和一點笑聲，跟著就是黛西嘹亮而做作的聲音：「見到你，我高興極了。」蓋茨比那雙顯得心神錯亂的眼睛盯著黛西，她坐在一張硬背椅子的邊上，神色惶恐，姿態倒很優美。

「我們多年不見了。」黛西說，她的聲音盡可能地平板。

蓋茨比脫口而出的回答：「到十一月整整五年。」

雨下個不停，彷彿是他們倆竊竊私語的聲音，隨著感情的迸發而變得高昂，而後歸於肅靜。他們兩人分坐在長沙發兩端，面面相覷。黛西滿面淚痕，但蓋茨比散發光芒四射的幸福感。

不久之後，我再次陪黛西到蓋茨比家，他說很想領她參觀參觀。

「你瞧它整個正面映照著陽光，我只花了三年工夫就掙到

買房子的錢。喜歡嗎？」

「我太喜歡了，但我不明白你怎能一個人住在這兒。」

「我讓它不分晝夜都擠滿有意思的人，做有意思事情的人，有名氣的人。」

黛西望著那襯在天空的中世紀城堡讚不絕口，沿著山楂花和梅花香味的花園，穿過法國路易十六王后式的音樂廳，和英王查理二世式樣的小客廳、默頓學院圖書室（牛津大學的一個學院，以藏書豐富聞名）。樓上有更衣室、彈子房，以及嵌有地下浴池的浴室，一間間仿古的臥室裡，鋪著玫瑰色和淡紫色的綢緞，擺滿色彩繽紛的鮮花。

蓋茨比目不轉睛地盯著黛西，關注那雙他所鍾愛的眼睛裡的反應，有時他也神情恍惚地向四面凝視，彷彿在黛西面前，沒有一件東西是真實的。

他的臥室非常簡樸──只有梳妝臺上點綴著一副純金的梳妝用具。黛西高興地拿起了梳子刷刷頭髮，蓋茨比眼睛盡是笑，他顯然完全陶醉在長年朝思暮想、夢寐以求的喜悅當中。

過了一會兒，他為我們打開兩個非常講究的特大衣櫥，裡面裝滿專人自英國訂製的西裝、晨衣、領帶和襯衫。薄麻布、厚綢、細法蘭絨襯衫，條子、花紋、方格襯衫，珊瑚色的、蘋果綠的、淺紫色的、淡橘色的，上面繡著他姓名深藍色的字母。突然之間，黛西把頭埋進襯衫堆裡，號咷大哭起來：「我從來沒見過這麼……這麼美的襯衫。」

窗外又下起雨來，我們三人站成一排遠眺水波蕩漾的海面。蓋茨比說：「若非有霧，我們可以看見海灣對面你家的房子。你家碼頭的盡頭總有一盞通宵不滅的綠燈。」黛西驀然

伸過胳臂去挽著他的胳臂，那盞燈的巨大意義現在永遠消失了——。

五斗櫃上有一張蓋茨比穿著遊艇服的相片——昂著頭，一副滿不在乎的神氣——顯然是十八歲左右照的。黛西嚷嚷道：「我真愛這張相片，這個筆直向後梳的髮型！」

蓋茨比連忙說：「來看這裡有好多剪報——都是關於你的。」

空氣中洋溢著興奮的情緒。幾乎五年了！他以熱情投入這個幻夢，不斷添枝加葉，用飄來的每一根絢麗的羽毛加以綴飾。他伸出手去抓住她的手，她低低在他耳邊說了點什麼——那聲音是一曲永恆的歌。

那夜，他叨絮著過去，我猜他是想找回某樣東西，也許是當時愛上黛西的自己。從那之後，他的人生陷入了混沌，但是，只要他能回到某個起點，然後慢慢地回味，或許，或許就能找回那樣東西。

他期待黛西跟湯姆說：「我從來沒有愛過你。」等她用那句話把四年一筆勾銷之後，他倆就回路易維爾，從她家裡出發到教堂去舉行婚禮——就彷彿是五年以前一樣。他發狂地東張西望，彷彿他的舊夢就隱藏在這裡，他的房子的陰影裡，幾乎一伸手就可以抓到了。

「我要把一切都安排得跟過去一模一樣，」他說，一面堅決地點點頭，「她會看到的。」

當黛西潔白的臉貼近他的臉時，他知道，一旦他吻了她，他的心就再也不能像上帝的心那般自由馳騁。所以他遲疑了一刻，聆聽星星敲響音叉。他吻了她。

他的這番話，甚至他難堪的感傷，使我回想起一點什麼——我很久以前在什麼地方聽過的一個迷離恍惚的節奏，幾句零落的歌詞。

*   *   *

他們終於把話挑明了。

「你妻子不愛你，她跟你結了婚，只不過是因為我窮，等我等得不耐煩了。那是一個大錯，她心裡除了我從來沒有愛過任何人！」蓋茨比對湯姆說。

「喔，你太貪心了！」她對著蓋茨比嚷嚷。「我現在就只愛你一個，這樣還不夠嗎？過去的事都過去了。」她開始抽抽答答哭了起來。「我的確愛過他——但我也愛你啊。」

「你一定是瘋了！」湯姆嚷了起來，「你是邁耶・沃爾夫山姆那幫狐群狗黨裡的貨色，私酒販子。」

黛西目瞪口呆地看看蓋茨比，他激動地矢口否認一切，但是他說得越多，她就越顯得疏遠。他痛苦地掙扎，拼命想接觸那不再摸得著的東西。

黛西開車回紐約，一個女人衝了出來，當場撞死。他們不知道死者是湯姆的情婦——汽車修理行老闆威爾遜的太太。轎車飛馳而去的黑夜裡，我聽見低低的一聲嗚咽，接著看到湯姆淚流滿面。

蓋茨比兩手插在口袋裡，站在月光裡空守一夜，看著黛西半夜四點鐘左右在窗門，站了一會兒，然後把燈關掉。

我勸蓋茨比離開，但他絕不可能離開黛西，除非知道她準備怎麼辦。他抓著最後一線希望不放，我不忍叫他撒手。

＊　　　＊　　　＊

　　茉特爾・威爾遜太太的案子以「悲傷過度神經失常」了結，但威爾遜聽到了槍聲。他槍殺了蓋茨比，而後自裁。

　　蓋茨比的喪禮，沒有任何一個人來，除了他的父親。

　　我現在才明白這終究是美國西部的故事——蓋茨比、湯姆、黛西、喬丹和我都出身西部，也許我們擁有相同的缺陷，所以無法完全融入東部的生活。即使東部最令我興奮的時候，西部仍然出現在我做的荒唐的夢裡，上百所房屋既平常又怪誕，蹲伏在陰沉沉的天空和黯淡無光的月亮之下。前景裡有四個板著面孔、身穿大禮服的男人抬著擔架，上面躺著一個喝醉酒的女人，身上穿著一件白色的晚禮服。那幾個人鄭重其事地轉身走進一棟房子——走錯了地方。但是沒人知道這個女人的姓名，也沒有人關心。

　　蓋茲比過世後，我眼中的東部就像這樣，完全走了樣，怎麼也調整不回來。於是，當燃燒枯葉的青煙在空氣中瀰漫，曬衣繩上的衣物在西風中飄動，就是我回家的時候。

　　十月下旬我碰到湯姆。原來是他對威爾遜說蓋茨比是個心腸狠毒的傢伙，說他撞死茉特爾就像撞死一條狗一樣，連車子停都不停一下。我無話可說，除了這個說不出來的事實：事情並不是這樣的。

　　我無法原諒湯姆，也無法喜歡他，但我明白對他而言，他所做的一切都是合情合理的。湯姆和黛西既沒用腦，也沒用心——他們聲音裡抑揚起伏的無窮無盡的魅力的泉源，金錢叮噹的聲音，鐃鈸齊鳴的歌聲……他們把事情搞砸了，弄死人

了，屁股拍一拍，回到錢堆裡，回到他們漫不經心的兩人世界，讓別人去收拾他們的爛攤子……。

我離開的時候，蓋茨比房子的草長得跟我的一樣高了，但我仍然可以聽到微弱的音樂和歡笑的聲音從園子飄過來。晚上有汽車燈照在門口臺階上，大概是剛從天涯海角歸來的客人，還不知道宴會早已收場了。

我想起，蓋茨比第一次認出黛西的碼頭盡頭的那盞綠燈所感到的驚奇。他經歷了漫長的道路才來到這，他的夢近在眼前，殊不知已經被丟在身後，這城市無垠的混沌之中。

蓋茨比相信那盞綠燈就是他未來的高潮。

年復一年，高潮在眼前消退，我們撲了空，沒關係——明天再跑快一點，手再伸長一點，總有一天，我們總有一天……。我們就這樣揚著船帆奮力前進，逆水行舟，而浪潮奔流不歇，不停地將我們推回到過去。

走廊燈　引經據典

1. 在靈魂的漫漫黑夜中，每一天都是凌晨三點。（〈崩潰〉）
2. 當美麗的事物達到某種高度以後，就會殞落並消逝無蹤。（《美麗與毀滅》）
3. 他們翹了太多課，這意味著來年他們必須多修一門課，但是春天真是大好時光，任何事都不能干擾他們享受多姿多采的漫遊。（《塵世樂園》）
4. 回家是件有意思的事。你看著不變的物品，聞著不變的氣味，你這才了解到，這個家中唯一改變的只有你自己。《班傑明的奇幻

我在紐約遇見湯姆、黛西和蓋茨比，見識他們的豪宅，聽聞其過去經歷。

蓋茨比家的宴會日日笙簫，賓客川流不息。

蓋茨比終於見到黛西，互訴衷情：湯姆鄙視蓋茨比，黛西開車不慎撞死了茉特爾。

湯姆歪曲事實，導致蓋茨比被殺，喪禮冷清至極。

《旅程》

5. 寂寞只存在於人心中。某人一生中最孤獨的時刻是當他們看著自己的整個世界崩潰時，他們所能做的就是茫然地凝視。

頂崁燈 ## 思辨探索

　　華麗、頹廢的費茲傑羅，以豪門宴會、熾烈愛情、美酒鮮花，把自己活得像執著貪婪的明星，像動人的幻象蜃影。《大亨小傳》中的蓋茲比在浪尖上玩花式溜冰，炫技式的機運裡秀出暴發財富，飛蛾撲火地傾注在誘人的愛情之上，如眼裡只有唯一目標的英雄，以蠟炬成灰的壯烈姿態擲向幻夢的賭徒。

　　費茲傑羅在〈班傑明的奇幻旅程〉形容每個人的青春：「都是一場夢，一種化學的瘋狂。」對於大亨蓋茲比，這場轟轟烈烈的瘋狂是抵抗荒蕪生命的方式，是他對浮華世界的嘲笑。他繼承的財富隨著戰爭大恐慌而消失，快速又聚來的金錢背後是看不見或無法見的細語傳說。他冷眼看著政商名流、衣香鬢影在眼前談笑風生，聽聞這些素昧平生的人嘴角升起關於他的故事，浮動閃爍的金光。

　　在《大亨小傳》裡，費茲羅傑創造一個「共感敘事者」，讓敘述者認同主角的性格與處境，與主角站在同一陣線觀看事情。隨著像小說又像自傳的方式解讀孕育自己人生的那個爵士時代，以及自己起伏跌宕的一生。金錢，是美國文化中最重要的符號，是承載他作品成功的媒介，也是導致他一生失敗的關鍵。

　　在這場真是假，假是真的騙局裡，他理當是光鮮主角，卻像藏鏡人，既在窗裡，又在窗外，對於人世間無窮的變化，又是厭惡，又是著迷。他隔著悠悠忽忽的距離，欣賞夜以繼日的奢靡接近毀滅的美感，纏縛金碧輝煌的庸俗朝聖，飛進千變萬化的燈光中。當我們以為

自己是欣羨的旁觀者時，卻不覺已跌落這華麗的「美國夢」，大亨於是用這美麗和神奇的流光，填充他失落的寂寞空虛。

第一次世界大戰遠離美洲大陸，使得美國經濟在二〇年代初得以快速超越歐洲，成為世界上最強的國家之一。這本小說反映的正是一九二〇至三〇年代資本主義擴張，高度的商業化，伴隨金錢威力下出賣靈魂的投機、欺騙，與隱藏在夜夜笙簫狂歡底下的虛榮貪婪。但作者並不專注於逃避現實和頹廢的假象，反而將小說的重心放在「幻象的消滅」之上，因為「正是這種幻象才使得這個世界那麼鮮豔。你根本無須理會事情的真跟假，只要它們沾上了那份魔術般的光彩就行了。」

不過他還是忍不住藉敘述者之口，批判湯姆與黛西所代表的上流階層：「對他而言，他所做的一切都是合情合理的。湯姆和黛西既沒用腦，也沒用心——他們聲音裡抑揚起伏的無窮無盡的魅力的泉源，金錢叮噹的聲音，鐃鈸齊鳴的歌聲……他們把事情搞砸了，弄死人了，屁股拍一拍，回到錢堆裡，回到他們漫不經心的兩人世界，讓別人去收拾他們的爛攤子……。」

對於大亨，無論是敘述者或讀者，反倒無法苛責，因為他如此癡情。五年來他認真地守護他心中的巨大影像，抱著未完待續的愛情夢，死心塌地凝望那盞綠燈，感覺激昂的青春彷彿伸手就能觸及。秉持這堅持信念，他一心一意地起高樓，營造幻夢，而又任它荒涼敗落，眼睜睜看著幻象化為灰飛煙杳。

荒謬的是他代替黛西車禍肇事之罪，而被槍殺；殘酷的是大亨喪禮，摯愛的黛西沒來，生命中曾經重要的影響者沒來，來往豪宅宴會的賓客沒來，這是多麼嘲諷的結局！讓人禁不住要問，蓋茨比錯在哪裡？命運公平嗎？

難道生命終究是費茲傑羅墳墓上墓誌銘，來自《大亨小傳》的最

後一句話：「我們就這樣揚著船帆奮力前進，逆水行舟，而浪潮奔流不歇，不停地將我們推回到過去。」在閃閃發亮卻易碎的美國夢、愛情與現實徘徊之間，我們只能全力以赴，正如費茲傑羅奮力想證明自己的創作，和無力抵抗的命運；大亨以超越世間所有的執著投射於黛西，處心積慮想延續未竟的綺夢，回到可以重來一遍的過去。

　　這是費茲傑羅超越時空的觀點，說盡每一代風華各異，水晶燈下的酒色征逐、樓高樓塌的王謝堂燕。光彩逼人也罷，紙醉金迷也好，在命定的組織架構，注定的機緣結局，我們傾力投入這場無力回天的戲劇，為的只是那知其不可而為之的孤傲，那在虛幻裡捕捉真實和理想，來證明自己活過愛過得到過的執念，人們稱它是生命的價值、意義。

問題解讀	問題思考	問題行動	問題結果
命運	在既定的命運中，我們能做什麼？	1. 蓋茨比千金散盡復重來。 2. 等待五年終於見到摯愛的黛西，夢想娶得嬌娘。	1. 蓋茨比被槍殺，喪禮冷清至極，熱鬧的華宅淹沒於荒煙蔓草。 2. 命運讓他成為這場幻夢的主角，見證空無虛妄。

櫥窗燈　震盪效應── 相關閱讀

　　一九二〇年代是所謂的「爵士時代」，一九三〇年代晚期則被稱之為「搖擺樂年代」，「現代爵士樂」則在一九五〇年代晚期達到顛峰。

　　爵士樂（Jazz），起源於美國黑人所演奏的音樂，而後吸收不同文化的樂風而多樣化。其特色是即興演奏，無固定樂譜，隨著獨奏者個性

化的聲音流動，演奏者間的應和形成彈性而有生命力的有機體。

鮮明而強烈的音色，熱情而富活力的調性則出自貝斯、薩克斯風、管樂、鋼琴、吉他、鼓的重音配置來製造律動的張力作為新興音樂類型的爵士樂，在二十世紀的美國頻繁出現在俱樂部、卡通與現實主義小說中，成為美國文化的代表。戲劇和音樂學者大衛‧薩文說：「對於文化的創造者、消費者和評論者來說，爵士樂就是一切。它是一種世界觀、一種人格同一性、一種形上學、一種知識論、一種倫理學、一種慾望、一種社交模式──一切事物的存在。」

在學術和流行文化中，「爵士時代」代表一九二○年代的氛圍，象徵美國黑人文化的爵士樂。費茲傑羅1922年出版的小說《爵士時代的故事》、《大亨小傳》裡，薩克斯風和喇叭等爵士樂隊捕捉的氣氛，在當代及現代「蓋茨比復古派對」風潮中是不可缺少的元素。

費茲傑羅對一九二○年代的詮釋是：「奇蹟的時代，藝術的時代，放縱的時代，也是諷刺的時代。」爵士樂之所以被作為時代定義，是因為它反映出當時世界在現代化的衝突，一方面以難以捉摸的即興節奏拋開古典，縱情於身體扭動跳躍的狂歡作樂；另一方面以超越階級和種族的新奇渲染，創造出超現實的天真築夢心態。

爵士樂是演奏者的藝術，其打破規則、隨時變異的特性，反映那個時代顛覆過去的機率浮誇而無厘頭、撞見前所未有的運氣而翻身的機會，讓人人都懷抱譜出新曲的春秋大夢，特別是那些懂得抓住浪尖，順勢起飛的翅膀！

美國

獻給愛米麗小姐
的一朵玫瑰花

小說家的特殊空間

俯瞰名著（名著導讀）

　　威廉‧福克納（William Faulkner，1897-1962年），美國小說家、詩人、劇作家、意識流文學在美國的代表，與同時代的海明威在創作風格、手法、題材大不相同，相同的是都獲諾貝爾文學獎，並稱二十世紀美國文學巨匠。

　　福克納是蘇格蘭後裔，曾祖父在南北戰爭時統領南軍，戰後轉而建造鐵路，至父親時家道中落。家族的興衰史讓他看見社會的變遷，預見以大莊園為主體的南方農業社會迅速解體的歷史趨勢。

　　福克納作品大多以出生地密西西比州為背景，擅長以內心獨白、意識流的手法，大量象徵、隱喻、不拘時空順序的方式，描寫美國南方人事、舊時代的沒落，表現出現代人的異化與孤獨。

　　他被西方文學界視為「現代的經典作家」，著有19部長篇小說、125篇短篇小說、20部電影劇本。其中15部長篇與絕大多數短篇的故事，都發生在約克納帕塔法縣，稱為「約克納帕塔法世系」，以不同社會階層若干家族幾代人的故事，在各個長篇、短篇小說中交替出現，形成從獨立戰爭前直到二次世界大戰後美國南方社會變遷的歷史。

　　最著名的作品有描寫望族沒落、成員精神狀態和生活遭遇的《喧譁與騷動》；運送妻子靈柩安葬途中經歷種種磨難的《我彌留之際》；孤兒在宗教和種族偏見凌虐下悲慘死去的《八月之光》等。

閱讀燈 **細看名著**

　　愛米麗‧格里爾生小姐過世了，全鎮人都去送喪。男人是出於敬慕之情，因為一座紀念碑倒下了；婦女們則多半出於好

奇心，想看看她屋子的內部。

　　除了一個花匠兼廚師的老僕人，至少十年誰也沒進去過這幢座落在當年最考究街道上的白色房子。隨著汽車廠和軋棉機進駐，十九世紀七〇年代風格的圓形屋頂、尖塔和渦形花紋陽臺的輕盈氣息，已完全被抹去。只有愛米麗小姐破敗的屋子巋然獨存，桀驁不馴，裝模作樣地屹立於棉花車和汽油泵之間，可說是醜中之醜。

　　現在愛米麗小姐已經加入那些名字莊嚴的代表人物的行列，沉睡在一排排在南北戰爭陣亡的南方和北方的無名軍人墓園之中。

　　她在世時，始終是傳統的化身，義務的象徵，人們關注的對象。一八九四年某日，鎮長沙多里斯上校因為愛米麗的父親曾貸款給鎮政府，而豁免了她的稅款，期限從她父親去世之日開始，到她去世為止。不過第二代人當了鎮長和參議員時，便寄給她一張納稅通知單，繼而發出公函，甚至鎮長親自寫信表示願意登門訪問，或派車迎接她。得到的回信是一張古色古香的信箋，書法流利，字跡細小，但墨水已不鮮豔，表示她根本不外出，並附還納稅通知單。

　　參議員派出代表團到愛米麗家。自從八年或者十年前她停止開授瓷器彩繪課後，沒有任何人出入過這大門。代表團被接進陰暗的門廳，一股塵封的氣味撲鼻而來，空氣陰濕沉悶，包覆家具的皮套子已經裂開。等他們坐下來，大腿兩邊有一陣灰塵冉冉上升，塵粒在陽光中緩緩旋轉。

　　愛米麗一進屋，他們全站了起來。烏木拐杖支撐一身黑服的她，細細的金錶鏈拖到腰部，拐杖頭的鑲金已經失去光澤。

獻給愛米麗小姐的一朵玫瑰花

她的身架矮小，顯得腰圓體胖，看上去像長久泡在死水中的死屍，腫脹發白。當客人說明來意時，她那雙凹陷的眼睛不住地打量眼前一張張臉孔。她沒有請他們坐下來，只是站在門口靜靜地聽，直到代表結結巴巴地說完話，這才聽到隱在金鏈子那端的掛錶滴答作響。

她的聲調冷酷無情：「我無稅可納，你們去查一查鎮政府檔案，就能把事情弄清楚。」「你們去找沙多里斯上校。」（沙多里斯上校死了將近十年了。）

＊　　　＊　　　＊

愛米麗就這樣把他們徹頭徹腦打敗了，正如三十年前為了那股氣味的事戰勝他們的父輩一樣。那是愛米麗父親死後兩年，也就是在她的心上人——我們都相信一定會和她結婚的那個人——拋棄她不久的時候。父親死後，她很少外出；心上人離去之後，人們簡直就看不到她了。除了那個黑人男子拎著一個籃子進進出出，當年他還是個青年。

一位婦女向年已八十的法官斯蒂芬斯抱怨愛米麗家的氣味越來越厲害了，起初懷疑是那黑鬼打死一條蛇或一隻老鼠的氣味，但接連收到兩起申訴，於是全體參議員——三位老人和一位年紀較輕的成員在一起開了個會。

新一代年輕人說：「這件事很簡單，通知她在限期內把屋子打掃乾淨，不然的話……。」

法官斯蒂芬斯說：「這怎行？你能當著一位貴婦人的面說她那裡有難聞的氣味？」

第二天午夜有人潛入愛米麗小姐家，沿著牆角、地窖通風

處拚命嗅聞，並打開地窖門，在四處撒上了石灰。等到他們回頭穿過草坪時，原來暗黑的一扇窗戶亮起了燈：愛米麗小姐坐在那裡，燈在她身後，那挺直的身軀像一尊偶像。

一、兩個星期之後，氣味就聞不到了。

這時人們才開始真正為她感到難過。鎮上的人想起愛米麗小姐的姑奶奶變成瘋子的事，都相信格里爾生一家人自視過高，不了解自己所處的地位。愛米麗小姐對什麼年輕男子都看不上眼，長久以來，我們把這家人視為畫中的人物：身段苗條、穿著白衣的愛米麗小姐立在身後，她父親叉開雙腳的側影在前面，手執一根馬鞭，一扇向後開的前門恰好嵌住了他們倆的身影。因此當她年近三十，尚未婚配時，我們只覺得先前的看法得到了證實。即令她家有著瘋癲的血液，若真有機會擺在她面前，她也不至於斷然放過。

父親死後，傳說留給她的全部財產就是那座房子。人們因此有點感到高興——可以對單身獨處，貧苦無告的愛米麗表示憐憫之情。她父親死後的第二天，所有的婦女都準備到她家拜望，表示哀悼和願意接濟的心意。但一連三天不論是教會牧師，還是醫生，愛米麗小姐在家門口接待他們，衣著和平日一樣，臉上沒有一絲哀愁。她告訴他們，她的父親並未死，直到他們要訴諸法律和武力，她才垮下來了，於是他們很快地埋葬了她的父親。

當時我們還沒有說她發瘋，我們相信她只是無法控制自己。我們還記得她父親趕走所有的青年男子，與所有親戚朋友斷絕往來；我們也知道她現在已經一無所有，只好死死拖住搶走她一切的那個人。

獻給愛米麗小姐的一朵玫瑰花

　　　　　　＊　　　＊　　　＊

　　她病了好長一段時間，再見到她時，她的頭髮已經剪短，看上去像教堂裡彩色玻璃窗上的天使——有幾分悲愴肅穆。

　　她父親去世的那年夏天，建築公司帶著一批黑人、騾子和機器來鋪設人行道。工頭荷默・伯隆個子高大，皮膚黝黑，是精明強幹的北方佬，總以不堪入耳的粗話怒罵工人。但沒過多久，全鎮的人他都認識了，再過不久，每個星期天我們看到他和愛米麗小姐一齊駕著黃色馬車出遊。

　　起初我們都高興愛米麗小姐有了寄託，不過婦女們都說：「格里爾生家的人絕不會真的看中一個北方佬，一個拿日工資的人。」老人們交頭接耳說：「你當真認為是那麼回事嗎？」「當然是囉，還能是別的什麼事？……」這句話他們是用手捂住嘴輕輕地說的。

　　愛米麗把頭抬得高高——甚至當我們深信她已經墮落的時候也是如此，彷彿要人們承認她作為格里爾生家族末代人物的尊嚴。

　　在人們開始說：「可憐的愛米麗。」後一年多，她跟藥劑師說要買點砒霜。三十歲出頭的她依然削肩細腰，黑眼神冷酷高傲，臉上的肌肉緊繃，那表情是想像中的燈塔守望人所應有的。

　　藥劑師說：「你要的是毒藥，法律規定必須說明用途。」愛米麗小姐只是瞪著他，一直看到他移開目光，走進去拿砒霜包好。黑人送貨員把那包藥送出來給她，藥劑師沒有再露面。

　　第二天大家都說：「她要自殺了。」我們也都說這是再好

不過的事。

＊　　＊　　＊

我們第一次看到她和伯隆在一塊兒時，都說她要嫁給他了；隨後聽伯隆說他無意成家，喜歡和男人在酒館廝混。以後每逢禮拜天下午，他們乘著漂亮的輕便馬車馳過：愛米麗小姐昂著頭，伯隆歪戴著帽子，嘴裡叼著雪茄，戴著黃手套的手握著馬韁和馬鞭。在百葉窗後的我們都不禁要說一聲：「可憐的愛米麗。」

有些婦女開始說這是全鎮的羞辱，是青年的壞榜樣，並迫使牧師去拜訪她。但下個禮拜天他們又駕著馬車出現在街上，隨後我們得到確訊，他們即將結婚。我們還聽說愛米麗小姐去過首飾店，訂購一套銀質男人盥洗用具，每件上面刻著「荷·伯」。兩天之後她買了全套男人服裝，包括睡衣在內，因此我們說：「他們已經結婚了。」我們著實高興。因此當荷默·伯隆離開本城——街道鋪路工程已經竣工好一陣子時，我們一點也不驚訝，反倒因為缺少一番送行告別的熱鬧而有點失望。

正如我們一直期待的那樣，伯隆又回到鎮上。一位鄰居親眼看見黑人在某天黃昏打開廚房門讓他進去，這是人們最後一次看到荷默·伯隆。黑人拿著購貨籃進進出出，除了她四十歲左右，開授瓷器彩繪課的六七年時間，在最後一個學生離開後，前門關上了，而且永遠關上了。

整整六個月，愛米麗小姐沒有出現在大街上。等到我們再見到她時，她已經發胖了，頭髮也灰白了。以後數年到她七十四歲去世之日為止，頭髮一直保持像胡椒鹽似的鐵灰色。

獻給愛米麗小姐的一朵玫瑰花

日復一日，月復一月，年復一年，我們看著那黑人的頭髮變白了，背駝了，照舊提著購貨籃進進出出。每年十二月寄給她的納稅通知單，一星期後又因無人收信被退還。偶爾我們在樓底下的一個窗口見到她的身影晃過，就像人們在撒石灰那天夜晚曾經見到過的那樣。可憐的愛米麗，就這樣過了一代又一代，像神龕中的雕塑，高貴、寧靜，怪僻乖張。

她就這樣與世長辭了。在一棟塵埃遍地、鬼影幢幢的屋子裡得了病，侍候她的只有一個老態龍鍾的黑人。我們甚至連她病了也不知道，那黑人跟誰都不說話，恐怕對她也是如此，他的嗓子似乎由於長久不用變得嘶啞了。

她死在樓下一間屋子裡，笨重的胡桃木床上還掛著帷幕，枕頭由於用了多年而又不見陽光，已經黃得發霉。

＊　　　＊　　　＊

黑人在前門口迎接第一批婦女，隨即穿過屋子，走出後門，從此不見蹤影。

全鎮的人都跑來看覆蓋鮮花的愛米麗小姐。停屍架上方懸掛著她父親的炭筆畫像，一臉深刻沉思的表情。婦女們唧唧喳喳地談論著死亡，而老年男子呢——有些人穿上刷得很乾淨的南方同盟軍制服，在走廊上、草坪上對愛米麗小姐的一生議論紛紛，彷彿她是他們同時代的人。他們把按數學級數向前推進的時間給攪混了，在他們看來，過去的歲月不是一條越來越窄的路，而是一片廣袤的連冬天也無所影響的大草地，把他們同過去隔斷了。

我們已經知道樓上有一個房間。他們等到愛米麗小姐安葬

之後才設法去開門。四十年來從沒有人打開過的門，猛地被撬開，屋裡灰塵被震得滿天瀰漫。

這是間布置得像新房的屋子：褪色的玫瑰色窗簾、燈罩、梳妝臺、床罩，一排精細的男人盥洗用具，但白銀已毫無光澤，連刻製的姓名字母圖案都已漫漶得無法辨認。拿起硬領襯衫和領帶，桌面上堆積的塵埃中留下淡淡的月白色痕跡，椅子上放著一套折疊的好好的衣服，椅子底下有兩只寂寞無聲的鞋和一雙扔了不要的襪子。

到處都籠罩著墓室陰冷的慘惻，男人躺在床上，身上和枕上覆蓋著一層長年累月積下來的灰塵。我們在那裡立了好久，俯視那令人莫測齜牙咧嘴的骷髏。屍體，呈現跟某人擁抱的姿勢，但那比愛情更能持久，那戰勝愛情煎熬的永恆的長眠已經將他馴服了。他所遺留下來的肉體已在破爛的睡衣下腐爛，跟他躺著的木床難分難解了。

後來我們才注意到旁邊那個枕頭上有人頭壓過的痕跡，有人從那上面拿起了什麼東西，大家湊近一看——一股淡淡的乾燥發臭的氣味鑽進鼻孔——那是一綹鐵灰色的長髮。

<hr>

走廊燈　引經據典

1. 他們為愛情犧牲了一切，後來卻把愛情失去了。（《大作家訪談錄》）
2. 我感覺到我像一顆潮濕的種子，待在熱烘烘的悶死人的土地裡，很不安分。（《我彌留之際》）
3. 八月末在家的那些天就如這樣，稀薄的空氣中帶著渴望，有點憂

獻給愛米麗小姐的一朵玫瑰花

愛米麗死了，大家走進房子瞻仰。

新鎮長向愛米麗索稅遭拒，工頭帶她出遊，鎮上人對此議論紛紛。

愛米麗買了砒霜、男人服裝後，六個月足不出戶。等人們再見到她時，已經變得發胖髮白。

人們撬開四十年封閉的門，發現工頭的屍體，以及枕上一綹鐵灰色的長髮。

傷，有點懷念，又有點熟悉……。（《喧嘩與騷動》）

4. 她不在了，一半的記憶也已經不在；如果我不在了，那麼所有的記憶也將不在了。是的，他想，在悲傷與虛無之間我選擇悲傷。（《野棕櫚》）

5. 我飲了一杯馬丁尼酒後，便會覺得大了一些，高了一些，聰明了一些。喝下第二杯，我會覺得超然物外。再多喝幾杯，我簡直無所不能了。

6. 生命是在低谷裡孕育出來的。它隨著古老的恐懼、古老的慾念、古老的絕望一直吹到了山頂。我們之所以必須一步步走上山，就是為了可以坐車下山。《我彌留之際》

7. 我們當中沒有一個人願意相信，我們的痛苦都是由自己造成的。我們都認為是這個世界虧欠了我們，使我們沒有能得到幸福；在我們得不到幸福時，我們就把責任怪在最靠近我們的那個人身上。《福克納隨筆》

顶崁燈 **思辨探索**

　　馬克・吐溫開啟「現代南方書寫」，呈現南方奴隸制度下，逃亡、壓迫、爭取自由的核心價值。福克納將此擴及奴隸制度不僅奴役了黑人，也讓白人在奴役中失去人性尊嚴與自由，這「強有力的和藝術上無與倫比的貢獻」，讓他於1949年獲諾貝爾文學獎的肯定。

　　在這篇小說，可見南方的農奴制、父權制以及種族歧視形成的社會意識，如緊箍咒，綑綁著愛米麗以及那時候普遍的南方貴族名門。他們在南北戰爭之後，持續享受免稅、雇傭黑奴，拒絕放棄社會中白人所擁有的優越。福克納描寫南方的痛苦與歷史負擔，然而並不直接暴露沒落南方貴族的偏狹、軟弱無能。而是讓各種人物從不同的角度

獻給愛米麗小姐的一朵玫瑰花

講述故事，迫使人們和讀者進入道德思辨，在戲劇性的衝突間批判舊價值觀與時代的衰亡。

　　在這篇小說中，愛米麗的父親、小鎮的居民，以及籠罩在南方空氣裡的傳統，是扭曲人性，剝奪自由，滿足男人投射傳統的幫兇。讓愛米麗「就這樣過了一代又一代，像神龕中的雕塑，高貴、寧靜，無法逃避，無法接近，怪僻乖張。」愛米麗的可憐是因為她沒有選擇，她必須為美國內戰失敗的南方堅守信仰，必須維護格里爾森家族舊日尊嚴和身分。

　　南方人需要供奉的神龕作為精神支柱，以樹立起舊式傳統的道德觀與父權，這讓族長格里爾森先生擁有強大的社會支持，合理化地趕走了所有向女兒愛米麗求婚的男人，以完成與人保持距離，神祕而仰望的名媛閨秀。

　　愛米麗是人們敬慕的紀念碑，在代表北方機械運作的工業文化與時代潮流下，雖試圖執拗不馴獨存於汽車廠和軋棉機之間，但無論是她和房子所背負於身的包袱，都無法逃過作者「裝模作樣，真是醜中之醜」的嘲諷。

　　父親死後兩年，愛米麗義無反顧地愛上身無分文、靠出賣勞動力領取日薪過活的北方佬，在眾人的注目下約會，引來人們種種揣測。豈料這顛覆家世、背離南方觀點，忠於自我情感的獨立自由之舉，這奮起勇氣所做的強烈反叛，竟輸在命運——荷默卻更喜歡男人。最悲慘而荒謬的是這輪盤的轉向者，不是愛米麗所要對抗的南方傳統、保守風氣、父權壓抑，來自她一心想撲上的愛情。

　　作者並沒有正面描述愛米麗內心承受的撞擊、被否決裂碎的自我與情緒煎熬，而是以「我們」客觀敘述的位置，與鎮子裡居民「婦女們」、「男人們」作為故事的見證人，讓愛米麗小姐一直活在人們的「傳說」、「評論」中的畫面。在小鎮居民的觀看下，愛米麗「發胖

了、頭髮灰白了、不再出門」，這些憔悴模樣和封閉暗沉的冷冽，暗示愛米麗苦守一生的傳統把自己推向了悲劇。無怪乎1930年諾貝爾文學獎獲得者美國作家辛克萊·劉易斯在其演說中提到福克納，稱他「把南方從多愁善感的女人的眼淚中解放了出來。」

　　福克納認為短篇小說的藝術層次僅次於詩歌……，因為它的要求幾近絕對的精確，幾乎每個字都必須完全正確洽當。在這篇小說裡，可見他巧妙地運用設計精密的敘述角度、意識流手法和非傳統敘事手法，既顯現街頭巷尾無所不在的輿論，眾目睽睽的眼睛，更符合想到什麼說什麼的漫不經心，其實句句是刀斧，構成整個故事的懸疑感，閱讀的神祕與刺激感。

　　如果將這不按傳統的邏輯順序發展、來回顛倒的時序，重新組合，故事情節之間其實有明顯的意象與隱喻符號：買男人的用品→買砒霜→臭味→粉紅色房間床上骷髏，和一綹鐵灰色的長髮。原來這是椿蓄謀的兇殺案，原來是愛不得，殺而留之的變態題材；原來這是椿與屍共處四十年的驚悚通俗小說。但如此通俗題材，在福克納特意製造的神祕晦澀間，不僅塑造出愛米麗「始終是一個傳統的化身，是義務的象徵，人們關注的對象」的形象，更凸顯出南方社會環境下人性的扭曲。

　　愛米麗就這樣被小鎮的嘴和眼傳說了幾十年。代表愛情的玫瑰布置的新房，其實是封鎖死亡的監獄。福克納並沒有以義憤填膺的情緒譴責南方社會中非人的傳統道德觀念，而是透過殘酷的寫實、扭曲變形的懸疑，呈現愛米麗緊緊擁抱的愛情。

　　她一直都活在父親陰影之下。隱藏在沉靜的四十年，銷聲匿跡的黑暗底下，是愛米麗封閉、孤寂、漫長的人生。她以無聲的方式，不出現於現實社會的模式，成功地讓自己在大家的推測和拼湊中完成紀念碑的模型，讓男人們穿上了南方同盟軍的制服去參加她葬禮，

然後「沉睡在一排排在南北戰爭陣亡的南方和北方的無名軍人墓園之中」。

讀者是否聽得見，她一身黑服，看上去像長久泡在死水中的一具死屍，腫脹發白的冷寂背後，那強而有力的吶喊與控訴？

問題解讀	問題思考	問題行動	問題結果
傳統	傳統所形成的價值觀是可打破的規範，還是普世的道德？	愛米麗喜歡沒錢沒勢的工頭北方佬，企圖終生結伴，活出自己。	愛米麗逃不出父權及南方貴族傳統的規範，殺死工頭，伴屍四十年，成為道德化下的紀念碑。
觀看	觀看的性別身分、文化背景、角度、品味能力、動機目的。	「我們」、「婦人們」、「鎮長」為名的小鎮，無時無刻監視、關注愛米麗，批判、評論她的行為。	愛米麗把自己埋葬在陰濕老舊的房子，與世隔絕，體態變形，頭髮灰白至死。

櫥窗燈　震盪效應 —— 相關閱讀

　　意象空間，讓文字敘述因為意向性的策動，而滋生動感幻覺，使虛擬生活實境的藝術虛境比外在瞬息生滅的實境更恆常、安定。因此小說家常有屬於自己的空間，無論那是寫實主義、自然主義或後現代，無論小說情節是發生在是真實或虛構，空間所承載的環境狀態、文化氛圍莫不形成微觀而具體的世界，以容納創作者塑造自己的故事，鎖定的特殊場景和意涵。

　　巴爾扎克一輩子穿梭於巴黎，《人間喜劇》完整地創造他自己的世界。哈代的故事都發生在威塞克斯，《還鄉》、《卡斯特橋市長》

和《林中居民》深刻反映工業勢力深入農村後的巨變。孔乙己、祥林嫂、阿Q、假洋鬼子、魯四老爺……一個個走在魯鎮的石板路上，悠悠忽忽地在觀看的冷眼中被捏成形、吹入呼吸，而後狼狽而認認真真活在流言蜚語的鞭笞間。這是魯迅心中的小鎮，存活於大江南北的中國，以及千百萬讀者心中。

約克納帕塔法世系是福克納建構的王國，他嚴密而精緻地手繪這個王國的地圖，狂熱而固執地讓每一本小說都發生在這精神版圖，甚至標註每個家庭，每個地點，然後窩在世界之外的這個空間，以家系、歷史、種族、神話等元素和意識流的手法不斷穿梭於角色與時間之中。

福克納在所畫的約克納帕法縣的地圖下寫道：「有一萬五千六百一十一人散居在二千四百平方英哩的土地上。那裡的土地肥沃而低平，是河流沖積而形成的；有許多可獵的動物，是個狩獵的好地方……這些畢竟是出於想像。說它真實，是因為它再現了密西西比河北部牛津城和拉發埃蒂縣的生活和風光。」

福克納的家庭自第一次世界大戰前就定居在這裡，因為莎士比亞的戲劇《馬克白》有句臺詞說道：「人生如痴人說夢，充滿著喧譁與騷動，卻沒有任何意義。」於是福克納以《喧譁與騷動》長篇小說停止時間，讓人物得以自由出入不同的時間段，回憶整個故事的拼圖碎片。在約克納帕法系列的空間，福克納沉浸在已經消逝的年代的懷戀，因為「過去還沒有死盡，過去甚至還沒有過去」，他所關切的不是對現實生活的評論，嚮往的不是未來，而是終將繞回的過去。

自宋元話本的世俗與悟境、《水滸傳》的梁山泊、《紅樓夢》的大觀園、《西遊記》熱鬧的水濂洞、花果山、火燄山，到王安憶的上海、蕭紅的東北、莫言的高密、駱以軍的西夏旅館、吳明益的天橋；以及馬奎斯加勒比海岸的虛構村莊，寫出拉丁美洲百年滄桑；大江健三郎以森林為精神世界構築烏托邦……，這些擬像的空間是故事的入口、

時空轉換的旋轉門，讓作者得以在被放大靜止的故事時間裡，施展幻術、傾斜人物，然後跳閃快轉出最驚險，關鍵的介面。就如同在現實空間中加入虛擬的AR，和於現實中區隔出虛擬的空間VR，讓玩家「脫離」生活的現實，進入另一個遊戲的、封閉的、虛擬的現實，而這虛擬空間所表達卻又與現實息息相關的事。因此，無論小說、電影、遊戲遊走於虛與實的背後，所透露的仍舊是「對現實的不滿」，以及「對現實的加工」。

美國

老人與海

現代主義風潮與美國精神

歐內斯特・米勒・海明威（Ernest Miller Hemingway，1899-1961年），美國記者和作家，二十世紀最著名的小說家之一。

他出生於芝加哥，自幼生長於瓦隆湖的農舍中，喜歡看書，模仿喜歡的人物角色、在森林和湖泊中打獵、釣魚、露營。一生不斷地寫作，對於鬥牛、賽馬、拳擊、足球投入異於常人的熱情。在一次拳擊失手中傷了他的一隻眼睛，導致第一次世界大戰時無法入伍，調至紅十字會救傷隊。目睹戰爭的殘酷，被砲彈襲擊，讓他深深領悟死亡與毀滅。

戰爭結束後，來往於芝加哥、巴黎、西班牙、古巴，擔任記者及寫小說，完成以第一次世界大戰為背景的自傳小說《戰地春夢》、根據古巴哈瓦那真人實事寫成的《老人與海》，獲得1954年諾貝爾文學獎。

海明威是美國「迷失的一代」的代表作家，作品呈現當時社會對人生、世界的迷茫徬徨，但也因為外在環境險峻，激勵出人的意志與潛力，展現出面對無法征服的敵人選擇對抗的勇氣。而這正是海明威《老人與海》中「知之不可為而為之」的堅持。

海明威簡潔、直接的寫作風格，來自記者的磨練：「句子要寫得簡潔，文章開首之段落要短，用強有力的的字眼，思想要正面。」《老人與海》是他惜墨如金的集大成之作，濃縮了人生的體悟與反覆錘鍊的文字，更成為海明威心目中的理想原型。

海明威一向以文壇硬漢著稱，風格獨具的「冰山理論」與獨特創作風格，對美國文學及二十世紀文學的發展有極深遠的影響。晚年為疾病所苦，最後用心愛的獵槍結束生命。

　　故事發生在古巴首都哈瓦那附近的小海港，黃昏時分，落日醉人。聖地亞哥的船進港靠岸，這是他第八十四天沒有捕撈到任何一條魚。

　　歲月在他瘦削剛毅的臉龐留下深刻的痕跡，訴說生活的艱辛和生命的倔強頑強。他的衣衫陳舊，鬢髮灰白，古銅色的臉頰上有些褐斑，雙手因為常用繩索拉大魚留下深陷的疤痕，如風蝕地形一般古老，眼睛像海水一般蔚藍明澈，透露出愉快而絕不認輸的神氣。

　　「掛帆退役吧，你這把老骨頭可禁不起折騰了。」粗獷洶湧的海洋屬於強悍勇猛的年輕人，酒館裡的年輕漁夫不約而同將目光投向聖地亞哥。

　　十四、五歲的馬諾林看著他，露出靦腆溫柔的笑容。「聖地亞哥，你知道，我一直認為你是最好的漁夫！」孩子說這句話時眼睛亮閃閃的，似乎含著淚光。老人轉頭看向孩子，目光嚴肅而堅定地說：「孩子，打魚是我們共同的事業，所以，不必計較一時的得失。我相信自己是最好的，總有一天你也會成為最好的。」孩子含淚，用力地點了點頭。

＊　　　＊　　　＊

　　今天是第八十五天，老人強健有力的雙手有節律地划動船槳，黑暗中聽到飛魚出水的聲音，以及牠們凌空飛翔，挺直的翅膀所發出的聲響。海洋是老人生命活力之源，無論是年輕時的水手，或是今天的漁夫，他的生命從未離開過海洋。年輕的

漁夫稱海洋爲「他」，把海洋當作競爭漁利攫取財富的場所，但老人總溫情脈脈地用「她」來稱呼海洋，視她爲慷慨給予恩惠，溫柔美麗卻神祕莫測的女人。

布好了釣索，老人開始揮槳划船，他刻意划得很慢，使釣索垂直靜留在海洋深處，向魚群發出誘惑的信號，這是老人自豪的技術。每天都是新的一天。老人明白好運總是眷顧有準備的人，因爲他總是一絲不苟地做著一切，分毫不差地將魚餌投到最適當的地方。

明亮耀眼的太陽下，一隻黑色的軍艦鳥張著強有力的翅膀，在不遠處的海面上盤旋飛翔，猛然一個俯衝。飛魚在空中劃過一道漂亮的弧線後，落入水中奔逃而去，成群結隊的大鯕鰍隨之遠去。

老人知道，自己離海岸已經很遠了。彷彿有預感，老人發現釣索猛地向水中一沉。「牠來了！牠終於來了！」老人激動地喊了起來，他知道幽深暗藍的海水中，有一條大馬林魚正在吃釣鉤尖端的沙丁魚。

老人禁不住想像獵物的模樣，自言自語：「老天，幫幫忙吧！讓牠咬餌！」然而，大魚並未如老人預期，而是悠然游開了。

「不！牠不可能就這麼放棄！牠還在繞彎子，還在仔細觀察呢！」就在這個時候，老人感到手中的釣索被狠狠拉動，他再放出一點釣索，同時用結滿繭子的粗大雙手使勁猛拉釣索，並仰著身體以抵消大魚在深水中的拉力。

老人的眼睛炯炯有神，緊盯著繃得筆直的釣索。大魚已經被釣鉤鉤住了，受了重傷，拉著小船和老人一直游。四個鐘頭

過去了，大魚絲毫沒有死亡或者乏力的跡象，依舊拖著小船，向大海更遠處游去。老人緊緊地攥著勒在背脊上的釣索，他知道，很多時候成功不僅靠機遇，更在於堅持。

星月逐漸浮現，船的速度比白天慢了許多。老人心想，大魚也許已經疲憊得不堪重負。「要是孩子在船上就好了！」老人再度大聲地自言自語起來，「我想他來幫我，更想讓他也見識這樣大的陣勢。有些漁夫一輩子都遇不到這樣的大魚，就算是遇上，怕也不敢這樣任由大魚拖著自己走向未知的海域吧。」

這是他第一次釣到這樣強大而機靈聰明的大魚，也許這條魚曾多次上鉤都幸運地逃掉了，所以牠學會如何與人搏鬥，消耗對方的力量，削弱對方的意志。可惜，這隻大魚不知道牠的對手只有一個人，而且還是個老邁的老頭兒，否則準會瘋狂地跳出水來猛力衝撞，也許會輕易將老人擊敗。

大魚在深海安靜地游著，老人開始盤算這條大魚能賣多少錢，不由自主地想起夢寐以求的二手收音機。老人微笑地想，牠咬魚餌的動作和拉起釣索對抗的感覺像是條雄魚，所以應該把牠當成兄弟。老人想起很久之前，和孩子釣到一隻雌大馬林魚，雄魚不離不棄跟著在水中翻騰，即使老人將筋疲力盡的雌魚鉤到船上，雄魚仍悲傷地游著，久久不肯離去。

天空露出黎明的第一道微光，一隻小鳥在離水面很近的地方盤旋。「就把這裡當作港灣，好好地歇歇腳再出海，就像每個堅強的男人、每隻鳥或每條魚那樣。」老人滔滔不絕的說道，像是為自己打氣，因為他的背脊變得僵直，眼睛疼得厲害。

就在老人對著小鳥自言自語的時候，大魚陡然身子一側，便把一時疏於防範的老人拖倒在船頭上，小鳥驚慌地張開翅膀飛走了。幾番對抗後，大魚再度安定下來。老人歇了口氣，發現右手被劃傷了，鮮血直流。「你現在也感覺到疼痛了吧。天知道，我和你一樣痛呢。」老人又開始對魚說話。

＊　　　＊　　　＊

「牠上來了！老天，牠終於肯上來了！」老人激動地喊道。明晃晃的陽光下，大魚閃閃發亮，深紫色的頭部和背部，身體兩側的條紋在陽光裡顯得格外神氣。牠的長嘴猶如一把鋒利的長劍。

「老天！牠比我的小船還要長兩英呎！」老人驚歎道。牠真是一條罕見的大魚！老人一生曾經捉到過兩條這麼大的魚，但從來都不是單槍匹馬。現在，他獨自漂流在無邊無際的大海上，左手仍舊在抽筋。老人一點兒都不後悔不顧一切地追著大魚，反而希望自己是大魚，那麼他將會使出全部的力量，僅僅為了對抗一個老人全部的意志和智慧。

痛苦從未消失過，只是老人不認為那是痛苦罷了。抽筋的左手雖然復原，但背和手疼得更厲害。老人滿懷信心，他就是要讓大魚知道一個男子漢有多大的能耐，人究竟能夠承受多少的磨難！「我記得跟孩子說過，我是不同尋常的老頭兒，現在就是證實這句話的時候了！」老人說到。

夜幕即將降臨，老人努力想些有趣的事好振作精神。他想到此刻紐約洋基隊正在迎戰底特律老虎隊，自己卻錯過了，但一定得對得起偉大的迪馬吉奧。這了不起的傢伙即使骨刺疼得

要命，仍把一切做得盡善盡美。

　　老人的思緒飄到卡薩布蘭卡的酒館，自己跟碼頭上力氣最大的人較量，整整一天不分勝負。兩個人的指甲縫滲出血來，但依然目光堅定緊盯對方，絕不認輸妥協。一夜過去，打賭的人們不耐煩地在屋子裡走來走去，有的坐在靠牆的高椅子打盹，圍觀的人們替他點上香菸，還有人把朗姆酒送到黑人嘴邊。老人還記得那黑人的影子投射到牆上，顯得如此之大，自己則明顯瘦小很多，但老人始終堅信自己一定能戰勝。天亮的時候，老人趕在開工前，結束了這場偉大的戰鬥，後來所有人都稱他為「冠軍」聖地亞哥。

＊　　　＊　　　＊

　　太陽一落，天立刻黑下來。老人充分感受到大魚堅韌不拔的意志，否則，牠不可能在危機四伏的深海，長到如此驚人的體形。「我想看著牠，摸摸牠……我想我感覺到牠的心。」是的，這是一條高貴、偉大的魚，誰都不配吃牠。

　　這晚，老人夢見一大群海豚高高地跳躍、唱歌；他夢見躺在村子裡自己的床上，外面颳起強勁的北風。夢境中熟悉的場景再度出現：一頭獅子迎著殘陽來到長長的金色海灘，然後是其他的獅子。老人在夢中將船下了錨，晚風徐徐而來，在海面漾起細小的波浪。他快樂地等待，希望能看到更多的獅子。

　　釣索猛地快速從他的右手往外滑下大海，老人驚醒過來，用左手抓住釣索，傾盡全力仰著身子把釣索朝後拉，釣索深深地勒進他的背脊和左手，痛楚不堪。就在這個時候，大魚跳了起來，飛快地拖著小船和老人向前游動。

他一直等待的事終於發生了。大魚跳躍了不下十二次，老人估算背脊的浮囊裝滿空氣的牠，根本沒法再沉到深水中，那時，自己就有辦法對付牠了。他右手傷口火辣辣地痛著。

　　曙光在東邊的天空出現，這已經是他第三次看見日出了。大魚如他所願地打起轉來，一圈又一圈，兩個小時過去了，卻始終不曾露面。太陽下，老人疲憊得頭暈目眩。釣索突然猛烈撞擊，是大魚跳出水面來呼吸空氣。牠每跳一次，傷口都會因為釣鉤猛力拉扯，撕裂而苦不堪言。大魚終於在三十碼處從水裡冒了出來，像碩大無比的尾巴高傲地豎立，神態沉著、平靜。

　　老人胸有成竹地把魚叉準備妥當。人和魚仍在僵持，每回老人覺得快成功的時候，魚就會振奮起來再度逃脫。老人覺得自己就要垮了，雙手軟弱無力，視力開始模糊。僵持了三天三夜，老人對魚說：「魚啊，我非常愛你也敬重你，但在今天結束前我一定要殺了你。」同時在心裡對自己說：「我必須堅持，不能還沒動手就敗下陣來成為笑柄。」

　　大魚再度游到小船邊，依舊沉著穩重。老人覺得機會來了，他一腳踩住釣索，整個身體豎立迎向跟他一樣高的魚背鰭，高高舉起魚叉狠狠刺進大魚身體。大魚痛苦地躍起，懸浮在半空之中，懸浮在老人的頭頂，然後，「砰」的一聲跌落進水裡，濺起巨大的浪花，淋濕了老人一身和整艘船。

　　老人的魚叉不偏不倚，正刺進大魚的心臟。

　　老人不知道，這場景是否算得上絕豔美麗，他只知道，自己終於殺死了牠，殺死了自己的兄弟。

　　　　　　＊　　　＊　　　＊

　　這應當是一生中做得最漂亮的一件事了，比和黑人掰手腕漂亮一千倍、一萬倍。生命就是這樣神祕莫測，你永遠無法知道究竟有多大潛能，但只要相信自己的堅持，它總能為你創造奇蹟。

　　老人把大魚的頭、中段和尾牢牢地固定在小船上。大魚緊閉嘴巴，張著冷漠的眼，隨著船安然前行。

　　大魚的血在海水中逐漸擴散，成群結隊的灰鯖鯊嗜血追蹤，貪婪地吞食，老人聽見大魚的皮肉被撕裂的聲音，像自己被撕裂那樣心痛。他舉起魚叉毫不猶豫向鯊魚的腦袋猛刺下去，他使出了全身之力，帶著快意的仇恨，用糊著鮮血的雙手，結結實實地把魚叉扎了進去。

　　老人心痛大魚被咬得殘缺不全，唯一感到安慰的是親手殺死了那隻襲擊兄弟的鯊魚，那是他這輩子見過最大的灰鯖鯊。事情太完美就不可能持久，老人在心中想著。但願這是一場夢，他根本就沒有釣到什麼罕見的大魚，他正獨自躺在家裡，躺在床上的舊報紙上。

　　「但是，人可不是為失敗而生的」，老人突然信心十足地提醒自己。「一個人可以被毀滅，但不可以被打敗。」但鯊魚帶走了魚叉還有魚叉上的繩子，失去了武器，人能赤手空拳和殘忍、狡猾、強悍的鯊魚搏鬥嗎？

　　老人探出船舷，從鯊魚咬過的地方撕下一塊魚肉。他咀嚼著，感覺肉質鮮美，堅實又多汁，這樣好的魚肉在市場上準能賣個好價錢。但瞬間，他明白最壞的時刻就要來了——兩條六

鰮鯊正迅速來犯。老人急忙拿起綁著刀的船槳，毫不猶豫奮力猛刺，利刃刺進鯊魚蠟黃色的眼睛裡，但四分之一的魚肉已經被吞噬，而且全都是最好的部分！

接二連三衝來的六鰮鯊讓他陷入艱鉅而危險的搏鬥。老人一直戰鬥，儘管明知這戰鬥是徒勞無益的，但他還是堅持戰鬥。

鯊魚成群來襲。老人在黑暗中憑著感覺，用短棍、舵把亂砍亂打，但是，無所畏懼的鯊魚一條接一條竄上來，咬下一塊塊的魚肉，大口咽下後又再度發起攻擊。

現在，大魚除了一副骨架，再沒剩下什麼了。世界頓時安靜下來。

被徹底打垮之後，他反而感覺完全的放鬆。真是奇怪，他竟然從來不知道生活會如此的輕鬆。可是，究竟是什麼把自己打垮的呢？他不禁要問自己。

「沒有什麼能把我打垮，我只是出海太遠了。」他得出這樣的結論。

老人將小船駛進海港時，海邊酒吧屋頂的燈已經熄滅了。他扛起桅杆，開始慢慢往上爬。回家的路第一次顯得如此漫長艱難，在街燈於海水的反光中，他看見他的大魚兄弟的大尾巴直豎在小船的船艄後面，背脊上起伏的白線，黑色的魚頭以及突出的長嘴。可是，他的大魚兄弟從頭到尾光禿禿的，沒有一絲肉。

天亮的時候，孩子從門外探進頭來。老人睡得很熟，沒有絲毫察覺。很多漁夫都圍在老人的小船邊，「天哪！從鼻子到尾巴足足有十八英呎長，估計重達一千五百磅呢！」正在丈量

的漁夫興奮得大聲叫道。

老人終於醒了過來。孩子體貼地將熱氣騰騰的咖啡送到老人手邊，老人伸手接過了咖啡，一小口一小口地喝了下去。

「我失敗了，牠們擊敗了我。」老人沮喪地說道：「我已經盡力了，但牠們還是把我給打垮了。」

「不！牠沒有打垮你！那條大魚沒有打垮你！是你打敗了牠！」孩子激動地說道。

疲倦至極的老人又睡著了，睡得很熟、很香甜。孩子就安靜耐心地坐在他身邊，看著他，守著他，等待他精神飽滿地醒過來。

此時，老人的夢中，一群矯健敏捷的獅子正在夕陽西下的沙灘上嬉戲奔跑著……。

走廊燈	**引經據典**

1. 幸福，正如你所知道的，是流動的宴會。（《海明威傳》）
2. 生活總是讓我們遍體鱗傷，但到後來，那些受傷的地方一定會變成我們最強壯的地方。（《永別了武器》）
3. 不同的青春，同樣的迷惘。然而，青春會成長，迷惘會散去。黑夜過後，太陽照常升起！）（《太陽照常升起》）
4. 每個人都不是一座孤島，一個人必須是這世界上最堅固的島嶼，然後才能成為大陸的一部分。（《喪鐘為誰而鳴》）
5. 我始終相信，開始在內心生活得更嚴肅的人，也會在外表上開始生活得更樸素。在一個奢華浪費的年代，我希望能向世界表明，人類真正需要的東西是非常之微少的。（《真實的高貴》）

老人出海八十四天，都沒捕到任何一條魚。

第八十五天，老人捕到一隻超大的馬林魚。

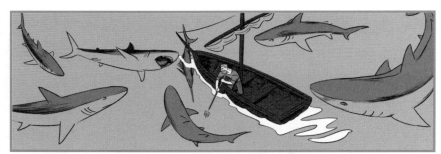

老人面對鯊魚的圍剿奮鬥不懈，馬林魚依舊被完全吞噬。

老人疲憊不堪地拖著馬林魚骨回家。

思辨探索

　　《老人與海》以寓言的方式描述人生是一連串戰鬥，不斷尋找可敬又能打敗自己的對手來超越，因為若「連個像樣的敵人都沒有，那樣的生命不值得活」。

　　「人不是生來被打敗的」，「人可以被摧毀，不能被打敗。」是書裡的關鍵句，點出生命光輝在於勇於接受挑戰，不被命運擊垮，也無懼於環境困阨。即使最後失去一切，過程中曾經發生的一切情節，不惜代價所激發的搏鬥，都是生命裡最真實而深刻的經歷，是活著的光榮象徵。

　　在三天兩夜拉鋸戰的漫長等待、嚴峻考驗中，老人選擇忍耐與冒險挑戰為磨練修練，以簡陋的條件迎向最巨大的目標。為鼓舞自己在漫長時間裡忍受身體上與精神上煎熬，持續保持清醒的信心和毅力，老人忽而憶起年輕時在酒館與人較量手勁的勝利感，忽而讚美馬林魚是了不起的對手，忽而與飛過的小鳥說話或自言自語為自己打氣，以及盤算對策，採取行動。

　　對峙的過程中，老人與魚的關係產生微妙的變化：由起初的惶然不安、想起曾經捕獲雌馬林魚，雄魚不離不棄地在船邊守護的情義，轉而視彼此為兄弟。沒想到這條巨大的馬林魚跟他一樣堅毅不屈，一樣自尊勇猛，老人內心從愛、尊敬到同情、疼惜，最後尊重、肯定、珍愛馬林魚的高貴。那是一種放下輸贏，在對方身上看見自己的消解；擺脫世間的得失榮辱，彼此擁抱的讚賞。彷彿出乎生命共同體的認定，老人想的不是輸，而是放下，「來吧，殺了我。我不在乎誰殺誰了。」

　　勝負此時已變得不再重要，當凶惡的鯊魚霸道地一口口奪走馬林魚，老人心疼的不是自己將一無所有，而是大魚的傷痛。這不僅是

他與大魚的搏鬥，意志與情感內在衝突的對決，更是證明自己是小男孩心目中的英雄，勇於戰勝自己的漁夫。即使所有武器都沒了，雙手流血，身體在不眠不休的緊繃中痛苦到幾乎昏厥，但老人在生死搏鬥中，重新定義了生命；在堅韌奮戰之際，極力保持漁人的尊嚴。

《老人與海》中以贏了對手卻不能占有對方，勝利卻無法擁有真實的成果的結局，告訴我們：人生的價值在懷抱希望，不斷追求的過程而非結果；人的尊嚴在無論處境多麼艱困，歷程多麼坎坷，永不妥協的高貴人格而非成就。若是迴避讓你痛苦、焦慮，與你旗鼓相當的可敬對手，生命將蒼白乏味而且平庸無奇。

書中多次提到美國聯盟洋基隊、布魯克林隊、偉大的狄馬喬等，藉以彰顯決心奮戰到底的生命基本價值。而夢中反覆出現的獅子擁有堅強不屈的靈魂、剛強的意志，是老人的心靈，也是鼓舞老人的力量泉源。至於小孩，則代表延續傳統與能力的未來，也代表天真的勇氣、單純的信念與善良。當老人被眾人歧視議論時，他為老人張羅食物、準備出海的釣餌。孤獨與大魚的搏鬥時，老人多次期待小男孩在就好了，不只因為多了幫手，更因為男孩對海的熱愛與堅持，可以激勵他克服難關的勇氣。

問題解讀	問題思考	問題行動	問題結果
追求與堅持是人生的意義嗎？	如何證明人的存在價值？	在海上守候八十五天，終於捕獲巨大的馬林魚。	老人贏得戰役，帶回被一群群鯊魚吞噬盡的馬林魚骨。
			人生的意義在無懼於困厄，勇於接受挑戰；人生的價值在不被命運擊垮，懷抱希望，永不妥協，戰勝自己。

　　十五世紀源於義大利的文藝復興運動，擺脫上帝與宗教價值觀轉向人類自我；十七世紀科學革命帶起十八世紀啟蒙運動，強調以理性批判作為人類進步的基礎。十九世紀現代主義運動，標榜創新，其特徵是：「對物質世界強有力的反抗意識，以及對精神的渴望。」

　　具反思性、批判性的現代主義者，不斷對於傳統追求答案的價值思考提出反問，而認為許多時候問題本身其實比追求答案更重要，因此他們勇敢地提出種種探問，絕不服從和盲從。於是畫家不再按著某種「理所當然的原理」，而是走向自然觀察，捕捉時間的光、風景的色澤而形成印象畫派；或如畢卡索組織各種元素，創新表現形式的立體派。至於文學上，則受佛洛伊德的心理分析影響，出現夢所探索的潛意識、意識流的獨白等風格。

　　海明威所主張的「聲音」，不僅代表美國現代主義風潮，也是美國精神的標誌。

　　建立在《獨立宣言》：「每個人生而平等、自由，具追求幸福的權利。」之上的美國，總認為美國人代表光明正義的一方，崇尚對抗黑暗勢力的勇者。在電影《蝙蝠俠》、《星際大戰》、《復仇者聯盟》都可見勇敢與無畏，卓越與冒險，勇氣與信心，忠誠與愛的美國精神。

　　「偉大的力量用來承擔巨大的責任。」這是蜘蛛俠的聲明，也是美國人深信的價值觀 —— 上帝賦予的力量，意味必須肩負起改善和幫助社會的使命。因此洛克菲勒、比爾蓋茲都以慷慨和對社會有責任而聞名，年輕人樂於參與全球非政府組織的慈善工作。

　　美國評價一個人在乎的是「你做了什麼」，而不是「你是誰」，這種擺脫出身家世，而建立現實社會作為的評論，迫使人們必須思考如何開創自己的價值，而這勢必以投入試煉的場域，逼出堅強的意志，以充分在現世中完成目標，在世人心底留下事功與記憶。這正是海明威小說人物常以「生死一線」的嚴酷選擇為起點的原因，也是老人「幾乎是飛蛾撲火似地迎向痛苦與磨難，將嚴酷的挑戰本身視為目的」之形象。

加斯巴爾・伊龍

瑪雅神話與文明

米格爾‧安赫爾‧阿斯圖里亞斯‧羅薩萊斯（西班牙語：Miguel Ángel Asturias Rosales，1899-1974年），瓜地馬拉小說家，被視為拉丁美洲魔幻現實主義的開創者，1967年獲諾貝爾文學獎。

阿斯圖里亞斯的父親是西班牙後裔，母親是西班牙白人和美洲印第安人的後代。他的童年和少年，都生活在瓜地馬拉城印第安土著之中。卡洛斯大學畢業後，擔任律師，因參加反對獨裁者起義，受反動政府迫害，流亡歐洲，轉而研究人類學和文學。在法國巴黎僑居多年，廣泛接觸歐洲各個流派的超現實主義藝術與作家，並開始寫作小說與詩歌。

1930年以瑪雅‧基切文化為基礎，寫成第一部小說《瓜地馬拉的傳說》。其後完成代表作《總統先生》，批判拉丁美洲一直存在的軍方獨裁統治，並參加政治活動。1933年回到祖國，繼續參加政治活動，進入文學創作活動高潮期。

他自言：「作品中的超現實主義在某種程度上，與土著人那種介乎現實與夢幻、現實與想像、現實與虛構之間的思想方式相一致。」描繪土著印第安人悲慘歷史的《玉米人》，即是結合西班牙語與印第安兩種藝術文化、思想方式的典範。

1954年瓜地馬拉發生政變，改革派總統被推翻，阿斯圖里亞斯再度流放，在阿根廷僑居八年。這期間除創作，還參加世界和平運動。1965年獲蘇聯列寧和平獎。1967年榮獲諾貝爾文學獎，原因在：「他的鮮活文學作品，深深紮根於拉丁美洲的印第安人的特徵，代表著他們的傳統」。1966年出任駐法國大使，逝世於西班牙馬德里。

「加斯巴爾‧伊龍，他們把伊龍大地搞得沒法子睡覺，你怎麼不管啊？」

「加斯巴爾‧伊龍，他們用斧頭砍掉伊龍大地的眼皮，你怎麼不管啊？」

「加斯巴爾‧伊龍，他們用火燒掉伊龍大地密密的睫毛，你怎麼不管啊？」

伊龍大地的指責在他耳邊迴繞，他搖搖頭，生於斯，長於斯，祖先的屍骨葬於斯，他的妻子在身旁，他覺得有一條巨蟒——由泥土、月亮、森林、暴雨、山巒、飛鳥組成，轟轟巨響的大蟒死死地纏繞他，怎麼掙扎也擺脫不了。

沉睡的大地從星斗間降到伊龍，大地甦醒了。過去蒼蒼鬱鬱的群山峻嶺，如今成了荒山禿嶺。守林的人嗚嗚然唱著悲歌，雀鷹俯首低飛，螞蟻踽踽爬行，鴿子如泣如訴。

加斯巴爾‧伊龍昏睡不醒，旁邊躺著妻子和他自己的影子。誰砍伐森林，加斯巴爾‧伊龍就該撕碎他的眼瞼；誰放火燒山，加斯巴爾‧伊龍就該毀掉他的睫毛；誰截斷流水，加斯巴爾‧伊龍就該把他變成冷冰冰的屍體。

加斯巴爾伸伸懶腰，又蜷曲一團，他再次搖頭，表示拒絕伊龍大地的指責。那條巨蟒把他纏得奄奄一息，彷彿要把他擠壓得粉身碎骨，化為一團黑乎乎的粉末。

沉沉的黑夜悄悄降臨，他的耳鼓深處響起呼喊：「天上的黃毛兔子，山中的黃毛兔子、河裡的黃毛兔子，跟著加斯巴爾

去戰鬥！爲了本族，爲了本族奇特的語言，爲了大好河山，加斯巴爾就要投入戰鬥了⋯⋯」

草原上佇立著一匹健騾，背上坐著一個人，人身上附著一個死鬼。生人的眼睛就是死鬼的眼睛，生人的雙手就是死鬼的雙手，生人的聲音就是死鬼的聲音，生人的雙腳就是死鬼的雙腳。一旦擺脫巨蟒纏身，他立刻就能投身戰鬥，但拋下妻兒鄉親？開花的菜豆拉住他的胳臂，微微發熱的刺纏住他的脖子，田裡的活像鎖鏈般繫住他的雙腳，他怎能投入戰鬥？

*　　　*　　　*

伊龍大地瀰漫著被斧頭砍過的木香，和燒荒後灰燼的惡臭。

被巨蟒黏液弄得遍體鱗傷的加斯巴爾拿起酒，咕嚕咕嚕地大口飲下。心中像被烈日焚燒，直覺頭髮不是頭髮，而是一堆灰燼；舌頭不是舌頭，而是一綑龍舌蘭繩；牙齒不是牙齒，而是一把把銳利的尖刀。加斯巴爾覺得自己的身體和頭顱已經分離了，灌滿燒酒的腦袋和酒瓶一樣掛在樑上，他像隻吃死屍的野獸，拼命抓四周的土地，尋找身軀。

加斯巴爾繼之一想，讓他頭髮變灰燼，舌頭化爲繩索，牙齒變尖刀以及身首異處的，不是酒，而是戰神賜予的聖水。喝了聖水，他頓時感到自己被焚燒了，被埋葬了，頭顱被砍掉了，丟掉這副皮囊，打戰才能無所畏懼。

加斯巴爾說著話，突然變得衰老了。老加斯巴爾嘴裡叨唸的是青翠的山林，心裡思念的也是記憶裡的青翠山林，而不是新近被剃得光禿禿的山巒。他豎起耳朵諦聽，幾百隻，幾千隻

野獸自頭頂上急馳而過——那是黃毛兔子在空中奔馳。

　　加斯巴爾拿起獵槍到河邊去，開槍對著第一個種玉米的人，隔天撂倒另一個叫多明哥的人，接著換地方又打倒一個，直到把種玉米的人全趕出山。蛀蟲能在幾年裡蛀掉一棵大樹，更可惡的是種玉米的人幾小時便能燒掉一大片森林，要是為了活口也就罷了，他們拿玉米作買賣，只會讓種玉米的人遭受飢荒。肥美的土地原本可以染紅一片甘蔗、可可、咖啡和熠熠生輝的小麥、香蕉，但他們毫無興趣，寧可把土地消耗殆盡，自己仍是被商人榨乾的窮光蛋。

＊　　　＊　　　＊

　　村裡的老人說加斯巴爾是「無敵勇士」，那些耳朵長得像玉米葉的黃毛兔子就是他的保護神，什麼都瞞不過牠們。加斯巴爾的皮膚像山欖硬殼一樣堅硬，他的血液像黃金一樣金貴，他威武雄壯，力大無窮，好似岩石的牙齒是嘴裡的心，腳跟是腳上的心，他在水果上留下的牙印，在路上留下的足跡，只有黃毛兔子能辨識出來。村裡的老人還說加斯巴爾是過去、現在、未來的人們。

　　有一天，開滿黃花的原野向加斯巴爾發出危險的信號。印地安人站在高山上，窺視拉迪諾人（西班牙和當地土著的混血種）。

　　「騎警隊什麼時候進村的？」

　　戰馬沒有卸鞍，繩索繫在一排木樁上，馬匹搖晃腦袋喘息，空氣中盡是馬騷味。

　　騎警隊長在村公所走廊踱來踱去，嘴裡啣著一根劣質雪

加斯巴爾·伊龍

茄，軍服上衣敞開。

村裡空蕩蕩的，從伊龍山上下來的印地安人在孔武有力的酋長率領下，把沒逃走的人殺得片甲不留，僅剩的老弱躲在牆角聽：「騎兵一百五十、步兵一百，此番進山，必將悉數殲滅印地安人。」

上校的部下蹲在戰馬中間，蹲著蹲著就一個個睡著了。猛然間，大家從睡夢中驚醒，原來是一隻癩皮狗在廣場上奔來跑去，口吐白沫。戰馬和軍士又沉沉睡去，狂吠的狗聲突然停下來，用前爪不停的刨地，又向嗅著什麼藥草似地又是打嗝，又是轉圈打顫，倒下後又拼命掙扎，伸著嘴使勁咬自己肚皮肛門上的疥瘡。

這條身上盡是癩的狗，被下了毒。上校心裡盤算怎麼給酋長一劑毒藥。那條狗還在垂死掙扎，腦袋實在抬不起來，只能一點一點抽動，肥皂似的白沫順著鼻孔向外冒。遠處的雷聲越來越近，狗闔上眼睛，整個身軀貼在地上。

托馬斯原是伊龍部落的人，他的老婆瑪努埃拉是個狐狸精，憑著滿嘴甜言蜜語把托瑪斯騙到拉迪諾，跟種玉米的一夥。

上校把一個小玻璃瓶交到瑪努埃拉手中，對她說：「這就是靈丹妙藥，專治印地安人的癬疥。」

*　　*　　*

螢火法師的祖先是敲擊燧石的高手，螢火法師的亮光就是燧石的火星，在昏暗的夜色中，他揮出火星，行人就不難找到指路的明燈。

篝火閃爍，熱氣喧騰，圍繞的男女老少眼睛直盯著騰騰烈焰，這是武士的火，是戰火。老人們講古說今，年輕人說起幽會成親，孩子們在老人、婦女、男人、螢火法師、武士、廚娘和篝火中穿來穿去，嬉戲玩鬧。廚娘把木杓伸進鍋裡，盛出炒辣椒、木薯燉豬肉、雞湯、醃肉熬扁桃。油黃黃的肉湯上漂著帶皮的瓜、肥肉、馬鈴薯片、合歡果，還有切成貝殼狀的南瓜、切碎的佛手瓜，配上香菜、鹽、大蒜、番茄。有些婦女用香蕉葉包粽子，中間用燈心草綑綁，黑粽子是甜的，紅粽子是鹹的，大的包火雞肉、玉米粉、扁桃；小的外面包白嫩的玉米葉，裹成三角形，餡是野兔、丘雷蓋花、夾竹桃花籽、葫蘆花，或是茴芹。

　　親密的氣氛，你一口我一口的打鬧，辣得滿臉通紅還呼嚕嚕的舔辣醬油燒的牛尾。烤肉的味道真香！醃製日曬過的牛肉淋上酸桔汁，往火上一烤，滾燙的牛油在鐵架上滋滋作響，肉片一呼一息，彷彿活轉了起來。奶酪和玉米熬成的粥飄散出清香，燒加點水，又有股甘蔗的甜香，油裡煎的香蕉淋上蜜汁，被送到客人面前。女人吵吵嚷嚷的非要嚐桂皮牛奶米飯、糖泡李子和蜜餞椰棗。

　　瑪努埃拉走到抱嬰兒的比歐霍莎・格朗德旁邊，屈身感謝她盛情邀請他們夫婦上山參加宴會。比歐霍莎・格朗德抱著孩子，悄悄消失在暗影中。

　　「比歐霍莎・格朗德抱著孩子跑了……」托馬斯跑到正吃飯的加斯巴爾跟前說。

　　加斯巴爾的眼睛一到夜間就變成火眼金星，看暗地的東西比貓還銳利，一聽這話。拔腿追上比歐霍莎・格朗德，伸出手

加斯巴爾・伊龍

就打算掐死她。加斯巴爾的眼縫裡飛出幾隻蝴蝶，那是眼淚，人死了，淚珠就會化為蝴蝶。加斯巴爾沒有死，可是眼淚已經化為蝴蝶。他咬緊牙，又愛又恨地默默地盯著比歐霍莎・格朗德，畢竟他們是夫妻啊。

比歐霍莎・格朗德做了做手勢，要他把手裡端的酒喝下去，加斯巴爾二話不說地一飲而盡，嘴角還還留著那要命的酒漬。這碗酒重似鉛塊，兩條雪白的草根在酒裡來回晃動。這時，螢火法師和武士們紛紛趕到，比歐霍莎・格朗德好像斷崖直瀉的瀑布般拔腿飛奔而去。

加斯巴爾覺得眼前一片迷霧，想說卻說不出話來。一張張男人和女人的臉如砍倒的樹木葉片在他眼前簌簌抖動。他拿起獵槍，瞄準前方……他沒扣板機，比歐霍莎・格朗德背上鼓鼓的東西，是他的兒子，像蟲似的蜷伏在他妻子的背上。

這時，比歐霍莎・格朗德猛然驚醒過來，像剛做惡夢放聲大哭。那兩條在酒裡晃動的白草根似乎把她從陽光明媚的人間，帶到闃黑的陰曹地府，耳邊只聞鏗鏘的馬蹄聲、霹啪的馬鞭聲和噗噗的吐沫聲。那個參加地府野宴的人端著酒杯，兩條白草根把酒映成琥珀色，他沒留意碗裡的白草根，把酒喝了下去。頓時，他面色蒼白，齜牙咧嘴，「砰」的一聲倒在地上，兩腳還掙扎的亂蹬，舌頭泛紫，口吐白沫。

黑夜裡，大路、小路、岔道在眼前伸展，但比歐霍莎・格朗德再也跑不動了。無邊的黑暗吞沒了篝火，也淹沒了賓客的喧鬧聲。

　　　　　＊　　　＊　　　＊

　　黎明時分，加斯巴爾‧伊龍又出現了。他飲飽河水，消解毒藥在腹中引起的乾渴，把五臟六腑都痛痛快快地清洗了一遍；他抓住死神的腦袋和胳臂，像丟骯髒的襯衫一樣扔進河裡；他鑽進河底再探出頭來大口嘔吐，還嗚嗚地哭個不停。

　　加斯巴爾‧伊龍戰勝了死神，戰勝了毒藥，但他的部下卻遭到騎警隊的突襲，被消滅得一乾二淨。

　　月色朦朧，黃毛兔子出現在行將消逝的月亮上，所有黃毛兔子的父親出現在死寂的月亮上。晨曦把山巒染成一片紅豔，曙光照進山谷，啟明星高掛中天。

　　種玉米的人再度進入伊龍群山，鐵斧砍在樹幹上發出「哼哼」的響聲，有人準備燒山。

　　這些小人物只有一個朦朧的願望，就是要藉由一年復一年的努力，把被人們囚禁在石頭中的小鳥，玉米粒中的白蜂鳥拯救出來。

　　加斯巴爾‧伊龍眼看自己一敗塗地，又一頭栽進河裡。河水洗滌了毒藥，救了他的性命，面對到處鳴槍的騎警隊，河水吞噬他，剩下的只有蟲獸的嚯嚯聲。螢火法師登上伊龍群山，發出咒語，誓報血海深仇。

　┌─────┐
　│走廊燈│ **引經據典**
　└─────┘

1. 巨大的岩石有的像陶瓷的花朵，有的像雪白的棉花，松樹的毬果好似用來祭神的纖巧小鳥，蹲在顫抖的樹枝上一動也不動。
　（《玉米人‧查洛‧哥多伊上校》）

種玉米的人占領山林，族人呼籲加斯巴爾出來拯救。

加斯巴爾殺死一批批種玉米的人。

騎警隊趁族人篝火歡樂時，毒死加斯巴爾。

加斯巴爾戰勝死神，族人卻被消滅。

2. 在樹的陰影下，有心事需要排解的人能得到勸告，相愛的人能減輕自己的痛苦，迷路的行人能找到方向，作詩的人能得到靈感。

3. 和魔鬼定契約的人喋喋不休的講話，卡西米羅鼾聲震耳，身上散發出一股臭雞蛋味。郵差在眼前晃動，一開始是人，後來變成野狼，叫人看了心裡難受。（《玉米人·郵差—野狼》）

4. 我給大家一雙眼睛，一隻是玻璃的，一隻是真實的。用玻璃眼睛看出去，看見的只是夢幻；用真實眼睛看出去，看見的才是真實。（《總統先生》）

5. 這種鳥半是鳥，半是兔，專門阻攔行人。飛起來，牠有一對翅膀；落下來，簌簌的在地上爬行，翅膀不見了，變成兔子的耳朵，和黃毛兔子耳朵一樣，薄得像玉米葉。（《玉米人·七戒梅花鹿》）

頂崁燈　思辨探索

「侵略」、「反抗」兩個意念交織在這篇小說中。一條線的是種玉米的西班牙人對伊龍大地的破壞，及上校所代表的殖民者勢力，以控訴、呼喊、呻吟、批判的敘述方式呈現；另一條是族人的反抗與生活，大量的神話、魔幻的漂浮、幽暗神祕的聲音與色彩，交織出族群的記憶、歷史、宗教觀、價值觀和守護土地的信仰，其間流動著加斯巴爾所代表的勇士，和在黃毛兔子的保護下，率眾奮力阻止拉迪諾人燒荒，嚇得拉迪諾人不敢出村的事蹟。

伊龍大地是印第安人世世代代生活繁衍的空間，一直如篝火上豐盛的宴會，歡樂、富足而自由，也是古代瑪雅·基切人的故鄉。在這篇小說裡西班牙強權以卑鄙的手段下毒、以火燒山的方式毀滅山林、以殺雞取卵無盡的墾殖剝削印地安人、占有部落的土地，真實地反映

加斯巴爾·伊龍

二十世紀五〇年代以前瓜地馬拉社會，和原住民被迫害的情況。

　　對於原住民而言，土地是萬物的家，而不是任何人的財產；土地孕育萬物賴以爲生的資源，而不是壓榨吸吮盡地力之後，毫不愧疚的繼續耗奪另一塊地方。這樣的土地觀讓我們想起美國政府欲以15萬美元買下現今華盛頓州普傑峽灣的二百萬英畝土地時，索瓜米希族的酋長西雅圖所說的一篇聲明。

　　對印地安人而言，大地的每一部份都是聖潔的，牛羊鳥獸都是兄弟手足，山川雨露都是生命裡最親密的朋友、最溫暖的家人，載負著人們的記憶。但白人以「發現」爲名，假武力粗暴地槍擊滅族，焚燒原住民的家園，「他們將大地視爲敵人，一步一步地加以征服，…他剝奪了子孫的土地，一點都不在乎祖先們的勞苦與後代生存的權力。他對待他的故土及兄弟，就如同綿羊與耀眼的首飾一樣，可以隨意地買賣與掠奪。他的貪婪將毀滅大地，而最後留下來的，將只是一片荒蕪。」

　　這是普世價值的闡發——相信萬物有靈，尊敬地球。

　　馬雅人視爲神聖的玉米，在西班牙人眼裡是經濟作物，是商品，這完全違反印第安人賣玉米就是出賣自己子孫的信仰。本該維護正義的警騎隊，卻是征服者的獵犬，攫取利益的暴徒。

　　在西班牙對拉美的發展史中，一方面強徵土著挖掘黃金白銀運回本土，以致大量土著死亡、礦產枯竭後迅速衰落；另一方面掠得原住民土地，作爲地主奴役土著種植玉米、甘蔗、咖啡和香蕉等賺錢，更甚者將土著販賣至歐洲。

　　《玉米人》由六個主題故事所構成，本文爲首篇，土地爭奪戰展開到螢火法師臨死前施下毒咒。接下來是三次復仇成功的歷程，騎警隊隊長死於「第七次燒荒」，投敵的印第安人不是被殺，就是絕後。印第安人失去了部落首領統治時代的自由，仍勇敢地反抗，並相信反

擊的心志會在勇士屢仆屢起的火炬下，戰勝壓迫者，這是作者的觀點，也是印地安人對生命、種族、土地的信仰。

作者同時以印第安人特殊的視角觀察現實，描寫現實，運用現實、夢境，神話、幻覺熔為一爐的表現手法，描寫出人物恐懼徬徨、憂鬱焦慮的心理活動，具象化地投射於外在景物、放大的感官之上，形成深刻的迷茫、恐怖、肅殺、神祕恐怖感，讓讀者跟著人物、場景的心靈，進入情緒與思想的波折，共感殖民主義下予與予求的毀滅之痛。

問題解讀	問題思考	問題行動	問題結果
殖民主義的暴力。	誰有權力侵占、剝奪他人的生活空間和土地？	加斯巴爾帶族人反抗。	加斯巴爾死而復生，族人被滅，螢光法師誓報深仇。

櫥窗燈 **震盪效應 —— 相關閱讀**

分布於墨西哥東南部、瓜地馬拉、貝里斯、宏都拉斯和薩爾瓦多西部的馬雅人創造了中美洲馬雅文明。

馬雅人是「泛靈論」者，主要信仰是智慧之神、玉米神、美洲豹神、羽蛇神、太陽神、金星神、及天神、雨神、雲神、戰神、死神、北極星、月亮、風神等九聯神等。根據《波波爾·烏》創世篇，神用黏土、木頭造人，但泥人易碎，木人卻沒心沒腦，不懂得交流感情，不知道感激使他們得以降生的眾神的恩惠。直到以黃玉米和白玉米磨成粉，造就新人的血肉，鑄造人的個性，然後用蘆葦做成骨骼安放在血肉裡，才煥發出旺盛的精力、靈性、才智和情感。這創造過程隱喻馬雅人

命運和玉米緊緊相連，因此馬雅人崇拜「玉米神」，並自稱為「玉米民族」。馬雅的古文物中常常將人的頭髮雕塑為玉米穗花的形狀，把人像的頭顱扭曲拉長成玉米梗的形狀。

在瑪雅神話中，玉米神族是最古老的神族，以其為首，天、地、水、火四位神明各居四方，說明瑪雅人視農業為生命之本，以及對天地水火這些自然力量的崇拜。

馬雅人以太陽的位置和玉米的種植來劃分節氣，玉米開花結果的時間象徵他們被造物主巧手生成的時刻，因此，瓜地馬拉定每年的8月13日為「玉米日」。原住民循古法舉辦對玉米之神的祭拜儀式，用羊羔、飲料等祭祀玉米神，此宗教儀式和歡慶活動也被聯合國認證為瓜地馬拉的非物質文化遺產。

瑪雅文化自西元前2000年左右開始，到公元十世紀之後衰落，歷時三千餘年。這個突然興起，建造宏偉的金字塔，建立並發展數百座城市的文明就像人間蒸發一樣神祕結束，曾引發是外星人入侵的猜測和想像。考古學家給的科學解釋是：持續將近一個世紀的「乾旱氣候」，讓生存陷於貧窮飢餓與死亡，打垮這幾千年的高度文明。

但透過遺留下的古蹟，可以追溯在與亞、非、歐古代文明隔絕的情況下，瑪雅人獨立創造出的「熱帶雨林」文明。它有獨立的複雜文字系統、宗教、建築、藝術、天文、曆法和數學演算方面傲人的成就，被稱為「美洲的希臘」。尤其當時無人能匹敵的天文學造詣，以384年的觀察，推算出天陽曆的365.2420天（現代天文曆為365.2422天）和金星曆的584天（現代為583.92天），掌握日月蝕、計算金星和其他行星的運行週期。這些豐富而多姿的文化，掀起後人追探、研究的熱潮，在學術上形成「馬雅學」。

美國

飄

南北戰爭與黑人平權

瑪格麗特‧曼納林‧米契爾（Margaret Munnerlyn Mitchell，1900-1949年），美國文學家。

米契爾生於美國亞特蘭大，父母都是律師。外祖母重視女孩的教育，母親是爭取婦女投票權的女權主義者。在這樣開放而前衛的成長背景裡，她穿上男孩子的褲子學習騎馬，對愛爾蘭裔美國人遭遇不平等對待感觸深刻。親友們的親身經歷，讓她深深感受亞特蘭大在南北戰爭時落入北方軍將領之手的巨變，以及重建的堅毅，而埋下以內戰歷史為背景的創作動機。

華盛頓神學院畢業後，她進入路易斯學院，因母親過世而輟學，此後便以「佩琪‧米契爾」為筆名為雜誌撰寫週日專欄。

米契爾二十六歲因工作時摔斷腳踝，在床上休養時著手寫美國內戰小說，以十年完成的《飄》，最初名為《明天又是全新的一天》。後引用美國詩人恩斯特‧道森的一句詩：「我忘卻的太多了，Cynara！隨風而去。」和小說主角郝思嘉為躲避北方軍的轟擊，逃回家族的農場說的話：「塔拉還在嗎？抑或是她已經隨著席捲喬治亞州的風暴而去了呢？」將小說的題目改為《隨風而去》（中譯名為《飄》）。

《飄》是米契爾在世時唯一出版的作品，卻是僅次於《聖經》世界上銷售量最大的書籍，不僅奠定她在世界文學史中不可動搖地位，1939年被改編成電影《亂世佳人》拿到十座奧斯卡，也成為電影史上不朽的經典，當時的文宣上寫，「一百萬美國讀者不可能瞎了眼。快來讀《飄》！」

細看名著

　　郝思嘉父親是愛爾蘭移民，靠賭博贏得塔拉莊園，開始他的美國之夢。母親是來自東岸法國移民的女兒，舉止文雅端莊，遇事平靜穩定，做事俐落，對於窮苦人家尤其仁慈，甚至還爲莊園裡的黑奴看病，接生。

　　1861年，美國南北戰爭前夕，春意正濃，景物如繡。十六歲的思嘉穿著合身的湖綠色春衫，洋溢慧黠的青春氣息，緊繃的小馬甲和彈簧箍撐出波浪紋的長裙，顯得十七吋的腰圍格外纖細。

　　晚餐時，父親見思嘉因爲希禮將娶表妹爲妻而心神不寧，便滔滔說起這裡的紅土是全世界最好的棉花地，土地是唯一值錢且天長地久的東西，值得人類犧牲奉獻，但春心蕩漾的思嘉對繼承莊園完全沒興趣。

　　十二橡樹燒烤宴會上，男人們大談戰爭，希禮義憤填膺地主張爲南方而戰，但同時認爲戰爭是所有不幸的根源，戰爭過後人們往往不知當初爲何而戰。在場的白瑞德讀過西點軍校，也是唯一去過北方的人，認爲北方有工廠、煤礦、造船廠先進裝備和艦隊，足以封鎖只有棉花、奴隸的南方，餓死自大的人們。

　　南北戰爭爆發，整個南方沉醉在熱情和激動中，大家爭先恐後入伍。馬術精湛，頭腦冷靜的衛希禮被推舉爲隊長，人人喜愛的高瑞福是上尉，中尉是神槍手溫艾伯，精明嚴肅，不識字卻好心腸，善於野外求生。兵源起初從大地主子弟招募，自備馬匹、軍器、配備、制服以及私人的勤務兵，後來加入農

民、獵戶，大地主們捐錢買馬匹和制服，大家雜湊槍械。

空氣中洋溢守護鄉土與共結連理的浪漫。思嘉不甘愛戀的希禮和媚蘭趕在入伍之前結婚，接受媚蘭弟弟韓察理，還執意要搶先希禮婚期前一日結婚。豈料不過兩個月功夫，察理因肺炎在軍中死去，她從人妻變爲寡婦，一生一世就算完結了。旁人說幸而留下一個小韓衛德，思嘉對此卻不在意，有時竟完全忘了有個兒子。

1862年五月，媚蘭一家爲安慰喪夫的思嘉，邀思嘉到亞特蘭大的家中同住。

那是好幾條鐵路會合的商業中樞，因應戰爭需要成了製造中心、軍醫根據地以及供給總站。一年之前空曠的地面上蓋起製造馬具、馬鞍、靴鞋的皮革廠，來福槍和大砲的兵工廠，鐵軌和鋼車的鎔鐵鑄鐵廠。工廠裡的火爐成天熊熊的燒著，鐵鎚瑯璫的響著。當思嘉到達亞特蘭大的時候，頓覺這城市緊湊的脈搏跟自己的脈搏相協調而興奮不已。

察理的伯父韓亨利很喜歡思嘉，因此即使每週有四天不得不到醫院當看護，但每禮拜都有大宴會、跳舞會足以解悶。在一場舞會上，思嘉再次遇上跑封鎖線運貨物而成爲英雄的白瑞德，白瑞德對喪服在身的思嘉表達愛意，思嘉斷然拒絕說：「這輩子你都沒這機會。」

聯盟軍吃了大敗仗，元氣大虧。近聖誕節的時候，希禮回家來。一別兩年多，思嘉看見現任聯盟軍陸軍少校的衛希禮，自信自尊的威嚴氣度，赫然明白朝思暮想的希禮，即使穿著褪色補綴的軍服，頭髮被烈日灼曬如漂過的麻絮，自己依舊情不自禁的愛著他。

那個禮拜過得真像一場夢，甜蜜、熱鬧、快樂。臨別前思嘉送給希禮長長的黃腰帶，那是她花了一個禮拜工夫，把白瑞德從哈瓦那帶給她的黃色緞子圍巾裁成的，兩端還鑲著密密的流蘇。但臨別前，希禮掛記的只是請她好好照顧媚蘭，她突然感到一陣殘酷的失望，隨即轉成憤怒。

希禮並沒有看出她臉上的失望，還是跟從前一樣，眼睛雖然看著她，其實看在另外一個人身上。「請你照顧媚蘭，她一直把你當作姐妹看待。思嘉，戰爭的尾聲可能就是南方的末日，我在前方常常做惡夢，倘使我死了，叫她去依靠誰？思嘉，我這請求你能答應嗎？」希禮的聲音越說越悽慘，思嘉心裡的恐懼也越加濃烈起來，竟把剛才的憤怒和失望掃盪得不留一絲痕跡。

1864年，兩次大戰役南方都遭慘敗，北軍已經封鎖南方海口。南方出產的棉花無法運到英國利物浦，市場必需品也無法進來，投機者哄抬物價，連富人都苦不堪言。媚蘭懷孕的喜訊與希禮失蹤的電報同時來到，白瑞德費盡心思打聽出希禮被囚禁在岩石島，北方招募俘虜打印第安人，服務兩年後釋放自由，但希禮拒絕了。思嘉抓狂地吶喊，怎麼不委屈求活？但媚蘭了解希禮不願出賣聯盟州和自己的誓言苟且偷生，即使死在牢獄都足以自豪。

北軍砲隊不斷向亞特蘭大轟擊，煙硝瀰漫如黑夜，成千上百傷兵在路軌旁邊、月臺上，有的在列車底下。到處都是血，都是髒的繃帶，呻吟聲以及救護車、抬擔架匆忙慌雜的腳步聲。

媚蘭即將臨盆，醫生分身乏術，思嘉嘗試回想孃孃和母親

做過的一切事情，順利接生，但迎接她的是最後一批軍隊撤退了，逃離的腳步聲向黑暗裡踩了過去，北佬已經到了。爆炸聲轟隆作響，整個城都被炸出火來了。

白瑞德駕著馬車飛奔而來，他的呼吸裡有白蘭地、菸草和馬的氣息，讓思嘉想起父親而感到安慰。他們被安全護送出城後，白瑞德靜靜鬆開馬韁凝視遠方，黝黑臉上現出陰鬱的神色說：「我要跟軍隊一同去打仗。」接著深情地對思嘉說：「親愛的，你要知道我多麼愛你，比愛榮譽還要愛。」那溫柔磁性的聲音，和環住她裸露肩膀強壯而溫熱的手，使她感到暈眩的陶醉。

「思嘉，你要知道，我之所以愛你是因為我倆都自私狡猾，我愛你勝過任何女人，等你，久過我所等過的任何女人。」熱烈情潮淹沒她的全身，只覺得他那支持著她的一雙臂膀使她非常安心。

「再見，思嘉。」她看見他的腳踩過碎石路嚓嚓作響，寬闊肩膀漸漸遠去，消失在黑暗中。

＊　　＊　　＊

一路顛跛，思嘉終於逃回塔拉莊園，觸目都是死的人，死的馬和騾子。即使烈日當空，她依然感覺幾千死人的亡魂都躲在兩邊樹林裡，張著血紅的眼睛窺探她。

熟悉的十二根橡樹園，魂牽夢縈的家鄉已成廢墟。母親去世，父親因此神智不清，現在再沒有安穩的港灣可以容她停泊了，再沒有一個人可以交卸她肩上的重擔。

回到陶樂的路上，她已經把少女身分丟掉，她現在是老練

的婦人。第一個決定是把一副牛軛套在自己頸上，凡事都要靠自己，所有隨風而逝的都屬於昨天，所有歷經風雨留下來的才是要面向的未來。她突然記起祖先為自由而戰鬥的故事，月光下，戰鬥者的血液在她血管裡激盪起來。她認定陶樂便是她的命運，她的戰場，她非征服它不可；她永遠不要再挨餓，哪怕去偷去騙去搶，甚至去殺人……。

　　南方聯盟分裂，北方軍隊壓境，昔日那個有秩序的時代已經過去，代之而起的是野蠻世界，一切標準一切價值都已改變，唯一不變的是她對於陶樂的感情，總覺得世界上再也沒有一塊地方能像這片土地這麼美麗。白瑞德說人們為金錢而戰爭是錯的，思嘉覺得是為這連綿不斷的田地、牧場、河流而戰，唯有這屬於他們而將傳之子子孫孫，永遠生長棉花的紅色土地是值得戰鬥的。

　　思嘉扛起全家重擔，努力種植棉花，甚至槍殺一個進入偷竊的北方軍人；冷眼看著一群北方佬洗劫一空他們辛苦存起的糧食、家畜和僅有的首飾衣物。

　　第二年春天，殘餘部隊投降北軍，戰爭宣告結束，希禮終於返鄉與媚蘭團聚。從今以後，思嘉聽見馬蹄的聲音不會嚇得跳起來，不會半夜三更突然醒轉來，心驚肉跳的側著耳朵聽四周的動靜，從今以後，陶樂是安全了！

　　正當所有都重新開始時，新政府通知思嘉必須付三百元稅金才能繼續擁有塔拉莊園。眼前唯一可以借錢的人只有白瑞德，為了自尊，或說是為了掩飾困窘，驕傲的思嘉拆下窗簾，裁成一套華麗的衣服去監獄見白瑞德。但當時他自顧不暇，北軍扣押他所有資產。在窮途末路的回程途中，思嘉巧遇妹妹的

愛人甘富蘭，發現他經商成功致富，於是誘拐他結婚，付清了塔拉的稅金，還買下鋸木廠，跟北方佬搭好關係，把生意經營得有聲有色。有一天思嘉駕馬車經過貧民區遭人襲擊，富蘭、希禮同一群人前往報復，富蘭意外中槍身亡。

＊　　＊　　＊

思嘉和瑞德最終還是結婚了，白瑞德極盡一切的寵愛思嘉，因為沒有誰比他更清楚地知道思嘉曾受過怎樣的磨難，此刻，他要讓思嘉像孩子一樣好好的玩樂。遠離傳統眼光的闊綽生活、簇新的綢緞衣衫，以及跟帥氣的白瑞德手挽手出門，都使思嘉覺得自豪而幸福。只有他們兩個人的時候，吃完飯他慢慢啜著咖啡或白蘭地，說些粗俗的故事給思嘉當消遣。

在關著的門裡媚蘭快要去世了，連同她一起消失的還有多年以來思嘉在不知不覺依靠著的那個力量。為什麼她以前沒明白她是多麼喜愛，多麼需要媚蘭？誰會想到這個又瘦又小又平凡的媚蘭竟是一座堅強的高塔？思嘉想起許多年前在塔拉的那個寂靜悶熱的中午，一個穿藍衣的北方佬的屍體側躺在樓道底下，縷縷灰色的菸還在他頭上繚繞，媚蘭站在樓梯頂上，手裡拿著查爾斯的軍刀。現在她懂了，如果必要，媚蘭會奔下樓梯把那個北方佬殺掉；或者她自己被殺死。

媚蘭難產臨死前，將希禮託付給思嘉照顧，並叮囑好好愛白瑞德。那一瞬間，思嘉恍然大悟：多年來死心塌地對希禮的愛只是自己的想像，原來他根本不曾真正存在過，「我愛上自己做的漂亮衣服，硬是把它套在英俊瀟灑、風度不凡的希禮身上，而不願意面對他真實的樣貌，只是持續的對那套衣服表露

愛意。」

　　她疲憊地想，我愛的是自己創造出來的幻象。如今她認識了她在夢中所尋找的那個避難所，那個經常在霧中躲避著她的濕暖安全的地方。那不是希禮，從來不是。只有白瑞德有強壯的臂膀可以擁抱她，有寬闊的胸腔給她疲倦的腦袋當枕頭，他跟她一樣實際，不會被榮耀、犧牲或對人性的過分信任蒙蔽。她怎麼沒有了解到，儘管他常常嘲罵她，卻是愛她的呀？媚蘭看到了這一點。

　　她要去找白瑞德！許多年來，自己依靠在他那堵愛的石壁上，卻始終不在意。是白瑞德衝過大火送她出險的，是他借給她錢做事業，半夜裡從夢魘中哭醒，是白瑞德在旁邊安慰她的——也許上帝希望我們在遇到那個對的人之前遇到一些錯誤的人，因此，當我們最終遇到那個人的時候，我們才知道如何感恩。

　　「我要告訴他我是傻子，我實在非常愛他，往後我要補償一切。」她忖道。

　　但是白瑞德要離開了，他們唯一的女兒美蘭死了，萬念俱灰的他把自己埋在酒精裡；思嘉對希禮眷戀不捨的愛，讓他心神疲憊。思嘉哭著對白瑞德說：「我愛你。」他卻冷漠地說：「那就是妳的不幸了。」然後他拿起皮箱，戴上帽子，消失在門外的濃霧中。

　　思嘉用她那慣用的符咒，對自己狠狠咒道：「我現在不能想這件事，再想就要瘋了，等明天再想罷。」思嘉轉身回到大廳，臉上也漸漸出現笑意，心想：「明天，我想一定有辦法把他拉回來。無論如何，明天，又是新的一天。」

希禮與媚蘭結婚，思嘉憤而與察理結婚。

察理過世，思嘉生子，白瑞德求婚被拒。

白瑞德救出思嘉，思嘉重整家園，展現經營能力。

思嘉與白瑞德結婚，女兒美蘭夭折，媚蘭過世，白瑞德離開。

引經據典

1. 過去的已經過去了，死了的已經死了，活著的還要繼續活著。
2. 不要緬懷過去，那些往事會牽繫你的心，讓你活在過去，無法面對現在。
3. 愛你的人如果沒有按你所希望的方式來愛你，那並不代表他們沒有全心全意地愛你。
4. 颳大風的時候，我們柔和順從，因為我們知道這樣最有利；遇到困難，我們向無法迴避的事情低頭，而不需要大吵大鬧。我們微笑，我們幹活，等待時機，等到有力量的時候，就把那些墊腳石踢開，這就是我們渡過難關的竅門。
5. 我從來不是那樣的人，不能耐心地拾起一地碎片，把它們湊合在一起，然後對自己說這個修補好了的東西跟新的完全一樣。一樣東西破碎了就是破碎了。我寧願記住它最好時的模樣，而不想把它修補好，然後終生看著那些碎了的地方。

思辨探索

高爾基說：「文學就是用語言來創造形象、典型和性格，用語言來反映現實事件、自然景象和思維過程。」

這本小說的戲劇效果在人物鮮明的塑造，以及在所處的大時代中，社會文化、生活型態與個人面對命運轉變的勇氣和想法。南北戰爭是貫穿全書的事件，被作為文化差異、經濟型態衝突的象徵，認為推崇上戰場犧牲奉獻才是光榮的態度。於是我們看見衛希禮屈服在名聲壓力下從軍，卻認為不顧一切投注生命的熱誠，到頭來是一場空；白瑞德嘲諷所謂的愛國舉止不是榮耀，而是一場夢。

在大歷史下另一條暗線是南北地理環境、經濟型態、發展趨勢形成明顯的文化差異。以農爲主的南方傳統而保守，維持移民者承繼英國、愛爾蘭貴族、地主的生活，不信任黑奴及窮困的白人，鄙視機械勞工，稱北方人是沒有文化的北方佬。南方人自視爲秩序的守護者，言行舉止有一套被社會檢視的禮儀規範，任何有身分地位的人都會自愛自重，如寡婦必須穿著樸素的衣服、足不出戶表示哀傷，否則被指責爲淫亂的惡女人；明顯的階級優越感甚至表現在只有有錢人及地位高的人才可以參戰。

這樣封閉嚴謹的界定，在戰爭中被衝撞。在靠機靈發戰爭財的白瑞德，和不擇手段保護莊園的郝思嘉所展開的人事情節間被顛覆。那是不再靠家族光環，不再秉持表面上的道德禮儀，卻依賴奴役黑人農活享受，而是順應風潮白手起家，勤苦奮鬥積累事業的現實主義者。

小說往往以衝突凸顯人物的性情，彰顯對抗阻力所表現出的個性，讓接下來的行動具有意義，進而托出主題。郝思嘉由不食人間煙火沉溺於愛情，衝動而驕縱的女孩，在經歷婚姻喪夫、戰爭煙火逃亡、家國崩亂之後，蛻變成認準目標就付諸行動，沒有條件就創造條件，強悍堅韌實事求是的女人。那是源於土地的獨立自主，基於求生求活創造優勢的人生態度，更代表內戰後，南方由興盛到崩潰的成長史和奮鬥史。她洗去南方人靠黑奴養尊處優的貴族傲慢，自己在烈日風沙下種起穀物；她卸下父權加在婦女的枷鎖，撐起工廠，反擊重視名聲奢華享受的地主們。

瑪莉文斯基在《劇本寫作的技藝》中提到，「大燜鍋就是在一只鍋子或火爐，熬煮、燒烤、細燉或慢孵，這是讓劇情滋長的一個最重要條件。」以此來看，愛是大燜鍋，熬煮著幽默沉著、說話辛辣的白瑞德和郝思嘉，將他們困在衝突之中，並綁在一起脫不了關係。誠如白瑞德所說：他們兩個太像了——自私狡猾，實事求是。他以帶著

玩世不恭而有點距離的位置，戳穿南方人僵硬文化背後的不合時宜，放蕩不羈地遊走於投機生意之間；卻在南軍潰敗如鳥獸散時，走上戰場，在郝思嘉喪夫時提出求婚，危急混亂間奮不顧身地救思嘉出城，專情地等待迷戀衛希禮的思嘉。

郝思嘉是實際的，為保有莊園不惜一切；她是狡滑的，為生存不擇手段。但我們無法苛責這樣一個從不食人間煙火到看清現實殘酷，靠自己雙手勇往直前，在男人世界裡闖出事業的她。

思嘉與白瑞德之間的情節由初時的停滯，後來跳躍，而後緩慢升高的衝突中形成高潮。女兒過世，媚蘭難產，白瑞德離開一連串打擊，粉碎了她心中一直擁抱堅持的癡迷，讓她大徹大悟多年來的盲目。

誠如作者所說：「這本書講的是一個象徵勇敢的故事。這個世界，只要有勇氣，就不會毀滅。」

「無論如何，明天，又是新的一天。」

這是屬於美國新時代的箴言，廣袤的土地以如此勇敢樂觀的利斧開創，以這樣高舉希望韌性的旗幟前征，宣告一個自由獨立的大國即將崛起。

問題解讀	問題思考	問題行動	問題結果
命運掌之於己嗎？	如何戰勝命運？	思嘉拋開依賴父母的軟弱，擔起的重軛，胼手胝足重整家園。	歷經戰爭、飢餓、婚姻，經商事業成功。
			在困境中成長，堅強而獨立自信。

櫥窗燈 **震盪效應 ── 相關閱讀**

　　1861年4月開始的南北戰爭，起因於奴隸制，實則是長期以來經濟、制度與價值觀衝突所致。

小說裡的郝思嘉、衛希禮、媚蘭家，代表擁有黑奴與農場莊園的縉紳與地方領導，其經濟模式是以棉花、菸草、糧食出口至英國，藉以換取工業機械，為鞏固生產而限制黑奴流動。這造成北方在原料、勞動力上的匱乏，工廠必須高薪徵人，連帶產品成本高、缺乏競爭力。北方因此提出提高關稅，保護國內工業。

但南方各州認為地方事物應由地方政府決定，中央不應過分干預，否則就有權退出聯邦。當時國會掌控於北方人，工商業也集中在北方，故1860年南方七個蓄奴州在林肯當選後宣布退出聯邦，組成以傑佛遜戴維斯為總統的「美利堅諸州聯盟」，開了第一槍。北方各州在林肯總統的領導下，決心阻止叛亂並保護聯邦。

再者，北方堅持《獨立宣言》的政治原則：「人人生而平等，造物者賦予他們若干不可剝奪的權利，其中包括生命權、自由權和追求幸福的權利。」主張禁止西部新州施行奴隸制度。南方正好相反，這背後關乎的是西部拓展後制度所連帶的經濟利益，以及自由貿易、自由價值。

是以狄更斯認為，美國發生內戰的主因在於稅收，而不是奴隸解放問題。而史家也認為林肯在就任演說時明確表示：「無意直接或間接干預有蓄奴制度的州。」而將美國唯一的這場內戰定位於為阻止美國分裂、維持統一。

歷時四年的戰爭在林肯發表解放黑奴宣言後，北方高舉正義的旗幟得到英法等國際認同而士氣大振，南方黑奴紛紛加入，使北軍兵源充足，定下最後的成功。不過南方雖然失敗，但南方總統戴維斯、將領李將軍以及傑克遜總統，至今仍被視為英雄。

就像任何改變都是集無數因素所運轉，哈里葉・史托所著的《湯姆叔叔的小屋》深刻描寫奴隸制度殘酷的本質，改變許多人的思想，成為廢奴風潮的動力，被林肯總統肯定為發動南北大戰的助力。

解放後的黑奴權益最終還是由黑人自己完成，馬丁·路德·金恩博士指責共和黨和民主黨都背叛了黑人，以非暴力的公民抗命方法爭取黑人民權，聲明美國應該為歷史錯誤賠償美國黑人和其他處於弱勢地位的美國人，成功地將黑人選舉權、勞動者權、廢止種族歧視納入法律。

美國

_____

憤怒的葡萄

經濟學理論與研究

約翰‧史坦貝克（John Ernst Steinbeck, Jr.，1902-1968年），1962年獲得諾貝爾文學獎，是美國最偉大的作家和文化人物之一。

父親是第一代到美國的德國移民，經營種子商店、並在甜菜糖廠打工。母親和外公、外婆都任教職，影響史坦貝克酷愛讀書的習慣，據說上大學前他從未交過女朋友或參加過任何舞會，而是埋首書堆，進入史丹福大學間歇性地學習文學和寫作課程，但未畢業。

史坦貝克在高中時就決定當作家，但創作之路並不順遂，輾轉於農場、建築工人、記者的身分，生活窮困的他自言作家地位「比雜技演員還低」，但精神上是愉悅的。直到以亞瑟王傳奇的結構和主題，加州為故事場域，勾畫出寫的騎士故事的小說《玉米餅平底鍋》，才被重視。

史坦貝克成長的加州舊金山南灣薩利納斯（Salinas），盛產蔬果，號稱是「世界的沙拉碗」。他的作品《可疑之戰》、《人鼠之間》、《憤怒的葡萄》等都以此為場域，圍繞著農工與官商壓迫衝突的真實環境和事件展開。評論者認為，他自然而真實地呈現第一次世界大戰後五十年來，在汗水中認真辛苦的生活真相。

不過，傾向同情弱勢的人道主義與共產主義思想，使他的作品飽受攻擊，特別是曾獲普立茲獎的《憤怒的葡萄》，因為描寫大蕭條時期移民工人在生活中掙扎的困頓煎熬，結果「賣得最快，評價最高，爭論最激烈」，甚至遭當街燒書、被列為禁書，但最後迫使國會立法資助農民，成為美國高中生必讀的小說。

他作品涉及海洋生物學、爵士樂、政治、哲學、歷史和神話，反映出創作的實驗性與多樣性，及個人不斷學習新事物的生命態度。後期作品以遊記為主，多部小說曾被改編成電影和舞臺劇，如《憤怒的

葡萄》、《珍珠》，及改編自他作品中最暢銷的小說《伊甸園東》片段的《天倫夢覺》等。

今天在薩利納斯除國立史坦貝克中心，隨處可見「史坦貝克曾在此用餐」、「本店為史坦貝克某某書中的某某商店」等等招牌，說明這位替勞工發聲的人道主義者多麼受人尊敬。

閱讀燈 細看名著

五月的太陽整天猛烈照在奧克拉荷馬正成長的玉米，自德克薩斯州和海灣飄來大塊雲朵，只灑下幾滴雨就匆匆地飄走。原野土地乾涸，馬車奔馳而過便塵土飛揚。夜間，颶風迅疾，飛沙走石，連根拔起枯乾蜷曲的玉蜀黍，玉米稈朝著風的方向傾倒在地上。

天拂曉時，風怒吼不息，捲起沙塵雲霧遮天蔽日。家家戶戶緊閉門窗，但儘管門窗的縫隙全用布塞起來，灰塵仍無孔不入。整整三天，狂風終於遠去了，混濁的塵土落在玉米上、籬笆的柱子頂上、電線上，也蓋在屋頂上，野草和樹木上，地面像鋪了一床平整的毯子。

六月過了，太陽更加熾烈。連續幾年的乾旱風塵讓日子越來越混不下去了。男人們坐在家門口，不安地撥弄枯枝，倔強、憤怒、不服氣地看著，默默地盤算著。

湯姆·裘德年紀不滿三十，高大健碩，深褐色的眼睛，顴骨又高又寬，強而有力的雙手虎口和掌心長滿老繭。他穿的是嶄新而廉價的灰粗布衣褲，藍條紋布襯衫，灰色的鴨舌帽，腳上是軍用式新皮鞋，一路搭便車回到家鄉。第一個遇見的是兒

時的牧師吉姆‧凱瑞，不過他現在穿的是工人褲裝、粗斜紋布上衣和沾滿灰塵的帆布鞋。

裘德掏出上衣口袋裡的酒瓶，兩人輪流就瓶子喝酒，聊近況。約德說：「我們在舞會上喝醉了，他戳了我一刀，我順手拿起身邊一把鐵鏟就把他打死了。被判七年刑，因爲守規矩，坐四年牢就假釋出來了。」

凱瑞聲音裡帶著痛苦和迷惘說：「我的天職本是引導大家，卻不知道該把他們引到哪兒去？」。

＊　　　＊　　　＊

地主、地主的代理人全被銀行或者公司控制住了，他們一次又一次地到田地，坐在門窗緊閉的小汽車裡說：「風沙不休，這土地上長不出莊稼，你們非離開這兒不可，拖拉機就要開來了。一個人開一臺拖拉機就能抵過十二三戶人家，我們要趁這地完蛋以前趕緊種出棉花來，然後把它賣了，東部有好多人想買地呢。」

這時候，坐著的人憤怒地站起來：「你們要我們怎麼辦？——我們現在就快餓死了。這是我們開墾的土地，從前爺爺趕走印第安人，爸爸消滅了蛇。我們、我們的孩子都在這兒出世，我們在這塊土地上賣命，在這塊土地上死去，結果土地歸了銀行。」

佃農們叫起來：「我們要像爺爺趕走印第安人那樣拿槍消滅銀行！」

「哼！第一有警察，其次有軍隊。你們如果賴在這兒，就犯了竊盜罪；如果爲了賴在這而殺了人，你們就成了凶手。」

「要我們走，我們到哪兒去呢？怎麼去呢？我們沒有錢呀！」

「對不起，銀行、地主不負這個責任。時代變了，要是沒有連成片的土地和拖拉機，你就別想靠種地過活。你們去加利福尼亞，那兒一伸手就能摘到橘子。」

幾輛拖拉機駛進田野，他們看不見土地的真面目，聞不出土地的真氣息，他們不關心撒下的種子不發芽、出土的幼苗在乾旱裡枯死，雨澇裡淹死。拖拉機後邊滾著閃亮的圓盤耙，用鋒利的刃片劃開地面，撞倒屋子。佃戶手提來福槍，眼睜睜地看著拖拉機按直線開過去，站在一旁的妻子兒女，也都眼睜睜望著拖拉機的背影。

＊　　＊　　＊

裘德家的白木小屋已成頹垣敗瓦，夕陽餘暉照在田野上，棉花稈在地面投下很長的影子，凋零的楊柳也投下一道長影。瘦小的灰貓悄悄跳上門廊，爬到兩人身後。

許多人都往西部去了，凱瑞跟著裘德一家人也走向兩千哩外的加利福尼亞。這紅色土地就是他們的全部，結果一張好犁只賣五毛錢，播種器是三十八塊錢買來的，賣了兩塊。他們把家裡所有的東西統統賣掉，湊了兩百塊錢，花七十五塊買來舊卡車。剎那間的憤怒，數不盡的回憶，連同滄桑的生活和傷心史都賣給那收破爛的。

六十六號公路是主要的移民路線，是逃荒者的路。川流不息的車隊做著種種的美夢：到城裡找個工作，買輛汽車，生兒育女；上函授學校，自修無線電，說不定自己能開個鋪子，還

可以時常看看電影。

他們相信加州是流著奶與蜜的樂土，卻不知會被州界上的巡邏警察趕回去，因為你買不起房地產；他們沒料到的還有拆修引擎、修補車胎、買水買糧，甚至在空地上睡一晚都會被狠狠地敲竹槓。

一路上盡是摘完果子就被農場趕走的流浪漢，二十五萬，三十萬，還有更多被剝奪土地的流民向這條橫貫全國的公路上往西爬去。在估計十天到兩個星期的路程中，公路成了他們的家，他們漸漸習慣一種新的生活。天黑聚集在有水和能避風雨的地方，彼此有難同當，有福同享，在篝火邊彈奏起六弦琴苦中作樂，夢見在滿是葡萄和橘子的「應許之地」重新建立生活。

每夜都產生一個世界，天亮又像馬戲班似的拆散了。就這麼卡車整夜在熱騰騰的黑暗裡穿過沙漠，太陽升起來的時候，他們忽然看見大平原就在腳下，葡萄園、果園、成行的樹木、農家的房屋。

加利福尼亞以前屬於墨西哥，一大群衣衫襤褸的美國人蜂擁而來，霸占了這片土地，在這生兒育女，種糧食的田地改種果樹、蔬菜供應世界各地。從國外運來中國、日本、墨西哥、菲律賓的農奴挨打挨餓，吞噬不善於做買賣的莊稼人。

流民們從各條公路湧來，眼睛裡流露出饑餓的神色，求生的渴望。市鎮和郊區用棍棒、瓦斯、槍械武裝起來，他們說奧克佬又髒又蠢，都是小偷，還帶來傳染病。若是敢反抗，馬上會被推進溝裡，摔得滿臉是血，新聞登在報上只有短短一行字：「發現流浪漢屍體。」流民不惜殺低工價來搶活幹，工價

越跌越低，物價越漲越高。

大業主在收成時賤價收購做成罐頭，然後抬高罐頭價格牟取暴利；小農場被兼併，農戶們也到公路上去流浪，餓狼似地找活兒幹。銀行和公司把本該用來付工資的錢用來買瓦斯和槍械，用來雇特務和密探，按黑名單抓人拷問。人們像螞蟻似的在公路上流動，找活幹，找吃的。

憤怒就這樣醞釀起來。

變動才開始，西部各州緊張起來了。大業主們遇到日益增長的勞工團結和其他種種問題。

＊　　＊　　＊

經歷祖父母先後在旅途上去世，哥哥在中途離家出走，懷孕的妹妹被丈夫拋棄之後，裘德一家終於在深夜到達收容所。這兒搭帳篷每星期只收一塊錢租金，可以做工來抵，浴室有抽水馬桶、淋浴、澡盆和自來水。還有眾人推選出來的管理委員會維持秩序，若是做得不好，大家可以投票撤換，最重要的是警察不帶證件不准進收容所。

裘德簡直不敢相信會有這麼好的地方，尤其是夢醒時，竟聞到炸鹹肉和烤麵包的香味。年輕的女人在爐邊忙著，懷裡的嬰兒在胸前吃奶，男人跟湯姆相互問早。這家來這兒已經十個月了，他們邀請他吃早飯，並帶湯姆去做工。好心的小農場主答應雇用裘德，但迫於銀行主持的農民聯合會，工資只許給兩毛五，而不能照往例給三毛錢一個鐘頭；還提醒他們農民聯合會不喜歡收容所，因為不能隨意派警察進去抓人，下星期六，收容所的舞會上會有一場鬥毆，警察會趁機收拾收容所。

憤怒的葡萄

收容所的人彼此關懷，裘德覺得回到人過的日子，特別到鋪子裡買豆子、糖、肉和紅蘿蔔慶祝。但這樣天堂的日子隨著油只夠再吃一天，麵粉還能吃兩天而不得不結束。

他們順利找到機會，換得一塊錢。媽媽買了四毛錢肉、一毛五麵包、兩毛五馬鈴薯、咖啡兩毛，正好一塊。她又想到煮咖啡沒有糖，就跟那矮子商量先賒一點，回來說道：「我明白了一個道理，要是遇到困難，有什麼需要，那就去找窮人幫忙吧，只有他們才肯幫忙。」

吃過晚飯，裘德穿過收割後的田野，鑽過堤壩鐵絲網，一個男人坐在溪旁帳篷前的木箱上。裘德走過去打招呼，天啊，竟是凱瑞！黃色的燈光落在他高高的蒼白的額頭上，他說：「進了監獄，我漸漸明白，所有的亂子全是窮惹出來的。他們原都是好人，變成壞人，無非為了太窮，他們需要東西。」

凱瑞接著又說：「我認識一個組織工會的人，被他原先出力幫助的那些人拋棄。他非但不生氣，反而說：從表面看好像白費力氣，其實不會的，這麼一想，就覺得很有意義了。」

帳篷外蛙聲一片，突然有兩道手電筒光射到他們的身上，一個矮胖子拿著根白色的新鐵鍬柄，怒吼：「你這個赤黨王八蛋！」便劈頭打來。裘德悄悄奪走鐵鍬柄，把矮胖子打跌在地，彎下身子沿小溪逃回家。

他們派出許多警察，要抓打死矮胖子的凶手。裘德不得不逃亡，媽不捨地說：「再讓我摸摸。我要記著你，哪怕憑手指摸摸，手指也有記性。」然後給了他七塊，裘德掉過頭對媽說：「我想起凱瑞說到荒野裡去找自己的靈魂，他發現自己的靈魂不過是個大靈魂的一部分，一個人離開了大夥兒是不中用

的。」

「那又怎麼樣，裘德？」

「那就無關緊要了。我就在暗地裡到處周遊，哪兒都有我——無論你朝哪一邊，都能看見我。只要有饑餓的人爲了吃飯而爭鬥的地方，就有我在；只要有警察在打人的地方，就有我在。人們生氣的時候會大叫大嚷，我跟他們在一起嚷；餓肚皮的孩子們知道晚飯做得了會哈哈大笑，我跟他們在一起笑。我們老百姓吃到自己種出來的糧食，住上自己蓋起來的房子，那些時候，我都會在場。」

＊ ＊ ＊

驟雨不停地下著，河水泛濫，田野汪洋一片。人們擠在高處的棚子裡，三個月找不到活幹，孩子們餓得又哭又叫，老人蜷縮在牆角裡死去，肺炎害得直喘氣的婦女在棚子裡的濕草堆上生孩子。餓瘋了的人到雞窩偷雞，被打死地跌倒在泥潭裡。

角落裡有個男人仰面躺著，長著鬍子，瘦得可怕，一個男孩坐在他身邊。媽朝那兒望去說：「我有個生病的女兒。你們可有乾毯子？我想借用一下。好讓她把濕衣服換了。」媽道過謝問：「那個人怎麼啦？」男孩說：「我爸起先是生病，這會兒他六天沒吃東西，快餓死了。」

爸和約翰叔叔無可奈何地站在那兒。媽望望他們，又看看裹在被窩裡，剛生下死胎的女兒羅撒香。羅撒香呆呆地坐了一會兒，然後挺起困乏的身子，慢慢走到角落裡，低頭看著那張憔悴的臉和那雙鼓得很大的吃驚的眼睛。她在那人的身邊躺下，把他拉過來，伸手托住那人的頭，說：「吃吧！」她的手

指輕輕地搔著那人的頭髮，往上面看看，又往倉棚外看看，漸漸合攏嘴唇，神祕地微笑。

走廊燈 | 引經據典

1. 人都說只要有錢，愛怎麼自由就怎麼自由。
2. 創意就像兔子一樣，你先養一對學會怎麼照顧牠們，很快的你就會有一大堆。
3. 人生在世最難的一件事，也許就是單純地觀察並接受真相。我們總是會依著自己的希望、預期和恐懼來扭曲影像。
4. 歷史上有三種呼聲：少數人手裡集中了財產，就會被人奪去；多數人到了饑寒交迫的時候，就會用武力奪取他們需要的東西；鎮壓的結果徒然加強被鎮壓者的力量，使他們團結起來。
5. 你們要是能把因果分清，能明白潘恩、馬克思、傑佛遜和列寧都是後果，而不是原因，你們就可以繼續生存。但是你們沒法明白，因為「占有」把你們永遠凍結為「我」，把你們永遠和「我們」隔開了。

頂崁燈 | 思辨探索

　　一九三〇年代持續三天的沙塵暴和持續將近八年的乾旱襲捲美國「糧倉」西南部大平原，迫使奧克拉荷馬等五州，50萬人流離失所，開啟美國史上最大的生態移民潮。

　　沙漠化現象來自錯誤的農業政策，導致長期大量濫墾，裸露的表層土壤被大風揚起，演變為「黑色風暴」災害。再加上異常高溫、雨量少，以及機械工業生產、經濟崩盤的大蕭條，銀行搜刮銀根與土

佃農因乾旱、經濟危機、金融和農業的變革而一貧如洗，不得不離鄉背井。

裘德一家跟著車隊，歷盡千辛萬苦到達加利福尼亞州。

裘德一家人輾轉於收容所、果園、棉花田打零工。

裘德因殺人逃亡，妹妹生下死胎，獻上她的母乳拯救垂死的老翁。

憤怒的葡萄

地，這一連串雪上加霜造成農民破產，與全美長達十多年的「經濟大衰退」。

這本小說所鋪展的正是這樣悲苦無奈的困境，機器代替人工、土地草木不生、資本家唯利是圖。農民被迫離開世代守護的土地，數十萬為了生存的移民在公路上流浪，以為到了上帝應許的天堂卻在果園中被剝削，在壓迫下被槍擊而死。同樣具社會紀實使命感的是歌手伍迪・蓋瑟瑞，不但隨同奧克拉荷馬州的移民長途跋涉到加州，更採集農民所唱的所有歌曲，寫下〈沙塵暴記事〉。

或許在大業主、銀行家、政客的眼裡，文學家與藝術家如同佃農渺小無力，但他們以文字、歌聲傳送出的力量卻如同沙塵，引爆議題，讓微弱恐懼徬徨的「我」團結成「我們」，組織工會對抗資方壓榨欺凌，成功地迫使國會立法，資助農民。

這部小說的價值：一是反映現實的歷史紀錄，呈現生態環境嚴重破壞、工商企業的權力者與生產階級衝突的議題；二是根植於土地的農民樸實善良的本質、面對恐慌、不安、窮乏困境時所展現出來的人性光輝和勇氣。

小說透過以小見大的方式，圍繞裘德一家與時間、命運搏鬥的經歷展開，藉由敘述、對話、獨白顯現人物個性、情感、思想。同時透過一次又一次的危難絕境，如離開奧克拉荷馬州坐破車越過沙漠、到了樂土加州，卻發現那是假的伊甸園：採水果的工人供過於求，工資無以養家餬口、警察竟用槍對付只求生活的無助者。作者在這些高潮迭起的情節中，穿插整個移民流動的狀況、彼此之間的互動，因此形成的組織與社會變遷，如加州的經濟型態、僧多粥少市場競爭的無情、權力綁架貪婪侵蝕的因果鏈鎖，尤其是在農場和果園中，發現自己像兩百年前從非洲來美國的奴隸一樣被剝削。

對照於史坦貝克寄託於收容所的嚮往，在那浪漫式的烏托邦裡

人們彼此信任接納、互助合作、友善和樂，這圖景就像農場張貼的海報，滿樹的果實、飄香的葡萄園……是虛幻而遙遠的夢幻。

美國獨有的力量在於「侵略性」──對偉大的渴求、不斷擴張邊界的掙扎、不斷創新的追逐，這反映了對舊有事物的不耐煩。史坦貝克根據美國文化裡的清教徒傳統、土地與和種族的多樣性譴責之。基於美國錢幣上印著「E Pluribus unum」意為「合眾為一」，但《憤怒的葡萄》裡的遭遇違背美國代表的價值，也違背當初清教徒來新大陸是為更好生活的建國原則。史坦貝克凸顯這樣的憤怒，認為合作對抗、奮勇反擊，是改變社會唯一的生存方式。因此小說中的人物儘管遭遇不幸，飽受飢寒，卻堅忍不屈，並轉而化憤怒為行動，在患難中以真情相濡，以淬鍊成長。

同行的前牧師凱瑞放棄宗教信仰而轉為帶領工運，他終於找到真理，引領裘德不再意氣用事，而是在深思後頓悟環抱大我，決定要為所有被壓迫者抗爭、為無聲者發聲。故事結束在狂飆的驟雨、洶湧的洪水之中，但面對這場浩劫，他們不再惴慄，而是獻上母乳拯救垂死的陌生老翁。這是窮人尊貴的價值觀，是天災人禍洗劫後重生的憑藉，更是不妥協於命運而獨立的自我。

問題解讀	問題思考	問題行動	問題結果
生產者的價值	在生產、銷售與資本之間如何創造雙贏？	成千上萬的農民離開家鄉，往加州尋找工作、土地、尊嚴和未來。	農民手無寸土、身無分文、居無定所，但人性的光輝與團結的意志更高昂。
土地的價值	土地是生養的根，還是生財的商品？	人們丈量、開闢土地，在這塊土地上賣命、經歷生老病死。	農民被迫交出土地，眼睜睜看著銀行家和地主以拖拉機摧毀家園。

震盪效應 ── 相關閱讀

作為被憎恨的貧農「奧克佬」，史坦貝克在得到諾貝爾文學獎的作品《人鼠之間》中說：「在資本主義社會中，一個窮人的命運可能還不如一隻老鼠」，這是值得深思的現實。

數千年來，工商資本家就像大怪獸，無情地吞噬農業生產者，農人流離失所，到英國機器鍋爐燃燒，股票投資引起大崩盤。殘酷的是，即使今天科技進步，產業升級，國家發展速度驚人，但全球還是有幾十億人口正在面臨貧窮。

經濟學家一直思考如何管理資源，如何讓人們獲得所需，如何在整體規畫中選擇成本，創造最符合大眾權益的效益。人在生產、消費之間的行為活絡了市場：資本家投資機器工廠設備、勞工製作商品，價格隨著供需以及看不見的手而浮動，形成嚴謹的科學與哲學思考。

柏拉圖的城邦理想主張共享，強調君王、戰士禁止私有財產，以免忌妒爭鬥紛亂；中世紀基督教認為財富是上帝賜予有罪者的禮物，放棄財富能得到最好的人生，於是身無分文的清教徒成了神聖者。航海探險創造現代化的強國，重商主義下的黃金為富國標誌，限制進口大量出口貿易，殖民擴張的地圖伸向落後國家。

窮人，不再是少數，不再因為腐敗的政府或命運，而是國際強權；喪失的不再是土地，流離的不僅是農民，而是主權、文化、整個人民。

亞當・史密斯《國富論》思考自立與美好社會是否相容？最後的體悟是：「我們能指望吃上一頓晚餐，並不是因為屠夫、釀酒師或麵包師的善意，而是因為他們關心自身利益。」當每個人追求自利，盡職盡力就帶來社會和諧、群體利益，只不過這看不見的手必須是誠實正直；同時在專業分工下導入齒輪般的相互依賴，窮人方得因此受惠。

然而2019年諾貝爾經濟學獎得主，針對貧困人群最集中的18個國家

和地區，就窮人的生活、健康、教育、創業、援助展開調查研究，全面探尋貧窮真正的根源。研究發現，窮人的生活中缺少充滿風險，長期飢餓造成死亡、營養不良意志消沉、缺乏教育機會，以致被鞏固的思維模式套牢，迷信陳腐，無法應變解決問題，更因沒有相關的經驗和能力突破困境，無法駕馭技術含量太高的工作而錯失翻身機會。

這樣的惡性循環，還在於環境惡劣、傳染性疾病爆發，於是窮人把錢花在昂貴的治療，而非廉價的預防；把生命放在求活，而非求好；把希望放在怪力亂神，而非合理的知識。

幸運的是脫貧、救窮、終結貧窮，已成為聯合國永續發展目標。面對貧窮的各種歧視以及財富集中化導致的全球貧富差距，已是你我應該持續關注的議題。

美國

麥田的守望者

春春觀想

傑羅姆・大衛・塞林格（西班牙語：Gabriel García Márquez，1919-2010年），美國作家。

他出生於紐約經營乳酪和火腿進口的猶太富商家庭，畢業於軍事學校，前後讀過紐約大學、哥倫比亞大學，都未取得學位。期間以寫作維生，但常常被退稿。第二次世界大戰期間應徵入伍，參加過諾曼第登陸和阿登戰役。

1950年出版《麥田裡的守望者》，一舉成名，被《時代週刊》譽為「現代文學十大經典之一」、美國文學史上的青春讀本，與美國文學中的《了不起的蓋茨比》、《哈克歷險記》並列為「三部完美之作」。它捕捉紐約五〇年代的青春，是當代美國文學中最早出現的反英雄形象小說。

成名後，塞林格隱居於叢木環繞的鄉間小屋，深居簡出高大的鐵絲網上裝著警報器，似乎實踐了《麥田裡的守望者》主角的夢想：「用自己掙的錢蓋個小屋，在裡面度完餘生」，不再「和任何人進行該死的愚蠢交談」。

塞林格擅長以簡單的語言表現深刻的情思，《麥田的守望者》刻劃出頹廢又純樸敏感善良的青少年形象，影響年輕人仿效風潮，如反戴的紅色鴨舌帽、說起「霍爾頓式」崇尚自由的語言，因為這部小說道出他們反抗成人世界、虛偽環境的心聲，反映年輕人的理想和苦悶。正如村上春樹所說：「《麥田裡的守望者》讓我不再覺得孤獨。」小說最大的魅力在「主人公從未長大這一點上，一個類型的錯誤老是犯來犯去，從來就沒個結論。換句話說，不明白的就是不明白，其實才是最有風格的小說。」

閱讀燈　**細看名著**

　　我倒楣的童年是怎樣度過？我打算從離開賓夕法尼亞州埃傑斯鎮潘西中學那天講起。

　　除了英文，其他四科都不及格，又因為不努力，所以我被開除了。這所名校是我讀的第四個學校，上個星期，有人從我的房間偷走我的駱駝毛大衣和毛皮手套，學校越貴族化，裡面的賊也越多──我不開玩笑。那時我十六歲，現在十七歲。我離開前一個學校的原因之一是周圍全都是偽君子，譬如趨炎附勢的校長對開汽車的家長卑躬屈膝，對一般人只假惺惺地微微一笑。

　　那天是星期六，三點左右，我爬到山頂上遠望潘西中學和薩克遜‧霍爾中學的橄欖球球賽。這是學校的大事，我雖看不清楚兩隊衝殺的情況，卻聽得見震天價響加油喊聲的氣勢。

　　我沒下去看球，因為我身為擊劍隊領隊卻把運動裝備落在紐約地鐵，導致比賽被迫取消。不過，我流連不去的真正目的是想跟學校悄悄告別。我不在乎離別是悲傷還是不痛快，只希望離開的時候自己心中有數，否則會更加難受。我現在只是在過年輕人的一關。誰都有一些關要過，不是嗎？

　　回到宿舍，脫下大衣解下領帶，鬆開衣領鈕扣，然後戴上早晨在紐約買來的紅色獵人帽，把長長的鴨舌轉到腦後──看起來挺帥的。隨後我拿出圖書館裡誤借來的《非洲見聞》，我本以為是本爛書，沒想到挺不錯。我打算在這待到週三再回家過聖誕節。住在隔壁的高中生阿克萊，在潘西已經整整念了四年，滿臉粉刺，生活邋遢，牙齒像長著苔蘚似的髒得要命。這會他大剌剌地進來煩我，還自顧自地亂翻東西，把指甲剪得滿

麥田的守望者

地都是，甚至整個臉兒貼在我的枕頭上，一個勁兒地擠著滿臉的粉刺，自鳴得意地吹噓他和小妞的關係。

更氣的是我的室友——好色自戀狂老斯特拉德萊塔，穿著我的狗齒花紋上衣，跟我喜歡的女孩約會，還使喚我幫他寫作業。一想到可能會發生的事情，我簡直快瘋了。好不容易等到老斯特拉德萊塔回來了，我問他帶著她到底上哪了，他吊兒郎當在我肩膀上輕輕打了一拳。

「你跟她坐在汽車裡面幹那事兒啦？」我的聲音抖得很厲害。

「那可是職業性的祕密，老弟。」

我記不太清楚接下來的情況，只知道我使盡全身力氣打他。他滿臉通紅地把我壓在地上，抓住我的手腕，所以我不能再揮拳打他。最後我的嘴上、兩頰和衣服上全都是血，看上去像個好漢。

我這一輩子只打過兩次架，兩次我都打輸了。我算不了好漢。老實跟你說我是個和平主義者。

那瞬間，我打定主意立刻離開潘西，到紐約找一家最便宜的旅館逍遙到星期三，等爸媽得到通知，氣消後再回家。

我只花兩分鐘就收拾好東西，但看到幾天前媽媽寄來的嶄新冰鞋，想像她知道我被開除的痛楚，頓時傷感漫溢於胸。每逢有人送我禮物，都會讓我覺得傷心。還有奶奶一個星期前剛給我匯來一筆為數不小的錢——她一年中總要寄給我四次錢作為生日禮物。

我拿起手提箱在樓梯口，黯然神傷地回望最後一眼，使出全身力氣大聲喊：「好好睡吧，你們這些窩囊廢」，然後轉身

離開。

*　　*　　*

　　我住進愛德蒙旅館十分簡陋的房間，當時並不知道這裡住
的全是變態的和癡呆的怪人。

　　我說出來你絕不相信，對面房間住著頭髮花白的男人，
看樣子是有身分的人。他穿上長統絲襪、高跟皮鞋、胸罩、襯
裙，最後套上腰身極小的黑色晚禮服，一個人在房間裡搔首弄
姿。他樓上的那扇窗，有一對男女在輪流噴來噴去，不確定噴
的是水還是加冰的威士忌。在這些歇斯底裡的人當中，我也許
是唯一的正常人，弔詭的是，儘管你心裡頗不以為然，卻仍被
這類下流玩藝兒吸引。

　　時間還早，我換了衣服到旅館的夜總會，樂隊演奏著粗
俗的管樂，酒保看出我的年紀，只賣給我可口可樂。隔壁桌坐
著三個年約三十的姑娘，全戴著難看的帽子。百無聊賴的我試
著把眼光瞟向長相還不錯的金頭髮女孩，她也許認為我一臉稚
嫩，答應我的邀請。

　　我叨叨絮絮地找話題，她的心思卻完全用在別的地方，甚
至沒聽我說話。她是我生平遇到過跳舞跳得最好的姑娘之一，
簡直讓我神魂顛倒。我輪流跟她們三個跳舞，打聽出她們三個
都在西雅圖保險公司工作，讓我十分懊喪的是她們老遠來到紐
約，竟是為了趕早場電影，頓時覺得乏味。

　　我叫了輛計程車去格林威治村的夜總會「歐尼」，老舊的
計程車有股令人作嘔的氣味，更糟糕的是，星期六晚上的街上
寂靜得幾乎空無一人。我忽然想起司機或許知道中央公園淺水

處鴨子的冬天到哪兒去了？沒想到他指責我怎不關心魚？還氣呼呼地說整個冬天魚一動也不動，靠身體張開的毛孔吸收冰裡水草之類東西，最後重重地補上這句：「這是牠們的本性，你要是魚，大自然母親就會照顧你。」

儘管時間很晚，老「歐尼」依然高朋滿座，絕多數是大學裡一些粗鄙不堪的傢伙。聚光燈照在彈鋼琴的歐尼身上，他賣弄本領，油腔滑調耍鬼把戲的結果是掌聲如雷。他們全都瘋了。我真替他難受，他已經不再知道自己彈得好不好了。這也不能完全怪他，該怪的是那些死命鼓掌的笨蛋——把他寵壞了。

周圍全是些低俗的人。左邊小桌怪模怪樣的男子眉飛色舞地講橄欖球比賽，看得出他的女朋友對這話題根本不感興趣。右邊傢伙穿著法蘭絨衣，一副耶魯學生模樣，跟他在一起的姑娘漂亮極了。他們兩個都有了醉意，那個男的一邊在桌子底下撫摸她，一邊嘴裡說著宿舍裡有人吃了整整一瓶阿斯匹林自殺，差點兒死了。

我這樣獨自坐著，除了抽菸喝酒，別無其他事情可做。最後只好徒步回旅館，沒想到遇上老鴇勒索不成，莫名其妙地挨了一頓拳打腳踢，幾乎半死。我當時真想從窗子跳出去自殺，但我不希望一群傻瓜伸長脖子看著渾身是血的我。

*　　*　　*

隔天我到中央大車站，存妥手提箱。皮夾裡的錢已經不多了，我在約莫兩個星期已經花掉了一個國王的收入。我天生是個敗家子，有了錢不是花掉，就是丟掉。我爸在一家公司裡當

法律顧問，還投資百老匯演出，很會賺錢。我媽自從聰明可愛的弟弟死後，神經衰弱，所以我不想讓她知道我被開除的事。

有一家人在我面前走著，小孩邊走邊哼歌：「你要是在麥田裡遇到了我。」清脆可愛的嗓音一掃我心裡的沉鬱，讓我想起妹妹斐琳。於是我穿過大排長龍的百老匯電影街，走進第一家唱片店買了《小舍麗·賓斯》，再穿過公園走向自然歷史博物館。我想起小學老師幾乎每個星期六都帶我們來這，有時是看動物，有時看印第安陶器、編織之類的玩藝兒，或看哥倫布發現新大陸的電影，裡面有一股很好聞的氣味。我只要一想起這事，心裡就非常高興，現在也這樣。

不過，當我走到博物館門口，忽然不想進去了——沒那個心情。在無線電城音樂廳看了一會兒聖誕節演出，然後喝個爛醉。我不知道往哪兒，所以信步往中央公園走去，心想也許可以看看鴨子到底還在不在湖裡。豈料我竟把給斐琳的唱片掉在地下，跌得粉碎，我難過得差點哭出來。我把碎片放進大衣口袋，我不想把它們隨便扔掉。

公園很黑，淺水湖開始結凍，一隻鴨子也沒看見。我在長椅上坐下，冷得渾身發抖。我開始想像萬一染上肺炎死去，爺爺從底特律來，還有約莫五十個姑母、姨母，和那些混帳的堂兄弟、表兄弟。接著我又想起他們怎樣把我送進一個混帳公墓，我真希望有這麼個聰明人把我的屍體扔在河裡，而不是混帳公墓。人們在星期天來看你，把一束花擱在你肚皮上。人死後誰還要諸如此類的混帳玩藝兒？誰也不會要。

想到我若是染上肺炎死了，妹妹斐琳心裡一定很難受，於是決計溜回家看她。她躺在床上睡得香甜，嘴巴張得大大的。

我輕輕地在房間裡繞了一圈，心裡覺得舒坦多了。我看了看桌上的書，算術下面是地理，地理下面是拼字書，拼字書下是一大堆筆記本。你絕想不到小小年紀的她居然有五千本筆記本。我打開最上面的那本，上頭寫著：「貝妮絲，請你在休息時候來找我，我有些很重要、很重要的話要跟你說。」「阿拉斯加東南部爲什麼會有那麼多罐頭廠？因爲那兒有很多薩門魚。」「爲了改善阿拉斯加愛斯基摩人的生活，我們政府做了些什麼？」

這些筆記本眞是百看不厭，——我可以沒天沒夜地看下去。那一晚我約莫抽了整整三條菸，才把她叫醒。她高興得摟住我的脖子，要我星期五去看她演出，還說爸爸要飛到加州去，很晚才回來。這讓我放心的跟她說被退學的事。

「霍爾頓，爸爸會要你的命。」

「他不會的，頂多臭罵我一頓，然後把我送到混帳的軍事學校去。可是我早就到外地去了——大概到科羅拉多的農場。」

「別讓我笑你了，你連馬都不會騎。」

「好啦，別説了。我有一百萬個原因，那糟糕的學校裡全是僞君子和卑鄙的傢伙。」

斐琳一聲不響，她在仔細聽，我相信她懂得。爲了轉移話題，我問：「你知道『你要是在麥田裡遇到了我』這首歌嗎？」

「那是羅伯特·彭斯寫的詩。」

不管怎樣，我老想像，幾千幾萬個小孩子在一大塊麥田裡追逐遊戲，附近沒有任何大人——除了我。我就站在懸崖邊守

望，要是有哪個孩子往懸崖邊奔來，我就把他捉住——我只想當個麥田裡的守望者。我知道這有點異想天開，但我真正喜歡做的就是這個。

＊　　　＊　　　＊

我決定遠走高飛，不再到另一個混帳學校裡念書。快到十二點十分了，我站在學校門邊等候斐琳，跟她告別，然後一路搭便車到陽光明媚、景色美麗的西部去，隨便找個工作做，反正沒人認識我；或者裝成又聾又啞的人，這樣我就可以不必跟任何人講任何混帳廢話。我用自己賺來的錢在樹林旁邊造一座小屋，一天到晚都有充足的陽光，以後娶個跟我聾啞的美麗姑娘，教孩子們讀書寫字。我這樣想著想著，心裡十分興奮，我想，可能要到三十五歲左右，家裡發生什麼大事才會回家。

沒想到斐琳竟吵著跟我離家，我只好帶她去中央公園。我坐在長椅上，看著她騎上旋轉木馬向我揮手，我也向她揮手。斐琳穿著那件藍大衣，一圈圈轉個不停，我心裡快樂極了，她真是好看極了。

老天爺，我真希望你當時也在場。

我說的就是這些。我本可以告訴你我回家以後生了一場病，下學期爸媽要我上什麼學校，但我實在沒那心情，也一點都不感興趣。在我看來，他們請來的那個精神分析家，不停問我明年九月我回學校念書的時候是不是打算好好用功……，這些問題簡直傻透了。

老實說，我真不知道自己有什麼看法，只知道我很想念每一個我所談到的人，甚至老斯特拉德萊塔和阿克萊。

我被退學，離開學校，到紐約住在小旅館裡。

無聊的出入酒館閒晃，看眾生相，發牢騷。

聽見小男孩唱歌，買唱片、到公園看鴨子，偷溜回家跟妹妹聊天。

看著妹妹坐在旋轉木馬上，非常快樂。

引經據典

1. 藝術家唯一關心的是追求某種完美 —— 按他自己的標準，而非別人的。
2. 幸福與快樂之間最大的區別在於，前者是靜止的固體，後者則是流動的水。
3. 無論做什麼事，做得太好而不自我警惕，就會在無意中賣弄起來，那麼，你就不再那麼好了。
4. 有人認為愛是性、是婚姻、是清晨六點的吻、是一堆孩子，也許真是這樣的。但我覺得愛，是想觸碰又收回的手。
5. 我認為因為不能愛而受苦，這就是地獄。生活的碎片雖然輕快、細小，卻使人遍體鱗傷。事實告訴我們，任何平淡的生活都延伸出恐懼。

思辨探索

　　比爾蓋茨說：「十三歲時第一次讀到《麥田裡的守望者》，從此它便成了最愛的書，因為『它充滿智慧。它承認年輕人有些迷茫，但對於事情也會有睿智的看法，而且能看到成年人所看不到的東西。』」

　　花若盛開，蝴蝶自來。對既定框架和世俗百態的不滿、按捺不住展翅高飛的慾望、情竇初開賀爾蒙曖昧的騷動，就這麼在勃發的青春期猛然爆開；在這本小說主角平鋪直敘的事件與誠實的告白中，一一展開。

　　第一人稱為敘述者的方式，讓所有故事都像日記一樣私密而真實，充滿獨白的情感和一種帶著信任把自己完全交付的傾訴，讓讀者被字句滲透出來的表情深深打動，跟著進入作者以及自己的生命，在

無聲的對話裡形成理解的共鳴。

　　夾雜著粗話的線性陳述與冷靜的批判交錯間，我們看到霍爾頓吸菸、喝酒、離開學校、無所事事地閒晃等種種吊兒郎當的行為；聽見他以嘲弄、質疑的口吻所點破的世界虛偽矯情、低俗粗鄙，傳神地呈現青少年憂鬱孤獨，逃避徬徨的矛盾苦悶，與敏感焦躁的憤懣。無怪乎有人說：每一個人都能在「麥田」裡找到自己青春的痕跡，在其中得到認同和發洩。

　　「虛偽和勢利」是霍爾頓最深惡痛絕的心態，譬如趨炎附勢的校長、齷齪邋遢自戀而好色的室友、旅館裡穿女裝的男人、外表光鮮舉止卑劣的大學生、不懂得音樂的聽眾及炫技自我陶醉的演奏者……都讓他感到異常厭惡。「反叛」，則是他跳出常軌用來抗議的態度；抽菸、喝酒、反對假惺惺的喪禮、逃出名不符其實的學校，與無賴室友打架以守護純真的感情，為的是追求「田園牧歌式」，與世無爭遠離人群的生活。

　　作為反叛少年的霍爾頓，他和社會、家庭的關係疏離。父親是他的提款卡，但他對待這經濟來源的態度是揮霍，因為深惡痛絕在社會上贏得身分和地位的人生模式。母親陷於喪子之痛，他能做的只有擔心她失望傷心。而唯一的慰藉是天使般的妹妹，和童年少許回憶。

　　小說結束於霍爾頓與騎著旋轉木馬的妹妹對望，這意味深長的畫面，是想告訴讀者：霍爾頓原本想逃離的內心因此得到了安慰，還是別具用心？讀者見到的是一個曾經逃避、徬徨的少年，在擔起守望者的那刻，不再迷失；苦於糾結、狂飆的男孩長大了，暫時平靜了；還是如塞林格自己所說：「我雖生活在這個世界，卻不屬於這個世界。」或許正反映出每個人對自己青春、生命的觀點。

　　「我就站在懸崖邊守望，要是有哪個孩子往懸崖邊奔來，我就把他捉住——我只想當個麥田裡的守望者。我知道這有點異想天開，但

我真正喜歡做的就是這個。」就像林黛玉守護落花，不願它們流入汙穢的世間，女孩的靈性終歸只能在大觀園裡如珍如寶，童年的真善一旦墜入懸崖下的塵囂，就會被成人世界毀滅。

男孩遠遠望著這世界，眼眸裡倒影著深深的眷戀——很想念每一個我所談到的人，雖然他們並不可愛。或許正因為愛得太深，所以蒼白的冷眼裡閃爍著憂戚，也因此他以守護這樣的美好為己任，以作為幾千幾萬個小孩子的保護者自居。

少年痴狂的理想是真善美，他認真地與自己對話，誠實地表達觀點，珍惜流連過的人事記憶，幻想遠離家庭與混濁的社會。但這樣的圖景就像泡沫，在真實的世界裡無法拼湊成完整的生活圖景；這樣敏銳脆弱的柔情，不堪在人間只會被踐踏，因為他太單純了，烏托邦式的美好並非人人能保有。

作者最後欲言又止的敘述裡，讓人不禁落入兩種解讀；到底這少年最終是認清了成長的歷程，回到社會；還是依然無法面對成人的世界，無法解決他所面臨的問題，而失望的反抗、無奈的逃避、絕望的精神崩潰？

或許都是。

當有人撐起春青的火焰燃燒一樹的光華時，總有眉頭深鎖緊閉苞蕾的孤獨者，固執地煎熬，等待與眾不同的時候。

問題解讀	問題思考	問題行動	問題結果
青春的本質	不斷的犯錯、反思與追夢。	主角被退學、冷眼觀察社會，提出批判。	以麥田的守望者自居，期望保護單純善良的童心。

櫥窗燈 震盪效應 —— 相關閱讀

《青春派》、《我的少女時代》、《同桌的你》、《藍色大門》、《那些年，我們一起追過的女孩》、《初戀這件小事》、《誰的青春不迷茫》、《致我們終將逝去的青春》、《匆匆那年》、《小時代》、《青春拋物線》……，這些校園青春電影裡，一定有你，有我。

無論是熱血兄弟還是青春初戀，考試壓力鍋下的舞會、社團、比賽等各項活動永遠是血脈賁張情緒沸騰的舞臺，無時無刻不懸掛著高亮度的色彩、高分貝的喧嘩和高指標的存在感。流動於其間的是學霸與學渣、富家少爺與貧家女的苦情戀、師生戀、懵懂曖昧的同性戀、大仁哥式的守護者、血氣方剛的幫派殺鬥……的青春戲碼，以及混合對抗體制與未來前途的抉擇難安、困惑徬徨、叛逆孤寂、逃避冷漠等情緒。

生理學對青春的定義是：由兒童到成年期的過渡時期，身體及心理因此發生巨變：是嬰兒期後成長蛻變的第二個高峰，性別特徵、各組織器官由稚嫩走向成熟。從心理學觀看青春，則是透過抽象思考自我認同、建立價值觀、獨立生活擔起責任的階段。

然而這些外顯的期待絕不是容易勾畫出來的完美曲線，電影裡的經歷與自己的曾經交疊，事過境遷後的低語如讖語如籤詩，似乎道盡苦澀的滄桑。在這些句子裡，是否有你的獨白？

「很久很久以後我們才知道，當一個女孩說她再也不理你，不是真的討厭你，而是她很在乎你，非常非常在乎你。」

「當青春變成舊照片，當舊照片變成回憶，當我們終於站在分叉的路口，孤獨、失望、徬徨、殘忍，上帝打開了那扇窗，叫做『成長』的大門。」

「時間太長，我怕等不到你；距離太遠，我怕追不上你；愛情太沉，我怕放不下你。」

「世界太快，總有一首歌，你忘不掉：人海茫茫，總有一個人，守候在角落，等你回首。」

「青春是一場大雨，即使感冒了，還盼望回頭再淋它一次。」

青春是人的第二個童年，同樣天真單純無邪，學習探索世界建構認識的路徑和體系，不同的是身體內賀爾蒙膨脹、重組、迸發的熱力，吸引撞擊制度、融入群體、表現自我的渴望，而交纏出壯烈的火花，盡情繁茂的光彩。

年輕的你，自詡是守望麥田的捕手？還是耽溺於被守望而害怕長大？在矛盾衝突的現實裡，你選擇不顧一切勇猛闖蕩？還是躲在幽深的洞穴懷抱想法，卻悲觀的裹足不前？你的決定造成你的人生，畢竟青春這首歌只能自己唱，唱給自己聽可以是寂寞孤獨的，也可以是豐盈滿足的；相遇的人事，錯過的風景，會是這首歌的背景音樂，也會是掀動韻律跌宕起伏的弦，讓你在生命現象的撞擊裡成為你自己，在敲打年輕的靈魂間喜歡成為更好的自己。

麥田的守望者

美國

在路上

66 號公路、垮世代嬉皮

傑克‧凱魯亞克（Jack Kerouac，1922-1969年），美國「垮掉的一代」中最有名的小說家之一。

他出生於麻薩諸塞州紡織工業城鎮洛威爾的工人家庭，父母是來自加拿大魁北克的法國移民，在家裡使用方言若阿爾語，直到六歲上小學才學會流利的英語。

他以明星運動員身分拿到橄欖球獎學金，入紐約哥倫比亞大學，結識一群好友討論文學宗教藝術，開啓「垮世代」之風，這群人後來成爲《在路上》（on the road）的角色。

大二那年與教練口角，中輟學業後，他一方面跟哥倫比亞大學這群人挑戰美國知識階層裡的權威和主流文化，實驗各種極端狂野的生活方式；另一方面，跟父母過著中規中矩的勞工生活，輾轉於美國海軍和商用航運公司。

二十一歲的他在商船上白天努力工作，晚上手寫完成《大海是我的兄弟》。從1947到1950年，他和朋友以打工、搭便車、隨處居留的方式來往於東西岸之間長途旅行。這段超越文化、性別和人際界線，狂野不羈的生活，被寫成《在路上》。該書名列《時代雜誌》與美國圖書館票選的二十世紀英語百大小說，被視爲二十世紀美國文學史上傳奇，撼動時代的革命，也讓他成爲「垮掉的一代」的代言人。尤其在反抗體制的六○年代中，凱魯亞克崇尚愛與自由的疏狂漫遊，鼓舞無數年輕人走上路途找尋人生眞義。

凱魯亞克所有的小說都以第一人稱書寫，題材也多來自勞工家庭背景、與朋友相處的親身經驗。如《鄉鎮和城市》寫家庭沉浮變遷；《達摩流浪者》、《孤獨旅者》寫精神困境與處境。

一生酗酒的凱魯亞克最後因肝硬化去世，享年47歲。

　　第一次遇到狄恩是在我跟妻子分手後不久，那時我剛剛生了一場大病，覺得一切情感似乎都已經死了。

　　在這之前，我不只一次夢想去西部，但從未付諸行動。我決定旅行不單是因爲作家需要補充新經驗，或校園生活荒謬可笑，而是因爲狄恩喚起我對夥伴們的回憶。我一輩子都喜歡跟著讓我有感覺有興趣的人，因爲在我心目中，眞正的人都是狂放不羈的，他們熱愛生活，說起話來熱情洋溢，希望擁有一切；他們對平凡的事物不屑一顧，而是像神話中黃色羅馬煙火那樣渴望燃燒，不停地噴發令人驚歎不已的火球，火花。

　　我紐約的朋友們卻總站在否定的立場，詛咒社會的腐朽，找出書卷氣十足的政治或心理學上的原因。但狄恩切切實實地在社會中拼搏，用極大的熱情追求麵包與愛情，他那些「犯罪行爲」也並不令人嗤之以鼻，那是西部人狂放性格中「美國式歡樂」的爆發，他只是爲了尋開心而偷別人的車。

　　我是個年輕作家，我想要上路。我知道，在旅途的某個點上，我會遇見女孩、啓示，以及所有一切。就在這條路的某個點，智慧明珠將送到我手中。

＊　　＊　　＊

　　1947年7月，我取出所存的五十美元退伍金，夜裡乘上一輛極普通的汽車，穿過印第安那州，逕自向芝加哥駛去。

　　清晨，我漫步芝加哥街頭，領略密西根湖上吹來的溫柔晨風和市區瘋狂的爵士樂。想起在全國各地的朋友們都生活在同

在路上

一個大背景，也都是這般狂熱。第二天一路搭便車來到伊利諾州，司機指給我看正行駛的六號公路與第66號公路相交，然後一直向西延伸。我第一次看到嚮往已久的密西西比河，河面散發的獨特氣息，使人想到美國式的狂放不羈的原始野性。

一個小夥子疾駛而過，圍巾在晚風中飛舞。太陽終於落山了，丹佛隱隱約約呈現在眼前，彷彿希望中的樂土向我招手。極目遠眺，三藩市像一顆明珠鑲嵌在黑色的夜幕上。

我們在愛荷華州的小鎮上停了下來，微弱的燈光照著冰冷的磚牆，每一條小路都伸向茫茫的草原，濃濃的玉米味瀰漫在空氣裡，像夜的露珠。

黎明時分我搭上愛荷華大學兩個男生開的一輛車，聽他們談論考試，感覺十分奇特。我在昏暗、陳舊的廉價旅館睡了整整一天——我遠離家園，被長途跋涉折磨得筋疲力盡，窗外火車的蒸氣嘶嘶聲、旅館木頭的吱嘎聲、樓上的腳步聲和許多惱人的聲音使我不得安寧。我望著高高的、有裂痕的天花板，整整十五秒鐘靈魂似乎出了竅，完全想不起來自己是誰。

我已經跨越半個美國，此刻，我正站在分水嶺上，一邊是過去的東部的我，另一邊是未來的西部的我，或許這便是我感到困惑和陌生的原因吧。

*　　　*　　　*

卡車上面橫七豎八躺了六七個小夥子，司機是兩個長著亞麻色頭髮的農場青年，來自明尼蘇達州。他們是身體結實，做事俐落，整天嘻嘻哈哈無憂無慮，長相也算英俊的鄉下佬。一路上，他們把遇到的流浪漢全拉到車上，包含我。

有人遞過來一瓶劣等威士忌酒，我接過來喝了一大口，細雨濛濛的空氣充斥著瘋狂的野性。卡車到達斜陽谷附近時，遇見當地「瘋狂的西部週」，一大群套著皮靴、戴著巨大帽子的商人，攜著打扮成西部女郎的妻子，在古老的的馬路上盡情地跳著叫著，酒吧裡的人一直擠到人行道上。我覺得這一切異常新奇。

　　我該下車告別了，目送卡車漸漸消失在黑夜之中，心裡浮起一抹悲哀，我知道可能再也見不到他們了，但生活就是這樣。

　　我買好車票，等著去洛杉磯的巴士。突然一位皮膚黝黑，穿著寬鬆褲，長得非常可愛漂亮的墨西哥女孩從我眼前閃過。一路上，我們講述彼此的經歷。她說她有丈夫和孩子，丈夫時常打她，所以要去洛城的姐姐那兒小住。在心裡我已把她擁在了懷裡。少頃，她告訴我，希望能和我一起回紐約。

　　「也許我們能一起去。」我笑了。

　　我們緊緊地握著彼此的手，她很自然地答應如果我在洛城找到旅館，就跟我在一起。我把頭靠在她烏黑的秀髮上，她用柔嫩的肩磨蹭著我，我緊緊地抱她，使勁地把她擁在懷裡。她喜歡我這樣，我無限愛憐地凝視著她，沉默中腦海湧現無盡的遐想。兩顆淒苦孤獨、疲憊不堪的靈魂終於融在一起，在彼此身上找到生活中最美妙的東西，沉沉地睡去。

　　我和她吃著熱狗，走在洛杉磯最瘋狂、最充滿暴力的一條街上。你可以在空氣中嗅到茶葉和菸草的毒品香味，乾辣椒和啤酒的味道；也能聽見酒吧裡傳出陣陣巨大而粗野的喊叫聲，夜空中迴響混雜著牛仔們演奏的各種爵士樂。粗魯的黑人戴著

爵士帽，留著山羊鬍子，放蕩不羈地在街上狂笑，時而還可以看見一些留著長髮、疲憊不堪，從紐約來的嬉皮。我對這一切都很感興趣，想和他們每個人交談，但是半個月下來，我們只剩下10元，必須趕忙掙錢。

詢問的小酒館都沒有缺，只好搭便車去女孩的老家沙比納，準備到那兒幫人家摘葡萄、採棉花賺錢。

外面傳來優美的吉他聲。我和她凝望著星空，然後互相親吻。「明天，明天一切都會好起來的，你相信吧？」她說。

「當然，寶貝。」接下來的一個星期，我每天都聽到這個詞——「明天」——多麼誘人的字眼，也許它意味著天堂。

我找到一份工作，摘100磅棉花，3美元。我們旁邊的帳篷裡住著一大家人，也是摘棉花的。老祖父是內布拉斯加人，三〇年代大蕭條時期，一大家人開著一輛破舊的大卡車來到這裡。十年裡，老人的兒子的四個孩子，有的已經長大可以幫著摘棉花了。這些年裡他們擺脫貧困交加的處境，可以住上較好的帳篷，並且有了一定的地位，他們為自己的帳篷感到自豪。

但我對摘棉花一竅不通，別人只要手指輕輕地一彈就可以完成的工序，我卻要花很長時間。沒過多久，我的指尖就開始流血，背脊發痠。但是跪在地上，躲在棉田裡時的感覺簡直太妙了，趴在田裡，臉貼著濕潤的大地，鳥兒伴著我歡快地歌唱，我想我找到最適合自己的工作。

她和孩子速度飛快，我心裡感到很內疚。我算什麼男子漢，竟連自己都養不活，更別說他們了。一天下來，只摘了50磅，我掙了一元五角錢，買了些罐頭、麵包、奶油、咖啡和蛋糕。我仰望天空向上帝祈禱給我機會，讓我能為自己愛著的人

做些什麼。我相信自己今後一定能做得更好，是她，使我重新獲得生命力。

*　　*　　*

　　狄恩父親本是能幹的白鐵匠，酗酒成性後一蹶不振。狄恩在大街小巷裡靠乞討長大，六歲就為了父親去法庭辯護，並偷偷地將錢送給那坐在一大片破碎的家的父親。狄恩長大後便開始在賭場遊蕩，創造丹佛城偷車的最高紀錄。他偷車後追那些女中學生，開車把她們帶到山上玩夠之後，就隨便找一個旅館的浴室睡上一覺。從十一歲到十七歲他幾乎都是在教養院度過的，他屬於美國充滿活力的一代新人，和卡羅在丹佛人眼裡是標新立異的先鋒派怪物。

　　過了一年多，我又見到了狄恩。那陣子我一直在家裡寫作，依靠退伍軍人助學金重新進了學校，1948年耶誕節，姨媽和我帶著禮物去維吉尼亞看望哥哥。狄恩開了一輛濺滿泥汙的哈得遜49型汽車，帶瑪麗露、埃迪‧鄧克爾來。後來我才知道去年秋天開始，狄恩就一直同凱米爾住在一起，他們生活得很愉快。狄恩找了一個鐵路工作，一個月掙400元；不久，他成了父親，有一個逗人喜愛的小姑娘。

　　聞著烤火雞噴香的氣味，聽著親友們的交談，我感到鄉村的耶誕節是那麼寧靜。外面下起暴風雪，埃迪‧鄧克爾坐在安樂椅裡，說起去年除夕在芝加哥旅館，麵包店姑娘送給身無分文的他麵包和可可餅。他跑回房間，一口氣把麵包都吃了，然後安安穩穩地睡了一晚上。

　　「你準備怎麼辦，埃迪？」我問。

「不知道，走到哪兒算哪兒，我要去看看生活。」他像背書似地重複著狄恩的話。此刻的他有些茫然，似乎還沉浸在芝加哥的那個夜晚，獨自在冷清的房間裡啃著熱可可餅時的情景裡。

　　紐約盛大的晚會快要開始了，我們去找我的紐約朋友們，他們也是時值青春的瘋子。在這個歡樂的夜晚，狄恩喝酒，緊緊地抱著瑪麗露，隨著爵士樂的節奏搖擺，她也跟著搖擺，這是真正的愛情舞蹈。巧得很，我們居然碰上狂放不羈的羅拉‧蓋伯，我們在他長島的家裡玩了個通宵。他有兩個圖書室，四面都擺滿了書，從地板一直堆到屋頂。

　　狄恩說，著名的爵士樂鋼琴家喬治‧希林很像羅拉‧蓋伯。我和狄恩曾經在一個週末去伯特蘭拜訪過希林，他是個瞎子，戴著漿過的白色硬領，微微有些發胖，身上洋溢著英國夏夜優雅的氣息。當時希林彈出一個流水般的滑音，低音琴師和鼓手輕鬆揮舞。希林開始搖擺起來，一絲微笑劃過他充滿生氣的面頰；左腳隨著節奏打著點，脖子前後扭動，臉幾乎要貼到琴鍵上。音符從鋼琴中湧出，越來越快，像大海奔騰起伏，這一刻世界彷彿除了音樂，一無所有。

　　希林離開之後，狄恩指著他坐過的凳子說：「那是上帝的空位。」鋼琴上放著一個號角，投下金黃的影子。上帝走了，這是他走後留下的寂靜。

　　這是一個充滿神祕色彩的風雨之夜。我突然意識到我們正在抽的是大麻，那是狄恩在紐約的時候買的。回家休息時，姨媽說我跟狄恩那幫人在一起鬼混是浪費時間。我也知道那樣做是錯的，不過，人生就是這樣，我的本性就是這樣。

我嚮往再做一次奇妙的旅行，然後在學校春季開學前返回。

＊　　　＊　　　＊

我們都意識到正在完成當前唯一的偉大工作：行動。我們正在行動！狄恩異常興奮、精力充沛，我們突然感覺到整個世界像牡蠣一樣向我們張開，珍珠就在裡面。

那天晚上，整個內布拉斯加從眼前閃過。汽車以每小時110英哩的速度在筆直的公路上風馳電掣，城市在沉睡，路上沒有其他的車。月光下，太平洋的波濤離我們越來越遠，內布拉斯加的所有城市——奧格拉拉、哥特爾堡、格蘭特島、哥倫布——都一閃而過。這眞是輛神奇的車，它漂浮在路面上就像船漂浮在水面上一樣。

在轉角，我們下了車。我們的破行李堆在路邊，前面還有很長的路要走，但是沒關係，生活本身就是一條永無盡頭的大路。來到汽車加油站，管理員正趴在桌子上熟睡，狄恩躡手躡腳地灌滿油就溜之大吉；到另一個加油站，鄧克爾溜進去輕而易舉地偷了三包菸出來。我們又生氣勃勃地出發了。

我和狄恩跟跟蹌蹌地從巴士上下來，衣衫襤褸，滿臉灰塵，彷彿一直生活在垃圾桶裡一般。哈索爾也一定在底特律的下等街區，他那雙黑眼睛經常出現在毒品注射點、通宵電影院和喧嘩的酒吧。他的鬼魂不斷追蹤著我們，但我們從來沒有在時代廣場找到他。我們每人花了35美分走進一家年久失修的電影院，在樓廳裡一直坐到早晨。當我們疲憊地走下樓時，看通宵電影的人已經走光了。他們之中有在汽車製造廠工作的來

自阿拉巴馬州的黑人、白人老叫化子、披著長髮的年輕嬉皮，他們跑到街頭喝啤酒去了；妓女、普通夫婦，還有一些無事可做、無地可去、無人可信的家庭婦女。

清晨，我和狄恩在一家黑人酒吧裡喝著酒，跟幾個姑娘調調情，聽唱機裡播放的爵士樂，痛痛快快地過了一個上午，然後，我們拖著亂七八糟的行李，坐上本地的巴士乘了5英哩路，然後找一個人帶我們去紐約。

一小時以後，我和狄恩來到姨媽在長島的新居。那天晚上，我倆在加油站和薄霧籠罩的點點燈火中散步。我記得他在一盞街燈下站著說：「再走過一盞街燈以後，我要告訴你一件事。索爾，但現在我還在繼續思考一個新的想法，等我們走到下一盞燈下，我要重新回到原來的想法上來，同意嗎？」

我當然同意。我們已經習慣於旅行，我們可以走遍整個長島，但是再也沒有陸地了，只剩下浩瀚的大西洋，我們只能走這麼遠。我們的手緊緊握在一起，答應永遠是朋友。

走廊燈　引經據典

1. 一切從細節開始，這就是生活的真相。（《荒涼天使》）

2. 我曾經遇到過一個女孩，跟朱利安這樣描述她：「一個美麗而悲哀的姑娘。」朱利安卻說：「每個人都美麗而悲哀。」（《荒涼天使》）

3. 雖然我不知道我們什麼時候會重聚或將來會有什麼發生在我們各自身上……不過，賈飛，我們知道，我們倆是永永遠遠不變的——永遠的年輕，永遠的熱淚盈眶！（《達摩流浪者》）

我獨自展開長途漫遊，看見心嚮往的世界。

遇見許多新鮮人事，和喜歡的女孩在棉花田工作。

聖誕節和狄恩及朋友們在紐約狂歡。

跟狄恩到新奧爾良、底特律遊晃，最後回到紐約。

在路上

4. 生活本身是令人痛苦的，我們必須忍受各種災難，唯一的渴望就是能夠記住那些失落了的幸福和歡樂。我們曾經在生命中擁有這些幸福和歡樂，現在它們只能在死亡中才能重現（儘管我們不願承認這一點），但誰又願意去死呢？（《在路上》）

5. 我希望過的生活，是在炎熱的下午，穿著巴基斯坦皮涼鞋和細麻的薄袍子，頂著滿是發茬的光頭，和一群和尚兄弟，騎著自行車，到處鬼叫。我希望可以住在有飛檐的金黃色寺廟裡，喝啤酒，說再見，然後到橫濱這個停滿輪船，嗡嗡響的亞洲港口，做做夢、打打工。（《達摩流浪者》）

頂崁燈　**思辨探索**

　　他們從不停留或歇腳，移動與飄忽——on the road，是他們唯一的口號和目標。

　　對於出生於第一次世界大戰結束，最多采多姿二〇年代的年輕人而言，前所未有的工業化帶起旺盛的消費需求、自由主義價值觀蔓延、追求實驗性的新藝術捲起創造浪潮。站在這股新時代浪尖上的少年，始終走在「告別傳統，開啟未來」的路上。他們以節奏分明，集體狂歡的爵士樂為背景，喧騰著醉酒狂歡的「美國夢」。他們在夢想的現實裡無所畏懼，在不知道明天會發生什麼卻始終相信無須照著他人期待，順著心，就是道路。因此，他們總在追尋，一直在出發，一直開啟通往體驗豐富生命以及無限可能的那扇大門——凱魯亞克稱之為「垮世代（The Beat Generation）」。

　　凱魯亞克自言大學時「瘋狂想要獨立」，自認為有「自己的想法」，要「探險，做個孤獨的浪遊者」，才能承襲傑克·倫敦的傳統，成為美國的偉大作家。他與哥倫比亞大學那群叛逆的朋友，「想

要尋找一種令人信服的價值」，用來觀察世界，賦予新意義。他們之間有人拿毒品做實驗，「透過長期、大量、縝密地攪亂所有感官，體驗各種愛、痛苦與瘋狂。」（〈金斯堡的日記〉）

凱魯亞克自言不是「垮」份子，而是「孤獨瘋狂特異的天主教神祕主義份子」，過著「修道院一般的生活」。他以七年的旅行，四度驅車橫跨美國到墨西哥，像流浪漢般漫無目的隨處停留，放蕩不羈的閒晃，找朋友，把感受和經歷寫在隨身攜帶的小本子上，於是有了《在路上》這本自傳體小說。

短短三星期，凱魯亞克不眠不休地把七年來與狄恩在公路上浪蕩的故事化為文字。為了不因換紙而被迫中斷思路，刻意使用成卷的電報用紙，創造出以不分段不分行不重視文法結構和修辭，任思緒流動類似意識流的自由體，和帶著爵士樂即興式隨性、隨直覺發揮的「自發性寫作」。但發表接洽出版社時處處碰壁，修改多次，直到1957年才出版。

表面上看來，這篇小說像喃喃自語的旅遊筆記，但你卻不知不覺被卡車司機一路拎起流浪者的單純豪邁所吸引，跟著邂逅愛戀浪漫相隨的悸動，滿足於棉花田勞力的真實覺醒。於是你會明白敘事中看似放縱情慾，尋找刺激，混亂失序的生活，沉溺於爵士樂、性愛、毒品、菸酒的興奮，其實是為了叩問自我，試探靈魂自由，尋找絕對精神質感，達到那近乎靈界的神祕幸福。

每一個世代都有一部代表性的小說，海明威的《旭日東昇》（The Sun also Rises）是一九二〇年代「失落一代」的代表作；凱魯亞克的《在路上》被《紐約時報》評為「垮掉一代」的代表作，並肯定「在任何一個以追逐浮誇為時尚，因而人們注意力破碎、敏銳性鈍化的年代，此書的藝術真誠性使它的出版得以躋身歷史事件……是垮世代最清晰、最重要的表述。」

對於垮世代的年輕人而言，美國地圖因為路途上的城市氣氛而具體，美國的夢憑藉著一段又一段與陌生人、與朋友和記憶的交織而真實。所有的路途都是生活的答案，每個遇見的景物與人事都成為自身感情的反映。

　　狄恩是索爾的哥兒們，是欲望、野性、冒險與解放的化身，也是他的「另個自我」，代表新生活的挑戰與召喚。在街頭混大的狄恩和工人移民出身的作者，都是美國社會邊緣人，因此無論是往西部大草原與山脈的芝加哥、底特律、洛杉磯，或向南的紐奧良、墨西哥。踏在時間與空間上，他們看見的是印第安人、墨西哥人、農民、流動工人，在酒館、旅館、田野、街道上用屬於他們自己的方式活著；在模糊了法律和道德界限的移動中，爵士樂、歌舞交歡的情愛在黑夜裡纏綿，乃至不斷與陌生人進入彼此記憶，然後目送離去，都是生命的答案。

　　《在路上》的每個人反反覆覆離開與回歸，是因為孤獨空虛而走向廣漠，因為以名狀的焦慮而企圖於燈火向另一個寂寞的身體取暖？還是追逐夢想而放肆不羈，期待冒險作為尋找自我的宣示？或許都是，所以掀起了一場「背包革命」。無數青年以凱魯亞克的牛仔褲、寬皮帶、短T恤為象徵，離開城市，奔向荒野，展開「波希米亞式」的流浪。

　　《在路上》也成為美國夢的隱喻，它影響了整整一代美國人的生活方式與態度——沒有文化研究學者史都華‧霍爾所說：「遷徙是不歸路，無家可歸」的悲情，而是「沒有計畫、沒有終點，始終在路上，擁抱當下，追逐未來」的自信，不斷重新定義和建構「家」和「自我」。

　　儘管習慣於旅行，「但是再也沒有陸地了，只剩下浩瀚的大西洋，我們只能走這麼遠」，旅途終將結束，或許是現實責任的召喚，

或許是死亡。但年輕，總要瀟灑走一回，吹吹西部野性的風，聞聞南方炙熱的陽光，聽聽敲擊心跳的爵士樂，然後在極度狂飆之後歸於禪定。

問題解讀	問題思考	問題行動	問題結果
不斷出發的價值是？	如何找到生命真實的意義？	1. 索爾獨自出發，不斷看見新事物，與不同的人接觸。 2. 索爾與狄恩狂歡、經歷長途的漫遊。	1. 在棉花田發現真實的生命力。 2. 生活本身就是一條永無盡頭的大路。 3. 路，總有盡頭。

櫥窗燈 ## 震盪效應 ── 相關閱讀

　　《在路上》行經的66號公路，有「母親之路」之稱。東起芝加哥，西到洛杉磯，橫跨伊利諾州、密蘇里州、堪薩斯州、奧克拉荷馬州、德州、新墨西哥州、亞利桑那州以及加州。在這條3939公里蜿蜒於大峽谷、山脈起伏的印地安保留區，穿梭在沙漠仙人掌、玉米田、城市的路途中，拓荒的西部牛仔、「經濟大恐慌」時期築路的工人、運送物質的卡車司機、史坦貝克「憤怒的葡萄」裡從奧克拉荷馬州到加州求生的家庭、拍《革命前夕的摩托車日記》電影的劇組、朝聖的觀光客、迷失遊蕩的人……追夢、逃離、挑戰甚至逃亡的這條公路，是走向美國夢與自由的途徑，見證了二十世紀初美國人民的生活。

　　他們之中有許多人把《在路上》當成聖經，跟凱魯亞克一樣不甘於既有的規範與生命形式，走出了「垮掉的一代」（Beat Generation）。其中的beat，原是爵士與搖滾樂重力敲擊的表演，後指打碎、敲破、擊毀一切僵硬固化的成規與羈絆。他們站在反對工業文明和物質文化，崇

尚原始情感與個性自由的哲學角度，致力於打破規矩和傳統，追求自然生活、精神解放達到極度興奮後的滿足與鬆懈之感。

作為一種反英雄主義的「亞文化」，他們將「垮掉」定義為貧困、潦倒、一無所有、流浪以實際行動致力於重新認識並建構自我與世界的關係；同時聯繫到天主教裡的至福（beatific），指在天堂目睹上帝時無上的喜悅與光榮，是一種接近自己赤裸的靈魂的至福狀態。

後來，這反抗習俗、反文化的風，掀起反戰、民權和環保運動。他們留著長髮，穿著色彩斑斕的服裝、背著破舊的流蘇布袋，在紐約格林威治村、舊金山，終日彈吉他、唱歌、服用迷幻藥，尋求自我與集體的解放，堅持愛與和平的精神，過著像遊牧民族般的生活。

他們是嬉皮（Hippie），在一九六〇年代和一九七〇年代，把藍調、民謠、鄉村歌曲唱奏成搖滾樂，創造出新的音樂風、文學風格和生活態度。

哥倫比亞

沒有人寫信給上校

南美，魔幻寫實

　　加布列・賈西亞・馬奎斯（西班牙語：Gabriel García Márquez，1927-2014年），哥倫比亞文學家、記者和社會活動家，開創拉丁美洲魔幻現實主義風潮，1982年獲諾貝爾文學獎。

　　馬奎斯父親是電報員，下有十一個兄弟姐妹，與外祖父母一起生活的童年，奠定其文學與政治觀。就讀波哥大國立大學期間，馬奎斯開始閱讀西班牙黃金時代的詩歌，為他文學創作打下基礎，後因內戰中途輟學。不久進入報界，因揭露政府美化海難事件被迫離開哥倫比亞，任職的報社也被政府查封，被迫移居墨西哥，流亡西班牙、法國等歐洲各地。他自認並非政治上的流亡者，而是不斷在移動間尋找寫作動機、認識現實的文學流亡者。

　　馬奎斯最心儀的作家是卡夫卡和福克納、海明威，在他們多角度敘事，打亂的空間／時間鏈等寫作手段；以及兩次參加哥倫比亞內戰的上校外祖父，和熟稔拉美傳統神話的外祖母的雙重影響下，充滿誇張、荒謬和幻想的拉丁文化，與戰爭故事、日常經驗，都成為小說的主題，並在他獨特的時間魔術下，化為瑰麗詭譎的幻曲。如成名作《沒有人寫信給上校》聚焦於時間裡的等待、絕望而荒涼。十七歲就開始寫的《百年孤寂》，聚焦於時間裡的死亡；《愛在瘟疫蔓延時》寫時間的愛情。

　　馬奎斯自言他的小說人物不過是「虛幻的現實之具體反映」，他巧妙地結合現實與幻想，於1965年開始閉門十八個月，完成醞釀近二十年的巨作《百年孤寂》，這本涵蓋變幻的哥倫比亞和整個南美大陸的神話的歷史，成為他最具盛名的代表作。

　　他強調寫《百年孤寂》是為了讓大家看見《沒有人寫信給上校》，後者才是他最完美的作品。這本書描述七十多歲的老上校，

五十六年來一直等待退伍金絕望而固守尊嚴的生活，小說結局被認爲是所有文學裡完美的一段，上校則被認爲是二十世紀小說中最難忘的人物。

細看名著

　　上校夫婦住在鎮子盡頭的破陋小屋，石灰牆冬冷夏熱斑駁破敗，下起大雨，屋裡就水澤灌注。個子高瘦的上校從爐上取下鍋子，把裡面的水倒去一半，然後用小刀把罐底僅存的咖啡，混著刮下的鐵鏽倒進鍋裡。坐在爐前等待咖啡的他，覺得胃裡好像長出許多有毒的蘑菇和百合，頑強地啃噬胃壁，伸長攀延、蔓生。

　　十月了，距內戰結束五十六年，他已經度過無數這樣難挨的清晨。昨天夜裡，妻子的哮喘病又發作了，現在還昏昏沉沉的。她接過咖啡問道：「你的呢？」

　　「我喝過了。」上校撒了個謊。

　　兒子阿古斯丁過去的夥伴——他們都是裁縫鋪的夥計，也都是鬥雞迷，常抽空來看那隻雞。他們確信這是全省最棒的一隻公雞，興高采烈的存錢要往牠下注。上校確信留下這隻公雞的決定是正確的，牠是九個月前兒子在鬥雞場上因散發祕密傳單，被亂槍打死後留下的遺產。

　　新的一年度鬥雞大賽將在一月舉行，贏家能得到一大筆獎金。妻子認爲上校是癡人說夢，等僅剩的玉米餵完了，就得用自己的肝來養牠了。

　　這天是星期五，上校穿上那件特別隆重場合才穿的黑呢外

衣，像辦大事一樣鄭重其事地出門，趕在船拉響汽笛前向碼頭走去。十五年來，他從郵局局長解下在背上的郵袋那一刻起，便目不轉睛地盯著。

局長頭也不抬地說：「沒有給上校的任何東西。」

上校故作不在意地回道：「我沒在等什麼。」

十一點整，宵禁號響了，上校把從醫生那帶回的報紙看了一遍又一遍，連廣告也不放過。起初報上還會刊登新領退伍金的名單，這五年連提都不提了。午夜下起雨，餓醒的上校聽見自棕櫚樹葉屋頂滲漏的雨聲，覺得有人在對他說話，而他躺在革命軍的行軍床上答著話。

事後妻子說他說了兩個來鐘頭有關內戰的胡話。

* * *

天亮時，他等到敲第二遍彌撒鐘才爬下吊床，回到被那隻公雞的啼叫攪得亂哄哄的現實。自從黨內老夥伴一個個被打死、趕走，上校除了每星期五等信，再也無事可做。

午後暖洋洋的天氣使妻子精神煥發，她把舊衣袖子改成領子，然後用後背的布做成袖口，再用五顏六色的布頭拼成完美的方形補丁，給上校做衣服。院子裡，蟬聲唧唧，渾身披掛著花布片的她活像隻啄木鳥。

上校猛然想起明天就沒有玉米餵雞了，便伸手向妻子要錢。錢被她包在手帕裡，打了個結，藏在床墊底下。這是阿古斯丁那臺縫紉機換來的錢。九個月來，他們靠這筆錢生活和養活那隻公雞。現在只剩下五十硬幣，和掛鐘、一幅畫，再沒什麼可賣的了。

上校安慰道：「別著急，明天信就來了。」

第二天，上校在醫生的診所門口等汽船。郵電局長取出一卷報紙和信交給醫生，頭也不回地說道：「沒有人寫信給上校。」

希望又落空了，上校一反直接回家的老習慣，去了裁縫鋪喝咖啡，無顏見老伴的他真想在這裡一直待到下星期五。可是，裁縫鋪打烊的時候，他不得不面對現實。

「沒有信？」妻子問道。

「沒有。」上校答道。

下星期五他又去等船，回家時又和往常一樣沒拿到盼望已久的信。

「我們等夠了」，這天晚上妻子對他說。

「得等著依序來嘛，我們是一千八百二十三號。」他說。

「可是從開始等到現在，這個號在彩票上都出現兩回了。」妻子反駁道。

上校照例把報紙從第一版看到最後一版，連廣告也不放過。但這一回，他心裡想的是十九年前國會通過那條法令後，他花了八年得到批准，之後又用了六年才把名字登記上去。收到的最後一封信就是那時寄來的。

律師說：「團結就是力量。」但老戰友在等待信件的過程中都死了，上校第一次意識到自己孤立無援。律師無動於衷的又說：「人們總是忘恩負義。」

當年，在簽訂《尼蘭迪亞協定》的第二天，政府答應給兩百名保衛共和國的革命軍官發放遣散費和補償金的時候，他就已經聽到這句話了。當時，他們都是從學校跑出來的青年，將

近六十年過去了，上校仍然在等待。

上校撣了撣從律師拿回委託書上的灰塵，把它塞進襯衣口袋，那是他等待二十年的紀念品。至於申請證明，是他擔任革命軍時，牽著騾子馱了滿滿兩箱軍款，艱苦跋涉六天，硬是在協定簽署前半小時趕到尼蘭迪亞兵營。當時大西洋沿岸的總軍需官——奧雷里亞諾·布恩迪亞上校開了張收據，把那兩箱錢列入投降上繳的物資清單。

這些都是無價的文件，可是十五年來換過七任總統，每位任內至少改組過十次內閣，每位部長至少撤換過一百次屬員，那些檔案經由成千上萬間辦公室的成千上萬雙手，鬼知道轉到國防部哪個部門去了。現在要把這些檔案從部裡取出來，得等下一輪重新登記，也許得等上幾百年。

「沒關係，這麼長時間都等過來了，誰還在乎這點時間。」上校說。

雨下了整整一個星期。妻子去阿古斯丁墳上回來後，老毛病又犯了。上校也病倒了，他覺得腸子爛了，一截一截地掉下來。他真心誠意地相信等雨停了，一切都會好起來的，確信自己能活到來信的那一天。

那隻公雞站在空罐子面前，對著上校揚起脖子「咯地」叫了一聲，上校心領神會地對牠笑笑：「夥計，日子不好過啊！」

醫生勸上校賣掉雞，既可卸掉一個包袱，又能換得九百比索。這是上校自上繳革命軍那筆資金以來所聽到的最大數字，他腹內又是一陣劇烈的絞痛，他明白這次絕不是天氣的緣故。

到了郵局，他直截了當地對局長說：「我在等一封急信，

航空的。」局長在分信格子裡翻了翻，意味深長地看了上校一眼說：「只有一件東西是肯定要到的。上校，那就是『死神』。」

＊　　＊　　＊

上校終於吃到一碗濃稠的玉米粥。妻子說：「小夥子們給雞拿來那麼多玉米，雞決定分點兒給我們吃，生活就是這麼回事兒。」他摸摸暖呼呼的胃，歎了口氣說道：「生活是人們發明出來再美妙不過的東西了。」

妻子一直盤算把鐘和畫賣掉，但根本沒人買。四十年來他們一起生活，挨餓、受苦，此刻，他感到他們的愛情中也有什麼東西衰老了。

「全鎮的人都知道我們快餓死了，我再也不能這樣裝模作樣地過日子了。二十年了，我們一直等著他們兌現大選後許下的一大堆諾言，可是到頭來我們連兒子都沒保住。」

上校對這樣的責難已經習以為常。

「我們做了我們該做的事。」他說。

「你看看那個薩瓦斯，從原本脖子上盤著條蛇的賣藥郎中，現在錢多得連他家那幢兩層樓的房子都裝不下了。」

過了半個世紀他才明白過來：自從在尼蘭迪亞投降以來，他連一分鐘安寧日子也沒過上。他終於狠下心決定明天把雞賣給堂薩瓦斯，換九百比索。

這是個炎熱的中午，上校熱得昏昏沉沉，眼皮不由自主地闔上了，而且立刻就夢見了自己的老伴。堂薩瓦斯的妻子踮著腳尖走了進來，關上窗戶，陰影裡又傳來她的聲音：「您常做

沒有人寫信給上校

夢嗎？」

「我幾乎總是夢見自己纏在蜘蛛網裡。」

「我每天晚上都做噩夢，上星期我夢見床頭站著一個女人，她說她是十二年前死在這間房裡的女人。」

「這座樓蓋了還不到兩年啊！」上校說。

「可不是嘛，可見有時連死人也會弄錯。」女人又說道。

堂薩瓦斯終於回來了，上校囁嚅說出要賣那隻公雞。堂薩瓦斯微笑說：「都快翻天了，老兄還惦記著他那隻公雞。」接著推說只能出四百比索，但要等到星期四，說罷便打開保險櫃，遞給上校六十比索，言明等雞賣了再清賬。上校和醫生驚訝地說：「您上次說能賣九百比索，這可是全省最棒的公雞。」

堂薩瓦斯對醫生說：「過去隨便都能賣一千比索，現在，誰都不敢把好雞拿出來鬥，你得冒著被人亂槍打死，從場子裡抬出來的風險哪！」接著悲天憫人地轉向上校說：「這就是我想對您說的，老兄。」

上校陪著醫生走過碼頭一帶的市集，醫生說：「他肯定會把那隻雞以九百比索的價錢轉手賣出去。」

「堂薩瓦斯回來之前，雞還不能算賣了。」上校答道。

一個過路人向他誇讚他的雞，他這才想起來今天是預定開始訓練的日子。片刻之後，他已經置身在人聲鼎沸的鬥雞場。他那隻雞站在場子中央，腳趾上纏著布，兩腿微微發抖，看上去有點怯陣。對手是一隻沒精打采的灰雞。

上校不動聲色地看著兩隻雞一次又一次地廝拚。在震耳欲聾的吶喊聲中，雞毛、雞腿和雞脖子扭作一團。轉瞬間，對

手被甩到了隔板上，打了個旋穩住陣腳，又衝過來。他的雞並不進攻，只是一次又一次地擊退對手，然後穩如泰山地落回原地。此刻，牠的腿已經不抖了。

上校觀察著場子裡一張張熱情、焦切而又生氣勃勃的年輕臉孔，恍然回到記憶中的某個時刻。小鎮經歷十年的動亂，一直處於沉悶的氣氛當中，今天下午——又一個沒有來信的星期五下午——人們甦醒了。他走在與河流平行的大街上，熙熙攘攘的人群讓人聯想到當年的大選，有個女人朝他喊了句有關那隻雞的什麼話。恍惚中他回到家，耳邊還響著嘈雜的人聲，彷彿鬥雞場裡歡呼聲的餘音一直跟隨著他。

妻子上氣不接下氣地從臥室走了出來，大聲說道：「他們硬給奪走的，他們說這隻雞不是我們的，而是全鎮老百姓的。」

「他們做得對。」他平靜地說，然後用高深莫測的溫柔語氣加了一句：「雞不賣了。」

「沒幾天退伍金就要來了。」

「這話你說了十五年了。」

「所以，不會再耽擱太長時間了。」

她有好一陣兒沒說話。上校覺得時間彷彿停止流動，直到她重新開腔。「我覺得這筆錢永遠也不會來了。我啃了一輩子黃土，到頭來還不如一隻雞。」

上校無言以對。

「還是老樣子，我們挨餓，卻讓別人吃得飽飽的。四十年了，一直是這樣。」

上校默不作聲。

妻子絕望了，她一把揪住上校的汗衫領子，使勁搖晃著。「你說，吃什麼？」

　　上校活了七十五歲才到了這個關頭，自覺坦坦蕩蕩，什麼事也難不住他。

　　他說：「吃屎。」

走廊燈 **引經據典**

1. 再一次證實了相思病具有和霍亂相同的症狀。建議病人外出散散心，希望透過距離讓他得到安慰。（《愛在瘟疫蔓延時》）

2. 無論走到哪裡，都該記住，過去都是假的。回憶是一條沒有盡頭的路，以往的一切春天都無法復原，即使最狂亂且堅韌的愛情，歸根究底也不過是一種瞬息即逝的現實，唯有孤獨永恆。（《百年孤寂》）

3. 如果我有一顆心，我會將仇恨寫在冰上，然後期待太陽升起；如果我有一段生命，我不會放過哪怕其中的一天，對我愛的人說：我愛他們。（〈如果我有一顆心，我會將仇恨寫在冰上〉）

4. 她凝視兒子，如同此刻躺在同一張吊床上，只是當我回到這座遭到遺忘的村莊，試著重新拼湊多如鏡子摔碎後的殘屑記憶，見到的她已是風中殘燭。即使是大白天，我也認不出眼前的輪廓是她，她的兩邊太陽穴貼著草葉，兒子最後一次進來臥室後，留給她永遠治不好的頭痛。（《預知死亡紀事》）

5. 將軍把交叉的雙臂放在胸前，開始聽到榨糖的奴隸們，以宏亮的聲音唱著清晨六點鐘的〈聖母頌〉。透過窗戶，他看到了天空中閃閃發光，即將一去不返的金星，雪山頂上的長年積雪，新生的攀緣植物。但下一個星期六，在因喪事而大門緊閉的宅邸裡，他將看不到那些黃色的鐘狀小花的開放，這些生命的最後閃光。

上校每週五去碼頭邊等信，等三個月後的鬥雞大賽。

等待數十年中，換過無數元首、內閣，依然沒兌現承諾。

上校還是沒等到信，山窮水盡之時他決定賣雞。

鬥雞場上的風光熱鬧，讓上校決定不賣雞，繼續漫長絕望的等待。

沒有人寫信給上校

在今後的多少個世紀內，這樣的生命將再也不會在人世間重現。
（《迷宮中的將軍》）

頂崁燈　思辨探索

寂寞、絕望、孤獨、疏離、冷漠，是這篇小說的基調。

難道是數百年籠罩於拉丁美洲的殖民歷史，已滲透血脈成為魂魄裡的宿命？那漂泊於空氣裡的冤屈無所依託，而徬徨淒測於天地之間，仍在尋覓？

獨立後的哥倫比亞，於1821年與今厄瓜多、委內瑞拉、巴拿馬組成「大哥倫比亞共和國」。1830年委內瑞拉和厄瓜多脫離、1903巴拿馬獨立。哥倫比亞則受到哥倫比亞革命武裝力量等游擊隊起義，以及毒品貿易干擾，政治、經濟改革困難，社會動盪不安。

馬奎斯長於政府與哥倫比亞革命軍對立的國家，二次世界大戰後，眼看著歐洲帝國崩解、新的權力重組，拉丁美洲還是沒有贏來世界位置。世代抗爭終於得到獨立，但政權卻在美國蹂躪、扶植軍政府、默許暗殺下，被丟入另一個劫難。馬奎斯因此被迫離開故鄉，寄身於異邦。「所有人都顯得很寂寞，用自己的方式想盡辦法排遣寂寞，事實上仍是延續自己的寂寞。寂寞是造化對群居者的詛咒，孤獨才是寂寞的唯一出口。」這是他不斷書寫時間、精神孤獨、鬼魂的原因，是他鎔鑄歷史地理中獨裁者、戰爭、巫術、瘟疫，企圖顯現那被壓抑的意識和民族觀的暗流。

小說主角是一位無名上校，現實無盡持續十五年的等待煎熬、每週五到碼頭守候退伍金到來的儀式，以及日復一日冷峻的寒凍陰濕、疾病苦痛、貧窮窘困，組成蒼白孤寂的一生。伴隨的是四十年暗無天日，作為影子的妻子、死去的兒子，如沉重的鎖鏈，牽繫著無言以對

的木然。讓人禁不住要問：「值得如此等待嗎？」上校是否該選擇放棄，像堂薩瓦斯一樣與時俱進，過得風采富足？

回到另一條底線，上校視爲珍貴無價的過去——保衛共和國的革命軍。1828到1902年哥倫比亞發生18次內戰，上校的參與「千日戰爭」，死亡人數高達15萬人。小說中「革命軍總軍需部長奧雷里亞諾·波恩地亞上校」開收據的身影，那個艱苦跋涉六天押回龐大軍款的年少英姿，讓我們明白，與其說這是上校之所以相信政府承諾的固執，不如說上校堅守的是自己出生入死創造的輝煌和參與革命軍青春、激情、熱血的理念，或是殖民帝國下，廢墟人生上被命運任意竄改的蒼涼感。因此，上校一再寄望、一再失望，五十六年的空等經歷壓縮，並盤桓成一個沉鬱多雨的十月。

這是一部帶著傳記色彩的小說，原型來自馬奎斯的外公，他曾參加哥倫比亞「千日戰爭」，把最青春美好的生命投入保衛行列，最後得到的是無盡的等待。每個星期五，外公會牽著馬奎斯的小手來到碼頭，等待國家撫恤金的通知郵件。

寫這本小說時，馬奎斯身處貧窮飢餓困乏的愁苦，重寫九次的過程裡，一封等了許多年未有音息的信，一場無法預知的鬥雞比賽是上校生命裡唯一的希望，也是他生命的處境。看不見的未來，雖預示著死亡、幻滅，但同時也寓含著再生、實現。就像那隻以兒子生命所留下的鬥雞，逼視著孤傲的尊嚴與希望的重擔；夫妻各自病苦，磨砥著情感中深切的扶持。

晚年得了淋巴癌，和罹患阿茲海默症的馬奎斯說：「生命不在於你活過了什麼，而在於你記得了什麼，並靠你所記得的說出你生命的故事。」面對存在，我們在現實中依託希望度過；在等待、不知結果的過程裡懷抱相信；在貧窮時依然保持紳士的姿勢；在理性中保有天眞的上校形象。是外公，更是馬奎斯在小說裡極力想闡釋的生命態

度——緊握著希望，那怕它多麼微小，多麼虛無縹緲。

「等待」持續，在餘生中徘徊；書寫記憶，讓生命真實可觸。

問題解讀	問題思考	問題行動	問題結果
生命是無盡的等待？	為什麼等待？ 等待有意義嗎？	十五年來每週五去碼頭等領退休金的通知。 等待承諾是因為那是生命的勳章。 為了感覺存在，只能等待。	沒有給上校的信，只有越來越接近死亡的病苦與窮困。

櫥窗燈　震盪效應 —— 相關閱讀

　　哥倫布在1492年抵達加勒比海，開啟三百多年從海島征服到大陸征服與殖民的歷史。自西班牙對加勒比海地區原住民施行的「監護徵賦制」，牟取利益的經濟作物的土地占領和掠奪財富，激化長期存在的矛盾衝突，引發抗爭不斷，到白人、印地安人、黑人和混血種人的種族社會階級衝突，乃至啟蒙運動人權思想的影響、1760年以後，英、法等國入侵逐漸頻繁，引發南美、墨西哥、巴西接二連三的獨立戰爭。

　　在拉丁美洲這段被冒險家或征服者殖民壓迫的滄桑下，一方面是暗無天日的經濟與生命剝削和宗教思想控制的憤慨；另一方面則是九千多年前移居此，原始馬雅文明和阿茲特克文明所建立印加帝國文化。魔幻寫實主義的出現，正源自於拉丁美洲獨特的歷史發展：長年籠罩在飢餓、疾病與暴力陰影之下，惡名昭彰的獨裁者與浪漫的革命鬥士成了政治舞臺最鮮明的主角。

　　被譽為繼《唐吉訶德》之後最偉大的西班牙語作品的《百年孤寂》，以虛構的「馬孔多小鎮」上，馬康多與布恩迪亞家族的興衰過

程，寫盡生命的虛幻與孤寂，隱喻世人遺忘自身的歷史，而被外在的資本主義侵蝕，終將敗亡，藉以道盡拉丁美洲百年滄桑與內心的沉痛。馬奎斯這篇「長篇小說以結構豐富的想像世界，其中糅混著魔幻與現實，反映出一整個大陸的生命矛盾。」而獲得諾貝爾文學獎。

　　但這將現實變置為魔幻來表現現實，以變形、怪誕、誇張為寫作模式的現代神話，對於馬奎斯而言，「這一現實不是寫在紙上的，而是和我們生活在一起，它無時無刻都決定著我們每天發生的不可勝數的死亡，為我們提供了一個永不乾涸、充滿災難和美好事物的創作泉源。」（《拉丁美洲的孤獨》）

　　正如大衛・洛吉在《小說的五十堂課》提及讓不可能發生的不可思議事件，出現在聲稱寫實故事的魔幻寫實技巧，如印度魯西迪、捷克米蘭・昆德拉：「這些作家都經歷過巨大的歷史動盪與個人的折磨苦難，感到平靜的寫實主義沒辦法將那些事情表達出來。」

　　外來者與原住民、殖民與混血、征服與被征服、身分認同的危機與確認，這是迷宮、是現實，是馬奎斯作品重複出現的「孤寂」。那不被也不願被外部世界了解的處境和情感，屬於拉丁美洲被宰制遺忘孤立的民族悲劇底層，是恢恢渺渺的歷史孤獨感。

國家圖書館出版品預行編目資料

從世界名著經典出發，提升你的人文閱讀素養.
美洲篇／陳嘉英著. -- 初版. -- 臺北市：
五南圖書出版股份有限公司, 2021.11
　　面；　公分
　　ISBN 978-626-317-175-6（平裝）

1.世界文學　2.推薦書目

813　　　　　　　　　　110014711

ZX2A 悅讀中文

從世界名著經典出發，提升你的人文閱讀素養（美洲篇）

作　　者 ― 陳嘉英

發 行 人 ― 楊榮川

總 經 理 ― 楊士清

總 編 輯 ― 楊秀麗

副總編輯 ― 黃惠娟

責任編輯 ― 吳佳怡

校對編輯 ― 張耘榕

繪　　者 ― 陳柏宇

封面設計 ― 姚孝慈

出 版 者 ― 五南圖書出版股份有限公司

地　　址：106台北市大安區和平東路二段339號4樓

電　　話：(02)2705-5066　　傳　　真：(02)2706-6100

網　　址：https://www.wunan.com.tw

電子郵件：wunan@wunan.com.tw

劃撥帳號：01068953

戶　　名：五南圖書出版股份有限公司

法律顧問　林勝安律師事務所　林勝安律師

出版日期　2021年11月初版一刷

定　　價　新臺幣380元